U0004143

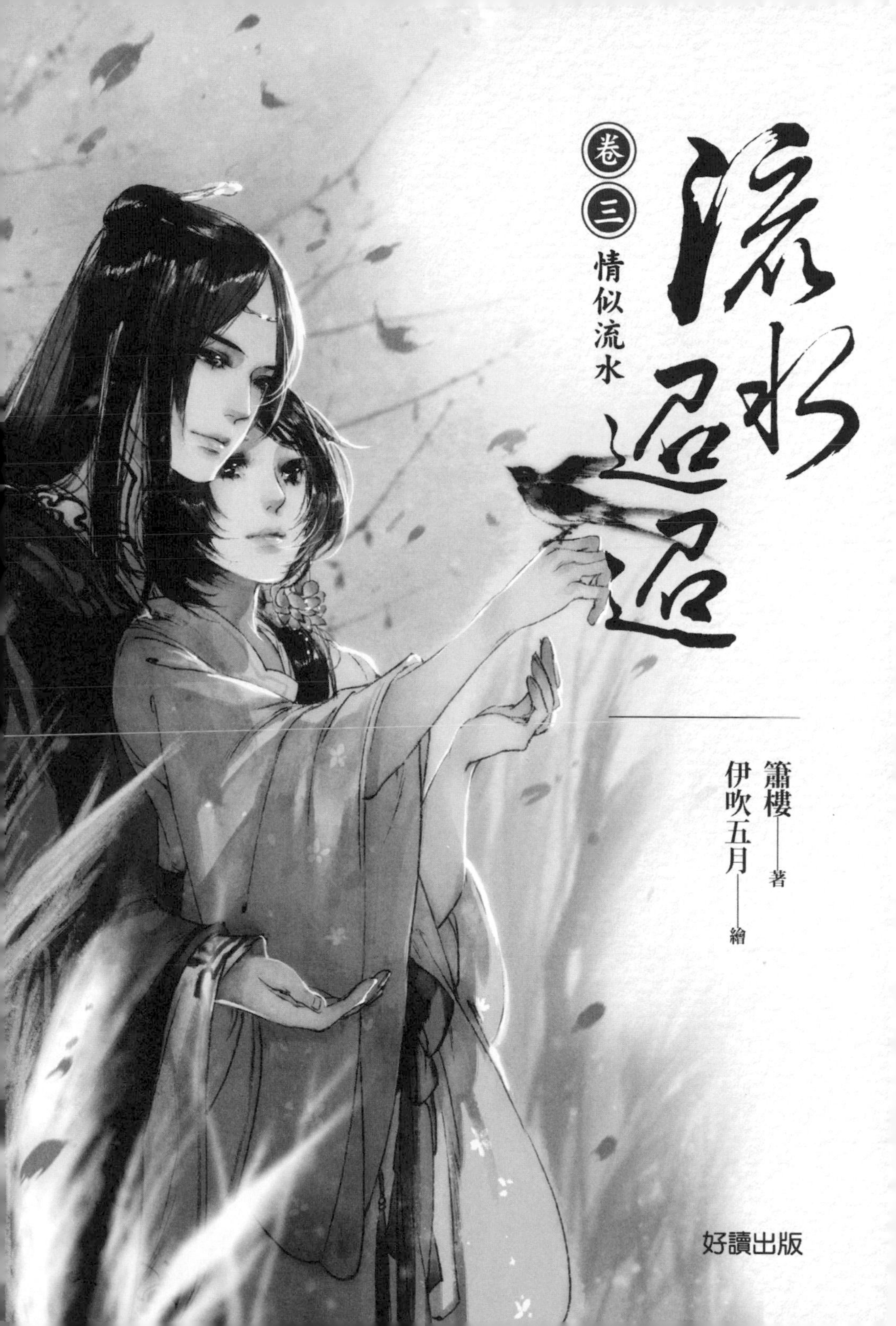

流水迢迢

卷三 情似流水

簫樓——著
伊吹五月——繪

好讀出版

目錄

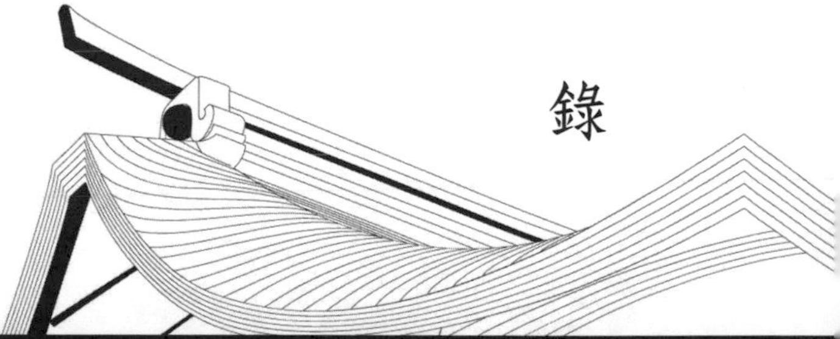

流水迢迢

第九章　戰鼓鼟鼟

霎時關塞上方一通鼓響，鐵板緩緩吊上，寧劍瑜白袍銀槍，策騎而出。他槍舞遊龍，寒光凜冽，左衝右刺，帶著萬餘精兵衝入戰場，所向披靡。不多時便與陳安會合在一起，二人所率長風騎也迅速圍攏，崔亮持旗出現在關塞上方，鼓點配合旗令，長風騎井然有序，龍蛇之陣捲起漫天殺氣，將薄軍數萬人馬分片切割開來。

三十七　白袍銀槍

破曉時分，軍號便響起，雲騎營士兵們迅速拔帳起營，不到一刻鐘便都收拾妥當，大軍繼續北行。

江慈右手策馬，與崔亮並騎而行，想起背誦的前半部《素問》，默念數遍，又就不懂的地方向崔亮細問。這樣晨起趕路，晚上仍是歇在裴琰大帳的外間，不知不覺中，三日的路程便悄然過去。

這日夜間，崔亮進帳，見江慈手中捧著《素問》，笑道：「我看你學得挺快的，比我當年差不了多少。」江慈面上微紅，靦腆道：「我哪能和崔大哥比，只盼肩傷快好，眼見要到前線，我不能老做累贅，想來，只能做做藥童，給軍醫打打下手什麼的。」崔亮想了想，道：「也行，聽說相爺長風騎中有幾名老軍醫，都是極富經驗的，且一向隨主帥行動。你到時跟著他們學學救治傷員，晚上我再給你講解，這樣學起來快許多。」

裴琰掀簾進來，崔亮回頭道：「相爺，小慈今晚得和我們一起走。」裴琰頷首道：「那是自然。」江慈心中奇怪，卻也不多問，捧著書遠遠坐開。

至亥時，黃豆大的雨點砸落下來，越下越大，彷似天上開了個大口子，雨水傾盆而下。崔亮過來替江慈披上雨蓑，江慈也不多話，跟著他和裴琰於暴雨中悄然出了營帳，黑暗中走出一段。安澄早帶著數百名長風衛牽著駿馬守於坡下。

裴琰接過馬韁，道：「衛大人呢？」

安澄指了指前方，暴雨中，那道挺拔的身影端坐於馬鞍上，雨點打在他的雨蓑上，他身形巋然不動，似乎亙古以來便是那般姿勢，不曾移挪半分。

裴琰一笑，轉向安澄道：「該怎麼做，你都明白了？」

「是。」

「好，雲騎營就交給你了。」

安澄有些興奮，笑道：「相爺放心吧，安澄的手早癢得不行，前年和田將軍打的賭總要贏下才好。」裴琰笑罵了一句，又正色道：「不可大意，到了河西，將我的命令傳下後，你還是得聽田策的指揮，統一行事。」安澄忙行了個軍禮，答：「是！」

崔亮牽過馬匹，江慈翻身上馬，二人跟在裴琰背後，帶著數百名長風衛縱馬前馳。衛昭身邊僅有數人，不疾不緩地跟在後頭。

雨越下越大，縱是打前的十餘人提著氣死風燈，江慈仍看不清路途，她隻手策馬，甚感吃力。一陣急風吹來，將她的雨蓑高高揚起，她身形後仰，右手死死勒住馬韁，方沒跌下馬去。

崔亮側頭間看見，大聲道：「撐不撐得住！」江慈狼狽不堪，雨點斜打在臉上，睜不開眼，卻仍大聲應道：「行，不用管我！」

「唏律」聲響，裴琰撥轉馬頭，在江慈馬邊停下，看了看她，忽然伸出手攔腰將她從馬上抱起，放至自己身前，再喝一聲，駿馬踏破雨幕向前疾行。江慈縱是渾身不自在，也知多說無益，只得將身子稍稍往前挪了些。裴琰攬著她腰間的左手卻逐漸收緊，江慈掙了兩下，裴琰手上用力，箍得她不能動彈。

大雨滂沱，馬蹄聲暴烈如雨。他的聲音極輕，但極清晰地傳入她耳中，「你若再動，我就把你丟下馬！」

暴雨中，數百人策馬急行，鐵蹄踏起泥水，濺得江慈褲腳盡濕。勁風撲面，讓她睜不開眼，腰間，裴琰的手卻未有絲毫放鬆。她索性靜下心來，默誦著《素問》。

裴琰疾馳間忽於風雨蹄聲中聽到江慈若有若無的聲音，運起內力細聽，竟是一段《素問》中的脈要經微論，不禁失笑，低頭在她耳畔輕聲道：「要不要哪天我替你擺個拜師宴，正式拜子明為師？」江慈欲待不理，可他的嘴唇緊貼著自己耳垂，她只得向旁偏頭，低聲道：「不敢勞煩相爺，崔大哥若願意收我為徒，我自會行敬師之禮，與相爺無干。」

裴琰微皺眉頭，倏又舒展開來，連著幾下喝馬之聲格外清亮，一騎當先，帶著眾人疾馳。馳出上百里，大雨漸歇，一行人也到了一處三岔路口，崔亮辨認了一番，將馬鞭向右指了指。裴琰笑了笑，一夾馬肚，踏上往右的山路。

這段山路極為難行，不能像先前一般縱馬而馳，幸得眾人身下駿馬均為良駒，方未跌下山谷，但也險象環生。江慈被裴琰攬在懷中，借著一點點燈光隱見山路左方是幽深黑暗的山谷，右邊卻是如黑色屏風般的山峰。許是山路泥濘，坐騎有些蹶蹄，若非裴琰運力勒緊馬轡，便要馬失前蹄。這樣在山路中行了半夜，待天露晨光，水流聲嘩嘩傳來，眾人終穿過狹長的山谷，到了一處溪澗邊。

崔亮打馬過來笑道：「行了，過了太旦峽，咱們依這遊龍溪北行，便能繞過晶州，到達牛鼻山。」

裴琰見行了大半夜，人馬皆乏，道：「都歇歇吧。」說著翻身下馬，順手將江慈抱落馬鞍。江慈腳一落地，便急掙脫裴琰的手，走到崔亮背後。

長風衛們早對自家相爺種種行為做到目不斜視，衛昭背後的數名光明司衛卻大感稀奇，裴琰以左相之尊竟會這般照顧一名軍中小卒，便均細看了江慈幾眼。衛昭神色淡然，翻身下馬，在溪邊的大石旁坐落，閉目養神。

崔亮從行囊中拿出乾糧，江慈取下馬鞍上的水囊，到溪澗裡盛滿水，想起這一路上默誦的《素問》，飛快跑回崔亮身邊，拖著他坐於一邊，細細請教。崔亮見她嘴裡咬著乾糧，右手翻著《素問》，笑道：「先吃東西吧！有些道理，你得見到真正的病人，學會望聞問切，才能融會貫通。」

江慈欲張口說話，嘴中乾糧往下掉落，她右手還捧著《素問》，本能下左手一伸，將乾糧接住。一瞬過後，崔亮與她同時喜道：「好了！」崔亮再將她的左臂輕輕抬了抬，江慈只覺有些微的遲滯，肩頭卻無痛感，與崔亮相視而笑。江慈輕聲道：「多謝崔大哥！」

崔亮用手指彈了彈她的額頭，卻不說話。江慈赧然一笑，興奮下站了起來，再將左臂輕輕活動，側身間，見溪邊大石旁的衛昭似正看向自己，定睛細看，他卻又望著嘩嘩的水流。

此時天已大亮，大雨後的清晨，麗陽早早透出雲層，由溪澗的東邊照射來投在衛昭身上，他的身影像被蒙上了一層光。江慈忽想起落鳳灘一役，月落族人吟唱鳳凰之歌，他白衣染血，持劍而立；又想起桃林細雨中，他修長冰涼的手指，溫柔地替自己將頭髮撥至耳後。還有那夜，他的倏然一抱。

一名光明司衛輕步走至衛昭身邊，躬身遞上水糧，衛昭接過，轉頭間目光掠過江慈這邊，江慈忽然微笑，輕輕揚了揚左臂。衛昭神情漠然，又轉過頭去。

崔亮站起，走向裴琰，笑道：「素聞寧將軍白袍銀槍，名震邊關，爲相爺手下第一幹將，今日不知能否有幸一睹其風采！」

裴琰目光自江慈身上收回，含笑道：「劍瑜現正在牛鼻山力守關塞，他智勇雙全且性情豪爽，定能與子明成爲莫逆之交。」

婁山山脈是一條縱貫華朝北部疆土兼跨萬千峰巒的大山脈，南北長達數百里，山勢雄偉、層巒疊嶂，久遠以來是隴北平原與河西平原的自然分割線。由於婁山山脈山險峰奇，不宜行軍作戰，桓軍攻下成郡、郁州等地後，即與薄軍各據婁山山脈東西，以婁山爲界，並無衝突。

薄雲山起兵於隴州，一路攻下婁山山脈以東的鄭郡等六州府，至小鏡河受阻，便將主要兵力西移，意圖突破婁山南端，直取寒州、晶州。

寧劍瑜率部與薄軍在小鏡河沿線激鬥數十場，主力步步西退，直至高成率河西五萬人馬趕來支援，方略得喘息之機。但高成冒進，中薄雲山之計，損兵折將，寧劍瑜率長風騎浴血沙場，拚死力守，方靠牛鼻山的天險將薄軍阻於婁山以東，小鏡河以北。

酉時，裴琰一行人終站在遊龍溪北端的谷口，看到了前方半里處的牛鼻山關塞，也看到了關塞西面接天的營帳。裴琰笑得極開心，轉頭看見長風衛們興奮的表情，微微點了點頭。

童敏搶身而出，「我去！」輕喝聲中，駿馬馳下谷口，直奔軍營。

望著童敏的戰馬奔入軍營，裴琰朗聲道：「小子們，準備好了！」長風衛們大感雀躍，轟然歡呼，策馬向前，排在谷口。

此時夕陽西下，落霞滿天。喝馬聲自軍營轅門處響起，一騎白馬飛馳而來，馬上一員白袍將軍，身形俊秀，馬鞍邊一桿丈二銀槍，槍尖在夕陽下閃閃發光，伴著馬蹄聲在草地上劃出一道銀光，轉瞬便到了山坡下。

江慈站於崔亮身側，看得清楚。只見馬上青年將軍著銀甲白袍，盔帽下面容俊秀，英氣勃發、神采奕奕。他在谷口處勒住戰馬，望著斜坡上方的裴琰等人，臉上綻出陽光般燦爛笑容。

長風衛們齊聲歡呼，策馬下坡。馬蹄聲中，那白袍將軍放聲大笑，執起鞍邊銀槍，轉動如風，兩腿力夾馬肚衝上斜坡。滿天槍影將長風衛們手中的兵刃一一撥開，借著與最後一人相擊之力，他從馬鞍上躍起，身形遮了一瞬落日餘暉，落地時已到了裴琰身前數步處。

白袍將軍笑著踏前兩步，便欲單膝跪下，裴琰縱躍上前將他一把抱住，二人同時爽朗大笑。長風衛們圍了過來，俱是滿面欣喜激動之色。

裴琰抓住白袍將軍雙肩，細看了幾眼，笑道：「怎麼這北邊的水土還養人些，劍瑜要是入了京城，可把滿城世家公子比下去了！」

長風衛們轟然而笑，裴琰又在白袍將軍胸前輕捶了一下，轉過身笑道：「子明，來，我引介一下，這位就是咱們長風騎赫赫有名的寧劍瑜寧將軍！」

崔亮含笑上前，「平州崔亮，見過寧將軍。」

寧劍瑜抱拳還禮，「素聞崔解元大名，在下南安府寧劍瑜。」同時細細打量了崔亮幾眼。

二人客套間，幾名長風衛在旁嘻哈接道：「在下南安府寧劍瑜，小字西林，年方二十二，尚未婚配……」

寧劍瑜劍眉一挑，捏拳如風，倏然轉身，長風衛們笑著跳開，坡上坡下一片笑鬧之聲。裴琰笑罵道：「都沒點規矩了！劍瑜過來，見過衛大人。」

寧劍瑜鬆開一名長風衛的右臂，神情肅然，大步過來。裴琰拉住他的手走至松樹下的衛昭身前，「這位是衛昭衛大人，三郎，這位就是寧劍瑜寧將軍。」

衛昭面上帶著淺笑，微微頷首。

寧劍瑜目光與他相觸，正容道：「長風騎三品武將寧劍瑜，見過監軍大人。」

衛昭淡淡道：「寧將軍多禮了。」又轉向裴琰道：「少君，咱們得等入夜後再進軍營為好。」

「那是自然。」裴琰笑道：「我與劍瑜年多未見，實是想念，倒讓三郎見笑了。」他又轉向寧劍瑜，「可都安排好了？」

寧劍瑜左手銀槍頓地，右手行軍禮道：「是，一切均按侯爺吩咐，安排妥當。」

夜風拂來，旌旗獵獵作響，暗色營帳連綿布於牛鼻山關塞西側。寧劍瑜早有安排，眾人趁夜入了軍營，直入中軍大帳。

待裴琰等人坐定，隱約聽到關塞方向傳來殺聲，寧劍瑜俊眉一蹙，「這個薄雲山，最近不曉得怎麼回事，總喜歡在夜間發動進攻。」

「劍瑜細細道來。」裴琰面容沉肅。崔亮會意，取出背後布囊中的地形圖，在長案上展開。

寧劍瑜低頭細看，「呀」了一聲，神情興奮，抬頭道：「侯爺，有了這圖，這仗可好打多了！」他手指在圖上小鏡河至牛鼻山沿線移動，「薄軍原有十萬人馬，攻下鄭郡等地後，又強徵了約四萬兵員，除兩萬留守隴州、兩萬在鄭郡等地布防外，其餘十萬全南下到小鏡河沿線。在小鏡河受阻，他便將主要兵力往婁山調集，算上這段時日來的傷亡，他在牛鼻山東側應該約有七萬兵力。」

裴琰問道：「薄軍可有從鄭郡一帶婁山山脈往西突破的跡象？」寧劍瑜回道：「沒有，我派了許多探子，由南至北分散在婁山山脈沿線，暫未見薄軍有此行動，也未見桓軍想從那裡突破至隴州平原的跡象。估計，這兩方雖未聯手，但也心照不宣，各自以婁山山脈爲界，相安無事。」

崔亮道：「現下薄軍和桓軍都是看誰先拿下河西府，薄軍要突破牛鼻山，取寒州、晶州再西攻河西府。桓軍則要突破雁鳴山，方能南攻河西府。他們暫時還不會在婁山起衝突，這點雙方應十分明瞭。」寧劍瑜聞言，點頭道：「是，薄軍而今主力都在牛鼻山東側。這裡初五開始下的暴雨，連著下了數日，小鏡河水位漲得快，我在下暴雨前便將高成殘部三萬人馬派至小鏡河南線，讓黎徵統領。他是水師出身，又有夏汎，守住小鏡河不成問題。我將咱們長風騎原來守在小鏡河的人馬全回調到了這裡。現下，此處幾乎是長風騎的人馬，除去傷亡，尚有五萬餘人。」

「軍中糧草、藥物可還充足？」

「約莫能撐上一個月。」

裴琰點了點頭，「與我估計相差不遠，看來我們定的計策可行。」

寧劍瑜的目光卻凝在圖上某處，眼神漸亮，猛然轉頭望向裴琰，裴琰微微一笑。

關塞處的殺聲漸消，一個粗豪嗓音在中軍大帳外響起，「寧將軍，末將陳安求見！」

裴琰一笑，做了個手勢，寧劍瑜忍住笑，道：「進來吧！」一名將領闖了進來，口中罵罵咧咧：「奶奶的熊！這個張之誠，沒膽和老子比個高低，淨派些小魚小蝦過來，還他媽的放冷箭，我操他十八代祖宗！」

江慈立於崔亮等人背後，聽這人言詞粗魯，好奇地探頭看了看。只見這陳安聲音雖粗豪，但年紀甚輕，不過十八九歲，身形高挺，雙眉粗濃，偏一雙眼睛生得極爲細長，與其身形極不相襯。他闖進帳內，直奔帳內一角的水壺處，也不用茶杯，拎起瓷壺一頓猛灌。

陳安正仰頭灌水，似是感到帳內氣氛有異，轉過頭來，看清含笑立於長案邊的人，「啊」聲大叫，將茶壺一扔，撲了過來。

長風衛童敏早有準備，身形前躍，接住將落地的瓷壺，嘖嘖搖頭，「小安子，這可是寧將軍的心頭寶，你若摔壞了，拿甚來賠！」

那邊陳安早已撲到裴琰身前，激動得手足無措，裴琰微笑著忽握拳一擊，陳安不敢硬接，向後空翻。裴琰閃前，隻手再擊數拳，陳安一一擋下。裴琰笑道：「不錯，有長進！」收手而立。

陳安單膝跪於裴琰身前，半晌方語帶哽咽，「小安子見過侯爺！」裴琰微笑道：「起來吧。」陳安站起，忽然轉過頭去。

寧劍瑜哈哈大笑，向童敏攤開右手。童敏無奈，嘻笑道：「等一下再解，可好？」寧劍瑜不依，上來左手抱住童敏的腰，右手便去解他褲腰帶。童敏笑罵道：「小安子，年半不見，一見面，你就害老子輸了褲腰帶。」寧劍瑜將他褲腰帶扯下，轉身笑道：「我說小安子見到侯爺必會落淚，童敏不信，倒是我贏了。」

陳安轉過頭，眼角猶依稀有淚痕，卻嘿嘿一笑，「童大哥，可對不住了，誰讓你們不帶著我。」

童敏左手拎著褲頭，右腳去踢陳安，陳安還招，童敏要顧及軍褲不向下滑，便有些手忙腳亂。

裴琰搖頭笑罵道：「饒你們這一次，下次不能這麼胡鬧！」他轉頭向衛昭笑道：「這些小子，都是一塊兒長大的，許久沒見面，稍嫌胡鬧，衛大人莫怪。」

衛昭一笑，「素聞少君長風衛威名，也聽說過他們的來歷，想來這幾位皆是了。」

裴琰點頭，望著仍在追逐的陳安和童敏，微笑道：「他們都是我長風山莊收養的孤兒，自幼便跟著我，個個如同我的手足。」江慈聽裴琰這話說得前所未有的動情，覺得奇怪，忍不住偷覷他一眼。裴琰似是有所感應，目光轉過來，江慈忙又躲回崔亮背後。

那邊陳安和童敏又互搭著肩過來，裴琰問寧劍瑜：「許雋呢？」寧劍瑜眼神微暗，回道：「他一直在關塞上不肯下來，說是要親手殺了張之誠，為老五報仇。」

裴琰輕歎一聲，道：「既是如此，便由他去，他那性子任誰也勸不轉的。回頭你悄悄和他說我已到了軍中，讓他心裡有個數。」又道：「人差不多都在這裡，大家聽著，我到了牛鼻山的事，除同來的人外，僅限今日帳內之人知曉。若有弟兄們問起，你們就故作神祕，但不能說確實了，明白麼？」

「是。」帳內之人齊齊低應一聲。

「你們都可以露面，隨機行事。」裴琰轉向衛昭道：「我和衛大人卻不能公開露面，說不得，要委屈衛大人和我一起住這中軍大帳。」

衛昭淡然笑笑，微微欠身，「正有諸多事情要向少君請教。少君放心，我本番帶來的都是心腹。」

裴琰揮揮手，其餘人退出，帳內僅餘寧劍瑜、崔亮、江慈及衛昭。

江慈猶豫片刻，也跟著童敏等人退出大帳。

她站在大帳門口，童敏一直跟著裴琰，自是認得她，過來笑道：「江姑娘……」江慈忙道：「童大哥，這是軍營，叫我江慈吧。」童敏呵呵一笑，「也是，咱們長風騎的弟兄是守規矩的，但這裡還有些高成的人，萬一知道你是姑娘，可有些不妙。」
江慈罕和長風衛們說話，這時對他們生了些好感，笑道：「童大哥，你們都是從小跟著相爺的麼？」
「是，長風衛兄弟們很多是無父無母的孤兒，被夫人和老侯爺收養進長風山莊，學的也是山莊的武藝。我是九歲起跟著相爺，安澄更早，六歲便在相爺身邊。陳安稍晚些，十一歲才入莊，但最得相爺喜歡。」
二人正說話間，崔亮與寧劍瑜笑著出帳，見江慈站在大帳前，崔亮道：「小慈過來。」
江慈向童敏一笑，走到崔亮身邊。崔亮轉向寧劍瑜道：「寧將軍，這位是我的妹子江慈。我想讓她跟著軍醫，做個藥童，有勞你略略安排。」
寧劍瑜本是心思縝密之人，一聽說江慈是女子，便知她隨軍而來必定經過裴琰許可，其後只怕大有文章，遂笑道：「這樣吧，我讓他們另外搭個小帳，江姑娘便住在那裡，明天我再差人帶你去見軍醫。」江慈笑道：「多謝寧將軍。」
寧劍瑜自去吩咐手下，崔亮在江慈耳邊低聲道：「長風衛自會有人暗中保護你，你安心住下，跟著軍醫，有甚事，只管來找我。」

子時初。
寧劍瑜和崔亮進帳，裴琰將手中棋子丟回盒內，衛昭也起身，二人相視一笑，接過寧劍瑜遞上的黑巾，將面蒙住。四人悄然出帳，帶著童敏數人往關塞方向行去。
此時已是子夜時分，關塞處卻仍是一片通明，爲防薄軍發動攻擊，長風騎輪流換營守衛著這牛鼻山關塞。
一行人登上關塞北面的牛鼻山主嶺，寧劍瑜道：「咱們現今所在就是兩個像牛鼻子一樣的山洞上方，東邊是峭壁，南邊關塞過去即是小鏡河的險灘段，這處河段號稱『鬼見愁』，又是夏汛期間，再往西去有晶州的守軍守著梅林渡，薄軍是決計無法從這裡放舟西攻的，所以他們眼下重點還是和我們在關塞處激戰。」

崔亮望向北面，「按圖來看，往北數十里便是婁山與雁鳴山脈交界處。」

「是，所以薄軍八成從牛鼻山這裡通過，若是打北邊的桓軍起衝突，必要和雁鳴山北部的桓軍起衝突，還要越雁鳴山南下，他們必不會這麼傻。」

崔亮道：「宇文景倫也不傻，這個時候，不會和薄雲山起衝突。」

「就怕他們聯起手來，先主攻牛鼻山或黛眉嶺，到時再瓜分河西府。」寧劍瑜略帶憂色。

裴琰看了衛昭一眼，淡淡道：「薄雲山在隴州鎮守邊疆多年，殺了不少桓國人，他們兩方聯手乃非易事。再說，宇文景倫若將薄雲山引到河西府，又得防著咱們往西抄他後面，他不會做這腹背受敵之事。」

衛昭負手而立，望向遠處奔騰的小鏡河，並不說話。

寧劍瑜道：「侯爺計策是好，但薄雲山多年行軍，只怕不會輕易上當。這些日子，他攻得極有章法，也不冒進，似是知道我方糧草只能撐上一個月，他玩的是個『耗』字，想把我們拖乏了再發動總攻。」

裴琰點點頭，「薄雲山謀畫多年，早有準備，去年冬天還以防桓軍進攻為藉口，從朝廷弄了大批糧草過去。鄭郡等地向來富有，他的糧草軍餉，依我估計可撐上大半年。」

寧劍瑜沉吟道：「我們兵力不及對方，攻出去勝算不大，唯有利用地形之便，想方設法誘薄雲山主動發起進攻才行。」裴琰笑道：「辦法是有，端看你演戲功力何如。」寧劍瑜領悟過來，笑道：「又讓我演戲，侯爺好在一邊看戲。」裴琰大笑回應：「你是這裡的主帥，你不演，誰來演！」

濃雲移動，遮住天上明月。衛昭緩緩轉身，望向薄軍軍營，平靜道：「少君不可大意，薄雲山縱橫沙場二十餘年，手下猛將如雲。縱是上當而發起總攻，這一仗，咱們也無十分勝算。」

「是。但形勢所迫，咱們得和他打這一場生死之戰，他耗得起，咱們耗不起。田策那裡，我估計守住一兩個月不成問題，然拖得太久，只怕有變數。」裴琰轉身望向崔亮，「至於這場生死之戰能不能取勝，就要看子明的了。」

崔亮望向關塞，心中暗歎，輕聲道：「這一仗下來，牛鼻山不知要添多少孤魂。」裴琰道：「子明悲天憫人，不願看屍橫遍野。可若這一仗咱們不能取勝，只怕我華朝死的百姓將會更多。薄軍和桓軍的屠城史，遠的不說，上個月，成郡便死了數千百姓，鄭郡民間錢銀已被薄軍搶掠殆盡，十戶九空。倘讓他們拿下河西府，後果不堪設想。」

崔亮低頭不再說話。衛昭看了看崔亮，又望向東面薄軍軍營，也未再開口。

江慈終得單獨住一小帳，帳內又物事齊全，想是寧劍瑜吩咐過，還有士兵抬了一大缸水進來。她便在帳內一角搭了根繩子，掛上衣衫作遮掩，快速洗沐，又睡了個好覺。

翌日一早，有一名校尉過來將她帶到軍醫處。長風騎共有三名軍醫，皆是四十上下的年紀，主醫凌承道，面容清臞、頷下無鬚。江慈進軍醫帳篷的時候，他正給一名傷員換藥，聽到校尉轉達寧劍瑜的話，也未抬頭，「嗯」了一聲。待校尉離去，他將草藥敷好，右手一伸，「綳布！」

江慈會意，目光迅速在帳內瞄了一圈，找到放綳布的地方，又取過剪子，奔回軍醫處，將綳布遞給凌軍醫。凌軍醫將傷員右臂包紮好，江慈遞上剪子，他將綳布剪斷，拍了拍傷員的額頭，「小子不錯，有種！」他也不看江慈，自去洗手，聽到江慈走近，道：「你以前學過醫？」

「沒正式學，但看過別人包紮傷口，這幾日勤讀《素問》。」

凌承道聽到她的聲音，猛然抬頭，上下打量了江慈幾眼。

江慈知這位饒有經驗的軍醫必已看出自己是女子，遂笑了笑，輕聲道：「凌軍醫，我是誠心想學醫，也想爲傷兵們做些事，您就當我是藥童，我什麼都可以做的。」
凌承道思忖片刻，道：「你在讀《素問》？」
「是。」
「我考你幾個問題。」
「好。」
「人體皆應順應自然節氣，若逆節氣，會如何？」
「逆春氣則少陽不生，肝氣內變；逆夏氣則太陽不長，心氣內洞；逆秋氣則太陰不收，肺氣焦滿；逆冬氣則少陰不藏，腎氣獨沉。」
「嗯，我再問你，胸痛少氣者，何因？」
「胸痛少氣者，水氣在臟腑也。水者陰氣也，陰氣在中，故胸痛少氣。」
凌軍醫點了點頭，「《素問》背得倒是挺熟，但咱們這軍營，講的是搶救人命，療的是外傷，見的是血肉模糊，你能吃得了這份苦麼？」
「凌軍醫，我既到了這裡，自是做好了一切準備。」江慈直視凌軍醫，平靜道。
凌軍醫看了她片刻，微微一笑，「那好，既是寧將軍吩咐的，我就收了你這個藥童，你跟著我吧。」
說話間，又有幾名傷員被抬了進來，江慈迅速洗淨雙手，跟隨凌軍醫。眼見那些傷員或箭傷、或槍傷、或被刀劍砍中，傷口處皆是血肉模糊，縱是來之前已做足心理準備，仍不免有些害怕，她深呼吸幾下，鎮定住心神，跟在凌軍醫身邊遞著綳布藥物。抬入軍醫帳篷的傷員越來越多，三名軍醫和七八名藥童忙得團團轉。
凌軍醫皺眉道：「現下關塞戰況很激烈麼？」
一名副尉答道：「是，許將軍要替五爺報仇，親自出了關塞，挑戰張之誠。他和張之誠鬥得不分勝負，寧將軍擊鼓喚他回來不成，寧將軍只得派了精兵前去接應，現與薄軍打得正凶。」

牛鼻山關塞東側，長風騎副將許雋與薄雲山手下頭號大將張之誠鬥得正凶。許雋的結義兄弟華五在半個月前的戰役中死於張之誠刀下，許雋發下了「不殺張之誠，絕不下關塞」的誓言，半月來一直守在關塞上，日日派士兵前去罵陣。張之誠卻好整以暇，只派些副將前來應戰，抽空偷襲一下，放放冷箭，把許雋氣得直跳腳，張之誠卻在自家軍營中哈哈大笑。

這日晨間，許雋派出的罵陣兵竟翻出了新花樣。張之誠為賤婢所生，其親母後隨馬夫私奔，還生下了幾個異父弟妹；張之誠的父親死於花柳病，這些新鮮事經罵陣兵們粗大的嗓門在陣前一頓演繹，頓時轟動兩軍軍營。長風騎官兵們聽得興高采烈，不時發出哄然大笑，以配合自家的罵陣兵，而薄軍將士們聽得尷尬之餘，內心又盼望對方多罵出點新內容，好供陣後閒談。

張之誠在帳內面色漸轉鐵青，這些私密隱事不知寧劍瑜由何得知，正坐立不安時，前方罵陣兵們又爆出猛料：年前張之誠的小妾勾搭上薄公帳內一名孌童，兩人私奔，被張之誠追上，他竟心疼這名小妾，只將那孌童處死，仍將小妾悄悄帶回府中，心甘情願收了一頂綠油油的帽子云云。

這一通罵下來，張之誠再也坐不住，提刀上馬，帶著親兵直奔關塞。許雋正等得心焦，見仇人前來，雙眼通紅，一聲令下，關塞吊橋放落，他策馬衝出，與張之誠激戰在了一起。兩人這番拚殺鬥得難分難解，打了大半個時辰仍未分出勝負，寧劍瑜在關塞上看得眉頭緊蹙，下令擊回營鼓，但許雋殺紅了眼，竟置軍令不顧，張之誠幾次想撤刀回營，被他死死纏住。

薄軍中軍大帳位於一處小山丘上，薄雲山負手立於帳門口，望著前方關塞處的激戰，呵呵一笑，「這個許雋，倒是十足倔脾氣。」

謀士淳于離走近，笑道：「薄公放心，若論刀法，許雋遠不及張將軍，只是他一心報仇，而張將軍不欲纏鬥，故此未分勝負。」

薄雲山正待說話，卻聽得關塞上一通鼓響，吊橋放落，大批長風騎精兵湧出。這邊張之誠見對方兵盛，大喝一聲，薄軍將士也齊聲呼喝，如潮水般擁上，大規模的對攻戰在關塞下展開。

薄雲山微皺了一下眉，「寧劍瑜向來穩重，今日有些冒進。」

「寧劍瑜和許雋是拜把兄弟，自是不容他有閃失。」淳于離捋著頷下三綹長鬚，微笑道。

薄雲山冷冷道：「若斬了許雋，不知道會否動搖寧劍瑜的心志？」

「可以一試。」

薄雲山將手一揮，不多時，薄軍戰鼓擂響，數營士兵齊聲發喊，衝向關塞。

寧劍瑜在關塞上看得清楚，眼見許雋陷入重圍，提起銀槍，怒喝一聲：「弟兄們，隨我來！」

寧劍瑜帶著長風騎數營精兵衝出關塞，直奔重圍中的許雋。許雋卻仍在與張之誠激鬥。寧劍瑜策馬前衝，丈二銀槍左右生風，如銀龍呼嘯又似驚濤拍岸，寒光凜冽，威不可擋。

他衝至許雋身邊，許雋正稍顯狼狽地避過張之誠橫砍過來的一刀，寧劍瑜大喝一聲，槍尖急速前點。張之誠刀刃劇顫，迅速回招，他的親兵見他勢單，齊齊發喊，圍攻上來。寧劍瑜俯身將許雋拎上馬背，許雋有些不服，猶要跳落，寧劍瑜只得右手銀槍擋住攻來的兵器，左手按住許雋。

遠處，小山丘上，薄雲山將這一切看得清楚，微微一笑，攤開右手，手下會意，遞上強弓翎箭。薄雲山氣貫雙臂，吐氣拉弓，箭如流星在空中閃了一閃，轉瞬便到寧劍瑜身前。

寧劍瑜左手護著背後的許雋，右手提槍，仍忙與張之誠廝殺，耳中聽得破空箭聲，抬頭間已不及躲避，本能下身形稍稍左閃。那黑翎利箭「噗」的一聲，刺入他的右胸。

三十八　忍辱負重

江慈跟著凌軍醫，忙得不可開交，抬進來的傷兵越來越多。正手忙腳亂間，忽有人衝進帳篷嚷道：「凌軍醫，快去大帳，寧將軍受傷了！」

帳內頓時炸開了鍋，軍醫和傷員們都震驚一瞬，倒是江慈率先反應過來，扯了一下凌軍醫的衣襟。凌軍醫省覺，抱起藥箱就往外跑，江慈見他落下幾樣急救用的物品，忙拿起跟了上去。

中軍大帳門口擠滿了長風騎將士，陳安和童敏親守帳門擋著眾人，見凌軍醫飛奔而來，方將帳門撩開一條細縫，讓其進去。江慈跟上，童敏猶豫了一下，瞧見她手中的藥品，也將她放入帳中。

凌軍醫衝入內帳，顫聲道：「傷在哪兒？快，快讓開！」

內帳榻前圍著數人，凌軍醫不及細看，衝上去將人扒拉開，口中道：「讓開、讓開，傷在哪兒！」他低頭看清榻上之人，不由愣住，耳邊傳入一個熟悉的聲音：「凌叔！」凌軍醫側頭一看，說不出話來，裴琰笑道：「凌叔，許久不見。」

寧劍瑜上身赤裸，坐於榻旁，看著正給許雋縫合腰間刀傷的崔亮，道：「凌叔回頭罵罵許雋，這傢伙，不要命才把我搶回來。」

凌軍醫放下手中藥箱，趨近細看，又抬頭看了看崔亮，起身抱起藥箱就往外走。裴琰忙將他攔住，「凌叔，劍瑜身上也有傷，你幫他看看。」

「你這裡有了個神醫，還要我這個老頭子做甚？」

裴琰知他脾性，仍是微笑，左手卻悄悄打出手勢，寧劍瑜會意，「哎呀」一聲，往後便倒。

凌軍醫瞪了裴琰一眼，轉身走到寧劍瑜身邊，見他胸前隱有血跡，忙問道：「箭傷？」寧劍瑜輕哼兩聲：

「是，薄雲山眞是老當益壯，這一箭他肯定用了十成內力，若非虧得子明給我的軟甲，還眞逃不過這一劫。」凌軍醫在他頭頂敲了一記，怒道：「你若不留著這條命娶我女兒，看我不剝了你的皮！」

寧劍瑜嘿嘿一笑，「雲妹妹心中可沒有我，只有咱家……」抬頭看見裴琰面上神色，悄悄把後面的話嚥了回去。

凌軍醫細心診看寧劍瑜胸前箭傷，知有軟甲相護之故，箭頭只刺進了半分，除皮肉之傷外並無大礙。他低頭打開藥箱，旁邊卻有人遞過軟紗布和藥酒，抬頭一看，正是江慈。凌軍醫笑了笑，用軟紗布蘸上藥酒，塗上寧劍瑜胸前傷口。寧劍瑜齜牙咧嘴，猛然厲聲痛呼，倒把站於旁邊的江慈嚇了一大跳。

凌軍醫亦摸不著頭腦，裴琰低聲笑罵：「讓你演戲，也不是這樣演的，倒叫得中氣十足。」寧劍瑜哼道：「爲了演這場戲，我容易麼我？侯爺也不誇幾句。」

裴琰眼神掠過一邊的衛昭，微笑道：「倒不知薄雲山會不會上當。」

衛昭斜靠於椅中，手中一把小刀細細地修著指甲，並不抬頭，語調無比閒適，「薄雲山雖性情暴戾，但並非魯莽之徒，少君看他這些年對皇上下的工夫便知，此人心機極深。這誘敵之計能不能成功，尚難說得很。」

崔亮將草藥敷上許雋腰間，笑道：「劍瑜陣前演得好，許雋救得好，長風騎弟兄們的陣形更練得不錯！相爺長風騎威名，崔亮今日得以親見，心服口服。」

寧劍瑜抬頭得意笑道：「那是，咱們長風騎的威名，可不是吹出來的，全靠弟兄們眞刀眞槍、浴血沙場……」他目光停在衛昭身上，眼見衛昭身形斜靠，低頭修著指甲，整個人慵懶中透著一絲妖魅，想起曾聽過的傳言，不自禁地面露厭惡之色。衛昭手中動作頓住，緩緩抬頭，與寧劍瑜目光相交，唇邊笑意漸斂。寧劍瑜輕不可聞地哼了聲，轉向裴琰笑道：「侯爺，想當年咱們在麒麟山那場血戰，殺得眞是痛快，此番若是能將薄雲山……」

衛昭握著小刀的手漸轉冰涼，眼見裴琰仍望向自己，唇邊勉力維持著一抹笑容，只是這抹笑容略顯僵硬。

江慈站於一旁，將寧劍瑜面上厭惡之色看得清楚，她忽又想起那日立於落鳳灘、白衣染血的衛昭，想起月落族人對他敬如天神的吟唱，心中一酸，眼中不由帶上了幾分溫柔之意，看向衛昭。衛昭目光與她相觸，握著小刀的手暗中收緊，唇邊最後一抹笑意終完全消失。

江慈察覺他受傷般倔強的眼神如利刃般刺入自己心底，更是難過，卻仍溫柔地望著他，微微搖了搖頭。

裴琰目光自衛昭身上收回，又看向江慈，也未聽清寧劍瑜說些什麼，只漫不經心地「哦」了幾聲，負在背後的雙手慢慢緊捏成拳。

「行了，許將軍的性命算是搶回來了。」崔亮直起身，滿頭大汗。

江慈省覺，向衛昭笑了笑，轉身端來一盆清水。崔亮將手洗淨，凌軍醫也已將寧劍瑜傷口處理妥當，過來看了看許雋的腰間，向崔亮道：「你師承何人？」

崔亮但笑不答。裴琰忙岔開話題，向凌軍醫道：「凌叔，你出去後，還得煩你莫道出實情，只說劍瑜重傷未醒。」

江慈再端過盆清水，凌軍醫將手洗淨，冷冷道：「我可不會演戲，就裝啞巴好了。」說著大步出帳。

帳外，長風騎將士等得十分心焦，先前聽得主帥慘呼，俱是心驚膽顫，見凌軍醫出帳便齊圍上來。凌軍醫滿臉沉痛，長歎一聲，搖了搖頭，急步離開。

江慈將物品收拾妥當，正待出帳，崔亮遞過一張紙箋，「小慈，你按這藥方將藥煎好，馬上送過來。」

「好。」江慈將藥方箋放入懷中，轉過身，眼神再與衛昭一觸。衛昭面無表情，轉過頭去。

藥方上的藥，江慈大半不識，只得去問凌軍醫。凌軍醫看過藥方，沉默良久，仍極耐心地教江慈識藥，又囑咐她煎藥時要注意的事項，方又去救治傷員。

這一戰，由於副將許雋不服號令，長風騎死傷慘重，主帥寧劍瑜重傷，若非長風騎陣形熟練，陳安帶人冒死衝擊，險些便救不回這二人。

聽得寧將軍重傷昏迷，軍中上下俱是心情沉重，卻反生出一股哀兵必勝的士氣，皆言要誓死守衛關塞，與薄軍血戰到底。陳安尤是血性發作，親帶精兵於塞前叫陣，痛罵薄雲山暗箭傷人，要老賊出來一決生死。只是薄軍反應極爲平靜，始終未有將領前來應戰。

戌時，天上黑雲遮月，大風漸起，眼見又將是一場暴雨。

薄軍軍營，營帳綿延不絕。中軍大帳內，淳于離低聲道：「主公，依星象來看，這場雨只怕要下個三四天。小鏡河那邊，咱們不用想了。」

薄雲山闔著眼，靠於椅背，右手手指在長案上輕敲，良久後輕聲道：「長華。」

「是。」淳于離微微躬腰。

「你說，寧劍瑜今天唱的是哪一齣？」

一名眉清目秀的少年由內帳端著水盆出來，輕輕跪於薄雲山腳邊，又輕柔地替他除去靴襪，托著他的雙足浸入藥水中，纖細的十指熟練地按著他腳部各穴位。

淳于離思忖片刻，道：「算算日子，裴琰若是未去河西府，也該到牛鼻山了。」

「嗯，那他到底是去了河西府，還是來了這牛鼻山呢？」

「難說。裴琰性狡如狐，最擅計謀，還眞不好揣測。」

「嗯。」薄雲山的雙足被那少年按捏得十分舒服，忍不住長舒一口氣，慢悠悠道：「若是裴琰到了這裡，那麼寧劍瑜今日受傷，極有可能是誘敵之計。可要是……」

淳于離素知他性情，忙接道：「若裴琰未來此處，寧劍瑜這回受傷，對咱們可是個千載難逢的機會。」

薄雲山手指在案上細敲，復陷入沉思。少年將薄雲山的雙足從藥水中托出，輕柔抹淨，仍舊跪於地上，低下頭去，慢慢張嘴，將他的足趾含在口中，細細吸吮。薄雲山被吮得極爲舒服，伸手拍了拍少年的頭頂。

淳于離早知自家主公有些怪癖，見怪不怪，仍微笑道：「不知主公今日那一箭用了幾成內力？」

「十成。」

「看來，寧劍瑜的傷是眞的。」

「嗯，天下間能在我十成箭力下逃得性命的只有裴琰和易寒，即便他穿著護身軟甲，亦必定重傷，除非有那傳言中的『金縷甲』。」薄雲山道。

「魚大師一門早已絕跡，世上到底有無『金縷甲』，誰也不知。此可能性不大，寧劍瑜必定身負重傷。」

薄雲山頷首，「傷是眞傷，問題在於這傷是苦肉計還是什麼，得好好想想。」

淳于離漸明主公的心思，道：「要不，再觀望觀望？」

薄雲山睜開雙眼，微笑道：「他的傷，一時半會也好不了。不管是苦肉計還是其他，反正他急，咱們不急。至於從哪幾方面來觀察推斷，長華是箇中高手，不消我多說。」淳于離微笑應道：「是，屬下明白。請主公早些歇著，屬下告退。」

薄雲山卻笑道：「長華，你在我身邊，有十五年了吧？」

「是，淳于離蒙主公器重，知遇之恩未敢有片刻相忘。」淳于離恭聲道。

「你才華橫溢、智謀過人，卻遭奸人陷害，不能考取功名，這是老天爺要你到我軍中來輔佐於我，若大業得成，長華必定是丞相之才。」

淳于離忙躬身泣道：「淳于離必粉身碎骨，以報主公大恩大德。」薄雲山微笑道：「長華不必這般虛禮，你幫我去看看之誠的傷勢。許雋這小子，拚起命來，還眞是……」

淳于離應聲「是」後出帳而去。薄雲山將左足從少年口中抽出，右手按上少年頭頂，輕輕摩挲著他的烏髮。少年有些驚慌，卻不敢動彈。

薄雲山呵呵一笑，少年暗中鬆了口氣，低聲道：「阿柳侍候主公安歇。」

薄雲山輕「嗯」一聲，少年阿柳幫他穿上布鞋，隨他步入內帳。阿柳輕手替他脫下衣袍，又從一旁取過托盤，薄雲山拿起托盤中的繩索和皮鞭，阿柳極力控制住身軀的微顫，跪於榻邊，慢慢除去身上衣物。

帳內燈燭通明，映得阿柳背上的傷痕似巨大的蜈蚣，薄雲山看見那傷痕竟越發興奮，眼中浮現嗜血的猩紅。他揚起手中皮鞭，阿柳痛哼一聲，依仍跪於榻邊，十指緊摳著自己的膝蓋，眼神凝在榻下。那處，一方染血的絲帕靜靜地躺於塵埃之中，絲帕上繡著的玉迦花，已被那血染成了黑褐色。

鮮血自阿柳的背上和膝上緩緩滲出，薄雲山俯下身來，將阿柳拎上榻，吸吮著那殷紅的鮮血。這血腥之氣讓他想起多年沙場殺戮的快感，他將阿柳的雙手綁在榻前一根木柱上。皮鞭聲再度響起，阿柳纖細的身子在榻上扭動，鮮血在背上蜿蜒，薄雲山黑黝臉上添了幾分血紅，他伏下身，扼住阿柳雙肩的手逐漸用力。阿柳雙肩劇痛，卻仍回頭羞澀一笑。薄雲山極爲開心，一路向上吸吮著鮮血，並重重咬上阿柳的右肩，低沉道：「還是阿柳好，那些小子們都不成器，只有被拍裂天靈骨的命。」

阿柳垂下眼簾，斂去目中懼恨之意，口中柔柔道：「那是他們沒福分，受不起主公的恩寵。」

薄雲山笑得更是暢快，喘道：「不錯，你是個有福分的孩子。等將來主公打下這江山，收服你月落一族，便放你回家，特意幫主公挑些機靈些的孩子，最好像你一樣。」

阿柳呻吟道：「阿柳一切都聽主公的，只盼主公大業得成，阿柳也好沾點福蔭。」

夜深之後，帳內響起薄雲山規律的輕鼾聲，阿柳悄無聲息下榻，神情木然地穿上衣物，赤著雙足，輕步出了大帳。

阿柳轉入大帳不遠處的一處小帳。見他進來，一名年幼些的少年撲過來將他扶住，淚水洶湧而出。阿柳冷冷地看了那少年一眼，「哭什麼！你還是個男人麼？」少年更覺剜心似的疼，卻不敢再哭，強忍著打來清水，取過藥酒，替阿柳將背上鞭傷清理妥當，低聲道：「阿柳哥，咱們逃吧。」

阿柳淡淡一笑，語調平靜，「逃？逃到哪裡去？」

「回月落，咱們回月落！聖教主不是領著族人打跑了華軍麼？咱們不用擔心會被送回這禽獸身邊。」少年激動地說道，企盼地望著阿柳。

阿柳目光投向帳外，低歎一聲，右臂將少年攬住，輕聲道：「阿遠，再忍忍，你再忍忍，阿柳哥定會護著你的周全。總有一天，聖教主會派人來接咱們回去的。」

阿遠無聲地抽泣，伏在阿柳懷中，慢慢睡了過去。

帳內燭火快燃至盡頭，阿柳將阿遠放在氈上，凝望著阿遠稚嫩的面容，又輕輕從一旁的布囊中取出一只銀鐲子。他將銀鐲子緊捂在胸口，眼角終淌下一行淚水，喃喃道：「阿母，阿姐……」

眼見大雨將下，江慈忙將煎好的藥倒入瓦罐中，抱在胸前，又提上藥箱，回頭道：「凌軍醫，我送藥去了。」

凌軍醫點頭道：「好，送過藥，你就回去歇著吧，這裡有小天他們守著。」

江慈微笑道：「小天他們也不能守一整夜，我來守後半夜吧，還有十幾個人得換藥。」說著出了帳門。

剛到中軍大帳門口，黃豆大的雨點便砸落下來。童敏看著她抱在胸前的瓦罐，笑道：「正等著呢。」說著掀開帳簾。

江慈衝他一笑，步入內帳。裴琰正與崔亮下棋，寧劍瑜坐於一邊觀戰，而衛昭則斜倚在榻上看書。見江慈進來，崔亮放下手中棋子，「劍瑜接手吧。」走至榻邊，將許雋扶起。江慈則用湯匙，小心翼翼地餵許雋喝藥。

崔亮看了看湯藥的顏色，讚道：「不錯，藥煎得恰好，小慈學得倒是快。」江慈有些靦腆地回應：「是崔大哥和凌軍醫教得好，我只不過依樣畫瓢罷了。」

裴琰落下一子，回頭笑道：「子明，你收了這麼個聰明的徒弟，是不是該請東道？」

崔亮看著江慈烏黑清亮的眸子，語帶疼惜，「小慈確實聰明。」

突然，陳安衝入帳中，罵道：「奶奶的，這個老賊，倒沒了動靜！」裴琰與寧劍瑜互望一眼，裴琰沉聲道：「說吧。」陳安恢復冷靜，道：「罵了大半天，薄軍不見動靜，在山頂負責瞭望的哨兵回報，薄營未見有調兵跡象，倒是黃昏時分，又有一批軍糧進了軍營。」

寧劍瑜眉頭微皺，「這個薄雲山，倒是沉得住氣。」

「哨兵數了一下運糧車的數量，初步估計，夠薄軍撐上二十來天。」

裴琰沉吟道：「若是薄雲山老這麼耗著，劍瑜又不好再露面，可有些棘手。」

崔亮將許雋放平，走過來道：「這幾日將降暴雨，薄軍發起總攻的可能性不大，估計得等雨停了，他又查探妥當，才會有行動。」裴琰道：「十天半個月還行，再久了，我怕安澄那邊有變。軍糧也是個問題，我和董學士議定的是……」

此時，江慈走到寧劍瑜身邊，輕聲道：「寧將軍，凌軍醫說，您傷口處的藥得換一下。」

寧劍瑜正用心聽裴琰說話，順手除下上衫，露出赤裸的胸膛。崔亮過來道：「我來吧。」

江慈笑道：「不用，這個我會，以前也……」想起與受傷的衛昭由玉間府一路往京城的事情，她忍不住抬頭看了榻上的衛昭一眼。衛昭舉起手中的書，將面目隱於書冊之後。江慈面頰微紅，忙俯下身，將寧劍瑜的綳布解開，重新敷藥。

寧劍瑜見裴琰不再往下說，忙問道：「侯爺，您和董學士議的什麼？」

裴琰望著江慈的側面，將手中棋子一丟，神色冷肅，「此間戰事不能久拖，我們要想辦法儘快拿下薄雲山。即便他不攻，也要逼得他攻。」

未久江慈替寧劍瑜換好藥，將東西收拾好，向裴琰行禮後退出大帳。

帳外，大雨滂沱。崔亮追了出來，撐起油傘，江慈向他一笑，二人往軍醫帳篷走去。

「小慈。」

「嗯。」

「能適應麼？」

「能，我只恨自己少生了幾隻胳膊，更後悔以前在西園時，沒早些跟你學習醫術。看到這些傷兵，我心裡眞是……」

「見慣就好了，醫術慢慢來，別太辛苦，你想救更多的人，首先自己的身子得結實。」

江慈側頭向崔亮微笑，「是，我都聽崔大哥的。」崔亮立住腳步，「小慈，我有句話，你用心聽著。」江慈微微仰頭，平靜道聲「好」。

崔亮望著她澄靜的雙眸，遲疑片刻，終道：「小慈，這牛鼻山，估計馬上會迎來一場大戰。你記住，你是女子，前面拚命之事是歸男人的，搶救傷員再缺人手，你也別往前方去。萬一戰事不妙，我又沒能及時回來帶上你，你有機會就趕緊走，切記保命要緊！」

江慈一陣靜默，少頃後低聲道：「崔大哥，這場戰事，會很兇險麼？」

「是，十幾萬的大軍對峙，一旦全力交鋒，其凶險非你能想像的。小慈，你聽我的，切記切記。」

「是，我記下了。崔大哥，你呢？你要緊隨著相爺麼？」

崔亮望向接天雨幕，望向黑沉的夜空，良久方道：「我還有些事要做，待這些事辦妥後，我才能走。」見江慈滿面擔憂之色，崔亮敲了敲她的額頭，笑道：「放心吧，你崔大哥自有保命之法，再說，我常隨著相爺，相爺沙場之威名可不是吹出來的，有他護著，我沒事。」

江慈一笑，「是呢，倒是我白擔心了。」

崔亮將她送至軍醫帳前，「我現下住在中軍大帳，你有什麼不懂的就來問我。」

目送崔亮的身影消失在雨中，江慈默然良久，方轉身入帳。

藥童小天見她進來，道：「來得正好，丁字號有幾人要喝湯藥，我已經煎好了，你送去吧。」

江慈微笑著接過，放入籃中，取過把油傘，走到丁字號醫帳。帳內十餘名傷兵正圍於一竹榻前，凌軍醫眉間隱有哀傷之色，由江慈身邊走過。

「老六！老六你別睡，你醒醒！」一名副尉用力搖著竹榻上的士兵，圍著的傷兵們不忍看榻上那張毫無半絲血色的面容，紛紛轉過頭去。

那副尉伸出雙手，將榻上已沒了呼吸的士兵抱在胸前，眼睛睜得銅鈴似的仰面向天，喉頭卻在急速抖動，同袍兩人走上前去低聲勸慰他。副尉終逐漸平靜下來，右手輕輕抹上胸前士兵的雙眼，輕輕地將人放下，木然看著其他士兵進來抬走。他默默跟在後面，由江慈身邊走過，腳步有些踉蹌。

江慈心中惻然，不由有淚盈眶。在這殘酷的戰爭面前，在這生離死別面前，她只覺自身力量弱如螻蟻，這血腥的風吹過，自己便如同這陣風中的一片灰燼，只能無力地隨風飄舞，眼睜睜看著這些年輕的生命自眼前悄然逝去。

一名傷兵跛著腳走到她面前，「喂，小子，傻了！我的藥呢？」
江慈省覺，忙俯身從竹籃中取出紙箋，反問道：「你叫什麼名字？」

時近正午，黛眉嶺的戰事仍在激烈地進行。
經過近十天的激烈拚殺，桓軍再向前推進了一些，終將主戰場移到了兩座山峰之間的平野上。
桓軍本以騎兵見長，戰馬雄駿，打山地戰實顯得吃虧，這一進入平野便立見長短，數次對決，都將田策的人馬打得死傷慘重。若非田策手下多為悍不畏死之人，搶在桓軍攻來之前挖好了壕溝，又有附近百姓趕來放火燒除一片茅草地，阻住了桓軍的攻勢，便險些被桓軍攻下這河西府北面的最後一道防線。
宇文景倫端坐於戰馬上，背後，碩大的王旗被風吹得獵獵作響。他神情肅然，望著衝上去的桓軍一次次被壕溝後的長風騎箭兵逼了回來，微微側頭，「滕先生，往河西只有這一條通道麼？」
「是，方圓數十里皆為崇山峻嶺，過了這處谷口才是一馬平川，只要能攻下這處，河西府唾手可得。」
「嗯，那咱們就花大代價，趕在裴琰到來之前拿下這處。」宇文景倫轉向易寒道：「易先生，偏勞您了，我替您掠陣。」
易寒在馬上欠身，「王爺放心。」
號角吹響，陣前桓兵井然有序回撤，雙方大軍黑壓壓對峙，旌旗蔽日，刀劍閃輝。風吹過山野，吹來青草的濃香，亦夾雜著濃烈的血腥之氣。宇文景倫緩緩舉起右手，聲音平靜中帶著一絲興奮，「弓箭手準備！」
王旗旁，箭旗手令旗高高舉起，左右交揮數下，平野間空氣略略凝滯，「吼！」數萬桓軍忽然齊聲劇喝，震得山峰都似顫了顫。隨著這聲怒吼，黑壓壓的箭兵上前，依隊形或蹲或立，拉弓抱月，利箭上弦，對準遠處壕溝後的華軍。

華朝軍隊同被這咆哮聲震得一驚。田策穩住身形，冷聲道：「盾牌手，上！」

宇文景倫將手往下一壓，箭旗落下，鼓聲急促如雨，而伴著這激烈的戰鼓，漫天箭矢射出，麗日在這一刻黯然失色。

華軍也不慌亂，盾牌手上前掩護，弓箭手位於其後進行還擊。但桓軍派出所有弓箭手輪番上陣，華軍本就人數少於對方，便有些吃不住箭勢，眼見對方箭陣步步向前，田策的帥旗亦稍稍向後移了些。

宇文景倫看得清楚，右手再是一揮，投石機被急速推上，在箭兵掩護下不斷向壕溝後的華軍投出石子，華軍盾牌手紛紛倒地，弓箭手失了掩護，許多人倒落箭雨之中。

易寒見時機已到，一聲清嘯，縱馬前馳。他鐵甲灰袍，右手持劍，領著先鋒營上千人瞬間衝至壕溝前。易寒領著的這上千人均是桓國一品堂的技擊高手，趁著華軍前排箭兵被打得慌亂，他領頭離馬騰空，手中劍光如雪，直撲壕溝對面。

這上千人一落地，即將華軍弓箭手們殺得潰不成軍，華軍箭兵步步後退，倒將自家上來接應的步兵衝得微現散亂。易寒身形如鬼魅般穿梭於陣中衝殺，一品堂的高手們同樣拚盡全力，華軍雖人數眾多，將易寒所率之人圍在中間，但已被這一波衝擊衝得有些狼狽，主力軍離壕溝又遠了些。

這邊桓軍急速跟上，將木板架上壕溝，華軍弓箭手早被易寒所率領死士這一輪冒死攻擊逼退了數十步，便來不及相阻。桓軍騎兵迅速踏過壕溝，鐵蹄震響，殺聲如雷，在山谷間奔騰肆虐。

易寒持劍躍回馬背，看著馳過壕溝的桓軍越來越多，他露出一絲欣慰的笑容，左手輕輕撫上左腿傷口，與遠處王旗下的宇文景倫相視而笑。宇文景倫見時機成熟，催動身下戰馬疾馳而出，大軍隨即跟上，如潮水般向壕溝後捲去。

華朝帥旗下，田策微微一笑，平靜道：「撤。」號角吹響，華軍步步後退，只弓箭手掩在最後，將桓軍的攻勢稍稍阻住。

宇文景倫帶著中軍越過壕溝，眼見田策帥旗向山間移動，正隱覺不妙之時，滕瑞已趕上來道：「王爺，只怕有詐！」

話音剛落，山谷兩邊，「砰」聲巨響，滿山青翠中突起無數寒光，上萬人由灌木叢中挺身而出，人人手中持著強弩。不待宇文景倫反應過來，這比尋常弓箭強上數倍的強弩射出無數利矢，箭雨如蝗，戰馬悲嘶，士兵倒地，短促的慘呼不斷響起，桓軍先衝入山谷中的士兵不多時死亡殆盡。

宇文景倫尚有些猶豫，山間華軍忽爆出如雷的歡呼，一面巨大的帥旗臨空而起，帥旗中央，紫線織就的「裴」字如一頭猛虎，張牙舞爪在風中騰躍。

宇文景倫一驚，滕瑞也從先前見到強弩的震驚中清醒過來，急道：「王爺，裴琰到了，不可冒進。」

「撤！」宇文景倫當機立斷。桓軍號角吹響，前後軍變陣，迅速撤回壕溝後，滕瑞轉身間向易寒急速道：「易堂主，能否幫我搶回一具強弩？」

易寒修眉一挑，「好！」他身形拔起，雙足在灌木上急點，灰袍挾風，手中長劍拔開漫天矢影，右足蹬上一棵松樹，身軀迴旋間左手劈空奪過一名華朝士兵手中的強弩，再運起全部眞氣由山間急掠而下，落於地面，與前來接應他的一品堂武士們會合，迅速跟上大部隊，撤回壕溝之後。

「裴」字帥旗在山間迅速移動，華軍將士齊聲歡呼，士氣大振下氣勢如虹地再度回攻。桓軍先前爲過壕溝搭起的木板不及撤去，華軍迅速衝過壕溝，桓軍回擊，雙方在平野間再次激鬥。廝殺得天昏地暗，直至申時，人馬俱疲，方各鳴金收兵，再次以壕溝爲界，重陷入對峙之中。

山谷中，平野間，血染旌旗，中箭的戰馬抽搐著悲鳴，屍橫遍野，鮮血逐漸凝固成褐色。白雲自空中悠然捲過，注視著這一片綠色蔥鬱中的猩紅。

宇文景倫立於王旗下，看向對面華朝軍中那面迎風而舞的「裴」字帥旗，陷入沉思。戰馬的嘶鳴聲將他驚醒，他轉身望向滕瑞，「滕先生，裴琰此番前來……」

見滕瑞似未聽到宇文景倫說話，只反覆看著手中那具強弩，易寒伸手推了推，「滕先生。」

滕瑞「哦」了聲，抬起頭。宇文景倫微笑道：「先生，這強弩是否有甚不尋常？先前所見，它的威力十分驚人。」

滕瑞緩緩點頭，默然良久，輕聲道：「這是『射日弓』，唉，眞想不到……竟會在華朝軍中，見到這種強弩。」他望向南面華軍，眉頭微皺，低聲道：「是誰來了呢？難道是他！」

三十九　我心悠悠

由於這幾日戰事暫歇，無添新的傷兵，舊病員也痊癒了一部分，江慈跟著輕鬆了少許，不用再整夜値守。稍得空閒，她遂又捧起了《素問》，經過這幾日隨凌軍醫救治傷員、識藥煎藥，再回過頭來看《素問》，理解自然深了幾分。只是她依然有很多地方不明，便於每日送藥入大帳之際，拖住崔亮細細請教。

許雋傷勢好轉得很快，寧劍瑜亦活蹦亂跳，卻只能整日與裴琰及衛昭縮於大帳內，頗有幾分憋悶。寧劍瑜尚好，沉得住氣，唯許雋在裴琰面前不敢大聲，仍要每日低聲地將薄雲山的老祖宗操上幾百遍。

江慈每日早晚送藥，都見裴琰拖著衛昭下棋，二人各有勝負。寧劍瑜未免稍不服氣，與衛昭下了數局後，倒也坦然認輸。

江慈問得極細，崔亮講解得同樣耐心，有時還要許雋當「病人」，讓江慈望聞問切。許雋凝著崔亮「救命之恩」，只得老老實實躺於榻上，任二人指點。

這日，江慈正問到《素問》中的〈五臟別論篇〉，崔亮侃侃講來，又動手將許雋的上衣解開，指點著再講了一陣，忽覺帳內氣氛瀰漫些許異樣氛圍。他回頭一看，見裴琰和衛昭的目光都望向這邊，而江慈，正指著許雋肋下，尋找五臟位置。

聽崔亮話語停住，江慈抬頭道：「崔大哥，可是這處？」崔亮一笑，道：「這樣吧，小慈，我畫一幅人體臟腑經脈全圖，你將圖記熟，就會領悟得快些。」

江慈大喜，「多謝崔大哥！」忙將紙筆取了過來。

崔亮笑道：「此刻太晚了，咱們別擾著相爺和衛大人歇息，換去你帳中吧，我還得詳細給你講解。」

「好。」江慈將東西收拾好，轉頭就走。

裴琰從棋盤旁站起，微笑道：「不礙事，就在這裡畫吧，我正想看看子明的人體臟腑經脈圖有何妙處。」

崔亮笑道：「相爺內功精湛，自是熟知人體臟腑經脈，何需再看。時候不早，我這一講，起碼得個多時辰，還是不擾相爺和衛大人歇息。」

許雋唯恐再讓自己做「活死人」，忙道：「是是是，時候不早，我也想休息了，你們就去別處……」話未說完，見裴琰凌厲的眼神掃來，雖不知是何緣故，仍只得緊閉雙唇。

江慈返身拖住崔亮左臂袖口，「走吧，崔大哥，咱們別在這兒礙事。」

崔亮向裴琰微微一笑，與江慈出了大帳。

衛昭用棋子敲了敲棋臺，也不抬頭，悠悠道：「少君，這局棋，你還下不下？」

「自然要下，有三郎奉陪，這棋才下得有意思。」裴琰微笑著坐回原處。

衛昭嘴角微微勾起，「有少君做對手，真乃人生快事！」

一局未完，童敏帶著長風衛安和進帳，安和在裴琰身前跪下。裴琰與寧劍瑜互望一眼，沉聲道：「說！」

「是。安大哥帶著雲騎營順利抵到黛眉嶺，傳達了相爺的命令。按相爺指示，田將軍將戰事移往青茅谷，咱們的強弩威力強大，將桓軍成功逼了回去。眼下田將軍已按相爺的指示，打出了相爺帥旗，守著青茅谷，與桓軍對峙。」

「桓軍動靜如何？」

「強弩用上後，桓軍折損較重，歇整了兩日，至我來的那日才又發起攻擊，但攻得不凶，像是試探。」

裴琰想了想，道：「易寒可曾上陣？」

「沒有。」安和頓了頓，道：「青茅谷險些失守後，河西府的高國舅匆匆趕赴軍中，帶來臨時從河西府及周圍村鎮徵調的一萬六千名新兵，補充了兵力，而聽田將軍說糧草不足，又發動河西府的富商們捐出錢糧。田將軍請相爺放心，他定能守住青茅谷，不讓桓軍攻下河西府。」

衛昭抬頭，與裴琰目光相觸，二人俱是微微一笑。裴琰揮手，安和退了出去。

裴琰又向童敏道：「去，到江姑娘帳中請子明過來，就說有要事相商，讓他明晚再去授業。」

「是。」

裴琰不再說話，續與衛昭對弈，二人均是嘴角含笑，下得極隨便。寧劍瑜在旁看得迷糊，便又細看了衛昭幾眼。

未久，崔亮匆匆進來，寧劍瑜將方才安和所報西線軍情再講一遍。裴琰此時也與衛昭下成了和局，推枰起身問道：「子明，依你所見，咱們還有多少時間？」

崔亮細想良久，面色略略凝重，「得抓緊時間結束這邊的戰事才好。」爾後他將地形圖展開，道：「現下主要問題是，我方難能徹底封鎖由牛鼻山至黛眉嶺的山路。兩方都有輕功出眾的探子越崇山峻嶺，隨時傳遞兩處的軍情。我估算了一下，薄雲山發動總攻，咱們這幾處設伏切斷他的大軍，將其擊潰再收拾戰局，至少需得三四日時間。這三四日，只要有個輕功出眾的探子，足夠讓宇文景倫知悉這邊的戰況，他一旦發動猛攻，田將軍戰得吃力，咱們亦保不定能及時趕到。」

「子明的意思，是咱們不能再拖時日，以免那邊的兵力損耗太大，田策頂不住桓軍最後一擊。」

「正是。」崔亮捲起地形圖，低頭間瞥了衛昭一眼，直起身道：「相爺，得儘快誘使薄雲山發起進攻才好。」

已屆夏季，天放了兩日晴，蒸得軍營裡漸感炎熱。

夜色深沉，從中軍大帳回來，江慈提了兩桶水入帳篷，將軍帽取下解散長髮，迅速洗沐，覺神清氣爽，便披著濕髮坐於氈上，細讀《素問》。帳外卻傳來藥童小天的聲音：「小江。」江慈忙將濕髮盤起，手忙腳亂戴上軍帽，口中應道：「在，什麼事？」

小天說道：「我和小青要去晶州拿藥，你去幫我們值夜吧。」江慈忙道：「好，我這就過去。」

軍醫帳內，凌軍醫正在給幾名傷兵針灸，見江慈進來，道：「小天將藥都分妥了，你煎好後，便給各帳送去。」

「是。」江慈將藥罐放上藥爐，守於一旁。凌軍醫轉身間見她還捧著《素問》，搖了搖頭，未再說話。

藥香濃濃，江慈將煎好的藥放入竹籃，一一送去各醫帳。眼見傷兵們傷勢均有所好轉，心中甚是高興。她提著最後一籃湯藥走至癸字號醫帳，剛掀開帳簾，便有一物迎面飛來。她忙閃身避開，耳中聽到粗魯的罵聲：「奶奶的，這個時候才送藥來，想痛死你爺爺啊！」

江慈有些納悶，這癸字號醫帳，她尚是第一次來，以往這處是由小青負責。長風騎軍紀嚴明，她給其他醫帳的傷兵送藥，縱是晚了些，也未有人如此破口大罵。眼見帳內有約二十餘名傷兵，一身形魁梧、著校尉軍服、左臂纏著繃布的男子正橫眉豎眼望著自己，她忙道：「對不起，大哥，小青今晚不值夜，我來晚了些，請多多包涵。」

那校尉走過來，上下打量了江慈幾眼，回頭笑道：「弟兄們，瞧瞧，長風騎軍中竟有這等貨色！」

傷兵們哄然大笑，過來將江慈圍在中間，口中皆是污言穢語：「就是，倒比咱高將軍帳中幾個孌童還生得俊些！」「瞧這細皮嫩肉的，怕是剛到軍中吧，有沒有被長風騎的上過啊？」「想不到，號稱軍紀嚴明的長風騎，也有人好這一口啊！」

有人伸手摸向江慈面頰，「小子，你家寧將軍負傷，難不成原因在於你……是操勞過度，才避不過薄雲山那一箭！他受傷了，大爺來操你吧。」

江慈心呼要糟，這幾日在軍醫帳中，她聽到小天等人閒聊，知這處還有一部分高成的河西軍。由於河西軍與長風騎素來不和，高成被聖上宣回京城後，寧將軍便將河西軍殘部調到了小鏡河以南，以免在這處礙事。但仍有些河西軍因傷勢未癒而留在此處，看來這癸字號醫帳內的便是河西軍的傷兵了。她急急躲閃，卻被眾傷兵圍在中間，這些傷兵之中倒有幾個武藝頗精，江慈縱是運起輕功也突不出他們的圍截。

見她形狀狼狽，河西軍傷兵們更是得意，嘴中污言穢語，極為下流。

江慈怒斥道：「你們這是違反軍紀，就不怕寧將軍軍法處置麼？」那校尉哈哈大笑，嘲諷道：「寧將軍！你家寧將軍，此刻是泥菩薩過江，自身難保！這牛鼻山馬上就要守不住了，到時他一命嗚呼，誰還來將我們軍法處置啊？」

「就是，陳安那小子肯定守不住牛鼻山，還故弄甚玄虛，說裴琰到了軍中，根本就是心虛，騙誰呀！裴琰要是到了，怎麼會不露面！」

「說得對！他死撐著，憑甚叫我們在這裡等死！」
「游大哥，咱們不能在這裡等死，咱們要去京城，繼續跟隨高將軍！」
「對，我們要去京城，他寧劍瑜憑甚不讓我們走！」
游校尉擺了擺手，眾人話聲止住，他一步步走向江慈，江慈步步後退，卻遭傷兵們圍住。眼見那游校尉的手就要摸上自己面頰，她終忍不住怒叱一聲，雙拳擊出。游校尉呵呵一笑，身形左右輕晃，避過江慈第一輪拳勢。待江慈稍稍力竭，他右拳猛然勾出，颯颯拳影帶起勁風，逼得江慈急速後退，偏她背後還圍著幾名傷兵，其中一人猛然伸足，江慈一個趔趄，便被游校尉擊中額頭，仰面而倒。
游校尉冷笑著在她身邊蹲下，右手緩緩伸向她的胸前……
「住手！」冷峻的聲音由帳門處傳來。
游校尉並不起身，回頭斜睨了一眼，悠悠道：「兄弟，沒見你大哥在找樂子麼？」
江慈見一名長風衛站在帳門口，認得他是長年跟在裴琰身邊的徐炎，立時如見救星般忙爬了起來，游校尉卻再伸右拳，將她攔住。
徐炎冷聲道：「放開她！」
游校尉緩緩轉身，嗆道：「你算哪根蔥，敢壞大爺我的好事！」
徐炎從腰間取出一塊令牌，「長風衛徐炎。」
游校尉看了看令牌，哈哈大笑，「兄弟們，你們說好笑不好笑，他一個小小長風衛，也敢來管咱們河西軍的校尉！」
河西軍傷兵們齊聲大笑，言語中將長風衛損到極致。
徐炎忍了又忍，道：「你們這是違反軍規，我軍階雖不如你，卻也管得。」

「我若是不服你管呢？」游校尉笑得更得意，右手摸向江慈面頰。

徐炎怒喝一聲，雙拳擊出，游校尉笑容斂去，面色沉肅，右臂如風，一一接下徐炎的招數。十餘招下來，徐炎暗暗心驚，由招式上來看，這游校尉竟是紫極門的高手。紫極門一向聽莊王命令行事，有不少弟子入了高成的河西軍，這游校尉雖左臂有傷，自己仍不是他的敵手。他心思機敏，馬上想到，游校尉如此身手、如此軍階，竟去調戲一名小小藥童，定非表面上這麼簡單，只怕他們是想藉機鬧事，趁寧將軍「傷重」，好有藉口離開這牛鼻山以免受戰事連累，又不受軍規處置。

徐炎心中盤算，手中招式卻不減，趁隙向江慈使了個眼色，江慈會意，忙躍向帳外。河西軍們竟早有防備，數人身形敏捷地將她攔住，一人邪邪笑道：「小子想走？沒那麼容易，讓大爺玩夠了再放你走！」

那邊游校尉猛然變招，帳內拳風颯颯，徐炎被逼至帳角。游校尉口中笑道：「大夥都看清楚了，是長風衛故意挑釁咱們河西軍的，是他們容不得咱們，可不是咱們蓄意生事。」

「那是自然！」河西軍們哄然笑道。

再過十餘招，徐炎越發吃力，卻仍奮力還擊，冷聲道：「校尉大人，我勸你還是莫要鬧事，鬧大了，對你沒好處！」游校尉大笑，應道：「我就偏要看看，他寧劍瑜能奈我何！兄弟們，上！」接著數名河西軍圍攻向徐炎，徐炎要對抗游校尉本就嫌吃力，被這數人一頓圍攻，過得數十招，便被擊倒在地。

游校尉極爲得意，又轉身走向江慈。江慈大急之下正要呼人，一黑色身影倏然出現在帳門口，平靜道：「放了她！」

游校尉一愣，轉而笑道：「眞是熱鬧，打倒一個，又來一個！」

江慈轉頭望去，見帳門口立著一名黑衣人，年紀甚輕，中等身形，她依稀記得似曾見過此人，想了片刻，才記起此人是與衛昭同來的幾名光明司衛之一。
游校尉打量了這人幾眼，冷冷道：「長風衛仗勢欺人，咱們被迫還擊。小子，你就是現下去叫寧劍瑜來，咱們也不會善罷甘休的！」
這光明司衛微笑道：「我不是長風衛，可卻管得著你。」說著從懷中掏出一塊令牌。
游校尉低頭細看，面上神情數變，猛然抬頭，「您是……」
光明司衛將令牌收回懷中，淡淡道：「你別管我是誰，也別管我來這裡做甚，你若還認高成是你的上司，就將他放了！」
游校尉想了片刻，道：「閣下既有莊王爺的令牌，在下就給這個面子。弟兄們，放了他！」河西軍退開，江慈忙奔到光明司衛背後。光明司衛看了徐炎一眼，道：「我不管你們和長風衛之間的事，但奉勸一句，別將事情鬧大了，對你沒好處。」說著轉身離去。游校尉望著他的背影，冷聲道：「將長風衛小子也放了！」
江慈跟在這光明司衛背後，道：「這位大哥，多謝你了！」
光明司衛一笑，「不消謝我。以後，你離他們遠一點。」說著加快腳步，消失夜色之中。
江慈望著他消失的方向，聽到背後腳步聲響。
見徐炎走近，她猶豫了一下，還是輕聲道：「徐大哥，多謝。」
徐炎有些不好意思，半晌方道：「江姑娘，你早點歇著吧。」
見他欲轉身離去，江慈道：「徐大哥。」徐炎腳步頓住，江慈微笑道：「往後，我若是看書看得太晚，你們不用再在帳外守著，早些休息吧，我不會亂跑的。」說完不再看滿面尷尬的徐炎，走入醫帳。
月上中天，桓軍軍營內，除去值夜軍士來回巡夜，無人於營地走動。將士們都在帳內休息，養精蓄銳準備翌日的戰鬥。

易寒撩開帳簾，燕霜喬忙放下手中書冊，站起身猶豫許久後，方低低喚道：「父親。」易寒心中暗歎，和聲道：「你無須和我這般拘禮。」

燕霜喬替他斟上杯茶。易寒在帳內看了看，轉身道：「霜喬，你還是聽我的，去上京吧。」

燕霜喬垂下頭，不發話。易寒將聲音再放柔和，「霜喬，此處是戰場，你一個女子待在這裡，極不方便。我派人送你回上京吧，你祖父也一直想見你一面。」

燕霜喬微微搖頭，低聲道：「我要找到師妹。」

易寒歎道：「你師妹，我來幫你找。依你所言，她若是在裴琰手中，只要我軍能擊敗裴琰，自能將她尋回。她若不在裴琰手中，我軍一路南下，我亦會命人尋她。」

「那我就隨著大軍走。你們打仗，是你們的事情，我只求您幫我找回師妹。」燕霜喬抬起頭，直視易寒。望著這雙澄淨如水，與那人極為相似的明眸，易寒心中閃過一陣愧意，低聲道：「你既堅持，我不勉強你。只是我軍將士與華朝不同，對女子隨軍總較忌諱，王爺雖看在我面上讓你留在軍中，你也只能待在帳內，不能出去走動。」他轉過身，又道：「至於明飛，我讓他隨我行動。他身手不差，倘能立下軍功，我便安排他入一品堂，將來出人頭地亦非難事。」

見他掀開帳簾，燕霜喬嘴唇張了幾下，終道：「您的傷……」易寒心中一暖，微笑道：「輕傷，早就好了。」燕霜喬低下頭，輕聲道：「戰場凶險，請您多加小心。」

易寒一笑，出了帳門，只覺神清氣爽。他轉頭見明飛過來，拍了拍對方肩膀，話音極輕地送入明飛耳中：「小子，你聽著，我不管你是何來歷，你若真心待我女兒，我便送你榮華富貴。你若有負於她，我易寒也會讓你死無葬身之地！」明飛微微側身，直視易寒，平靜道：「是，明飛記下了。」

見中軍大帳仍有燈火，易寒笑著進帳。宇文景倫正坐在燈下，把玩著從華軍手中搶來的強弩，滕瑞坐於一旁，二人之間的案几上擺著一件藤甲衣。易寒趨近細看，又將藤甲衣放在手中掂了掂，喜道：「滕先生果然高明！」

宇文景倫站起，易寒忙將藤甲衣掛在帳中的木柱上。宇文景倫退後幾步，將利箭搭上強弩，弦聲勁響，利箭「噗」地刺入藤甲衣中。

易寒將藤甲衣取下，送至宇文景倫面前，滕瑞也站起，三人齊齊低頭，望著只刺入藤甲衣七八分的利箭，相視而笑。

宇文景倫語音中透著一絲興奮，「先生眞乃奇人！」

易寒笑道：「原來先生近幾日不在軍中，竟是去尋這藤條去了。」

「是。」宇文景倫道：「先生眞是辛苦了，三天三夜未闔眼，尋到藤條，又製出了這藤甲衣。宇文景倫在此謝過先生！」說著便欲長身一揖。

滕瑞忙搭住宇文景倫雙臂，連聲「豈敢」，道：「王爺，我已讓人砍了很多藤條回來，眼下得召集士兵，連夜趕製藤甲衣。」

宇文景倫點頭，「這是自然。不過，咱們尚有一件更重要的事情要做。」

易寒問道：「王爺，要做何事？」

宇文景倫望向帳外，緩緩回道：「我要確定，裴琰此時，究竟在哪裡！」

牛鼻山雖是軍事要塞，風景卻極佳，其南面爲奔騰的小鏡河，北面高山峭壁上成對的巨大山洞，遠遠望去如同牛鼻上的兩孔。山間林木茂密，鬱鬱蔥蔥，偶有野花盛開在岩石間，平添了幾分秀麗。

黃昏時分，江慈立於醫帳門口，望向北面峭壁上的那兩個山洞，心緒難平。

她默想良久，轉身入帳。待將湯藥煎好，已是月上樹梢。軍營之中，入夜後極靜謐，唯聞見自己輕巧腳步聲。童敏見她走近，掀開帳簾，江慈卻頓住腳步，童敏訝道：「怎麼了？」江慈笑了笑，步入大帳。

許雋將藥服下，皺眉道：「崔軍師，崔解元，你這藥……怎麼越來越苦了？」崔亮笑道：「你不是想好得快些，好親手取張之誠的性命麼？我加了幾味苦藥，讓你傷口早日癒合。」

提起張之誠，許雋便來了精神，一屁股坐到裴琰身邊，「侯爺，他薄雲山不攻，咱們攻出去吧。我偏不信，咱們長風騎弟兄會打不過他薄雲山的手下！」

寧劍瑜瞪了他一眼，「侯爺要的是速戰速決，咱們人數少於對方，縱是拚死力戰，也非三兩日能拿下來的，萬一陷入僵局，田將軍那邊便有危險。」

許雋不敢再多言，只得老老實實坐於一邊，觀看裴琰與崔亮對弈。

江慈將藥碗放入籃中，猶豫許久，見崔亮換下的外衫丟在榻上，靈機一動，轉身向崔亮笑道：「崔大哥。」

「怎麼，哪裡不明白？等我下完這局，再和你說。」崔亮用心看著棋盤，口中應道。

江慈微笑道：「今天沒有不明白的。」她走近榻邊，俯身拿起崔亮的衣衫，道：「崔大哥，你這衣服髒了，我拿去洗。」

崔亮與江慈在西園同住多日，衣物慣由她清洗，亦未多心，他落下一子後隨口道：「勞煩小慈了。」

衛昭正躺於一邊的竹榻上看書，聽到江慈走近，且腳步似是特意放重，便抬眼望了望她。江慈面上微紅，張開嘴唇似在說話，卻不發聲，衛昭下意識辨認她的唇語，竟是一句：「多謝三爺。」

不待衛昭反應，江慈已轉過身，許雋卻跳了過來，抱起榻上衣物往江慈手中一遞，「小慈幫我一道洗了吧，我那親兵手太粗，洗壞我幾件軍衣了。」

寧劍瑜回頭笑罵道：「你倒是打的好主意。」

江慈接過衣物，笑道：「好。」她回轉身，走到衛昭身邊輕語：「衛大人可有衣服要洗，我順便洗了吧。」

衛昭不抬頭，鼻中「嗯」了聲，江慈喜孜孜地將他榻上衣物拿起，寧劍瑜也將自己的白袍丟了過來。江慈抱著一堆衣物往帳外走去，走到內帳門口，又回頭看了衛昭一眼。

裴琰面沉似水，坐於椅中，不發一言。見他遲遲不落子，寧劍瑜喚道：「侯爺！」

裴琰抬頭望向竹榻上悠閒看書的衛昭，沉默許久，方道：「劍瑜，你讓童敏傳令，中軍大帳百步之內不得留人。還有，你和許雋兩人蒙住面容，和子明一塊兒暫移別處，我與衛大人之間有話要談。」寧劍瑜一愣，見裴琰面色竟是前所未有的嚴肅，忙道：「是。」

帳外，腳步聲逐漸遠去。

帳內，裴琰起身，慢條斯理地將燭火挑亮，坐回椅中。衛昭仍斜躺竹榻上，並不抬頭，只專心看書。裴琰又慢條斯理將盤上棋子拾回盒中。帳內，唯聞棋子丟回盒中的啪嗒聲響及衛昭手中書頁的翻動聲。待將最後一顆棋子拈回棋盒中，裴琰忽然一笑，「三郎，寶璃塔那局棋，咱們當日未下完，三郎可有興趣再一決高低？」

衛昭將書一捲，淡淡笑道：「少君相邀，自當奉陪。」他悠然起身，坐到裴琰對面。

二人不疾不緩地下著，不多時又下成了那夜在寶璃塔中的對峙之局。眼見裴琰在西北角落下一子，衛昭卻懶懶地在中盤落子。

裴琰抬眼盯著衛昭，衛昭嘴角含笑，默然不言。裴琰微笑道：「看來，三郎是打定主意欲袖手旁觀了？」

衛昭笑著將右臂搭上椅背，斜睨著裴琰，「監軍監軍，本即僅須在旁看著，少君要如何行軍布陣，我只消看著，並上達天聽，無須插手。」

裴琰沉默頃刻，展眉笑道：「三郎，咱們不用像那夜一樣，再用拳腳一較高低吧？」衛昭輕笑應道：「少君若有興趣，我正有些手癢。」

裴琰卻淡淡一笑，「三郎，我還眞佩服你，這般沉得住氣。」

「過獎。」衛昭淺笑，「衛昭得見長風騎軍威，對少君亦是打心眼裡佩服。」

裴琰身子稍稍前傾，緊盯著衛昭，「三郎，你我無須再遮遮掩掩，我等了你數日，你也躲了我好一陣子，可現下時間不多了。」

衛昭神態從容地回視著裴琰，「時間不多，少君想辦法趕緊誘薄雲山進攻就是。行軍打仗，皇上有嚴命，我不得插手過問。」

裴琰與他對望，唇邊漸湧冷笑，「原來那夜在寶璃塔，三郎說願與我聯手合作，全是推託之辭！」

衛昭面帶訝色，「少君這話，衛昭可承受不起。少君要我想法子讓聖上委我爲監軍，我便盡力辦到；這一路，少君如何行事，我全是按你我謀定好的回稟聖上，何有不妥？」

裴琰眸光一閃，「既是如此，那我現下猶需三郎幫襯，三郎可願意？」

「不知少君還要衛昭如何幫襯？」

裴琰盯著衛昭，語調沉緩平靜，「我想請問三郎，薄雲山軍中，哪一位是你的人？」

衛昭沉默須臾，才道：「少君這話，我聽不明白。」

「三郎，你這可就不爽快了。」裴琰冷冷一笑，「你不但知悉薄雲山多年來的謀逆行徑，還知道姚定邦在朝中所行一切。你讓蘇顏將姚小卿殺死，奪走他手中所握信息，引姚定邦一路南下，終在長風山莊利用我將他除去。你再藉著姚定邦的死，讓薄公誤以爲謀逆證據落於皇上之手，將朝中暗探悉數除去，最後一道假聖旨將其逼反。現下你又讓此人將薄雲山穩在這牛鼻山，靜觀時局發展。三郎，這種種，你莫告訴我全是你一人所爲。薄公軍中若無你的人，你能做到麼！」他語調漸轉嚴肅，「而且這個人，必定爲薄雲山的心腹，在薄軍中潛伏多年，是他最信得過的人。三郎，告訴我究是何人！」

帳後草地中傳來蟲鳴聲，帳內略顯悶熱，衛昭淡淡而笑，並不言語。

裴琰卻放鬆了些，低頭看著棋盤，漫不經心道：「三郎，咱們不能再拖了，倘讓宇文景倫拿下河西府，這場亂局恐非你我所能控制。」

「少君原大可先去河西抵抗桓軍的，卻偏要跑到這牛鼻山來，我已裝作視而不見，本就有些對不住莊王爺了。一旦河西府失守，乃是少君作繭自縛，與衛昭無關。」

裴琰一笑，「三郎對莊王爺有幾分忠心，咱們心知肚明，不消多說。我只告訴三郎，近幾日內，田策自會將高國舅的人馬和錢糧逐步損耗，到時若是抵不住桓軍攻勢，他便會率軍往西邊撤退。」

衛昭嘴角微不可察地抽搐了一下，旋即冷笑一聲：「少君這是在威脅我麼？」

「不敢。」

衛昭冷冷道：「當日在寶璃塔，少君便是這般威脅，逼我與你合作，而今又來這一手，你眞當我蕭無瑕是好欺負的麼？」他倏然起身，逕往帳外行去。

裴琰身動如風，將衛昭攔住。衛昭袍袖一拂，裴琰仰面閃過，右手急伸向他。「啪啪」數響，二人瞬息間過了數招，勁氣湧起，齊齊後躍數步，帳內燭火被這勁風鼓得悉數熄滅。

黑暗之中，裴琰呵呵一笑，「三郎，此非京城，你傷已痊癒，若是一意要走，我攔不住你。但你走之前，我想聽聽你的條件。」衛昭沉默不語，半晌方淡淡道：「少君果然爽快。」

裴琰轉身，將燭火點燃，微笑道：「三郎請。」

衛昭轉回椅中坐下，與裴琰對望片刻，緩緩道：「少君要我幫你拿下薄雲山，行，我辦得到。但我想再要一道少君親書的法令。」

「三郎請說。」

「我要少君在大業得成之後……」衛昭目光凝在裴琰沉肅的面容上，一字一句吐出：「下令允我月落自．立．爲．藩！」

裴琰眉角微微一挑，臉色乍變，但很快平靜下來。

衛昭停頓少頃，又道：「我月落願爲藩地，但不納糧進貢、不進獻奴婢，朝廷不得派兵駐守，不得干涉我族內政，並將此定爲國策，永不更改！不知少君可願寫下這樣一道法令？」

夏意漸濃，山間吹來的夜風潮濕而悶熱。

已是後半夜，薄軍軍營內，一片寂靜。淳于離在榻上翻了個身，猛然驚醒。他再聽片刻，聽到帳後傳來有規律的鳥鳴聲。

淳于離披衣下榻，並不點燃燭火。他揭開帳後一角，如幽靈般閃身而出，循著鳥鳴聲一路潛行，避過數隊巡夜士兵，身法輕靈飄忽，竟是極高明的輕功，渾不似平日文士模樣。

他閃入營地西面的一處密林，又穿過密林，如狸貓般攀上一處石壁，再行上百步，在懸崖邊停住腳步。

月光下，一道修長的身影背對著他，負手而立。淳于離盯著此人背影看了片刻，平靜道：「既然用暗號喚我來，就露出眞面目吧。」

衛昭緩緩轉身，淡淡道：「四師叔，這些年，辛苦了。」

淳于離一驚，上前數步，盯著衛昭面上的人皮面具看了良久，話語漸轉激動，「你是無瑕！」

衛昭從懷中掏出玉印和一管竹簫，遞至淳于離面前。淳于離雙手接過，低頭細看，頷下長鬚隨風拂動，他的手有些輕顫，終上前一步，單膝跪落，「蕭離見過教主！」

衛昭上前將他挽起，又深深一揖，「無瑕拜見四師叔！四師叔深入敵營，辛勞多年，無瑕感恩，無以為報！」淳于離將眼前之人雙手搭住，語調隱帶哽咽地道：「教主，您怎麼親自來了？」

衛昭望著他面上的滄桑之色，想起師父對這位四師叔的描述，心中微酸，強自抑制後才平靜道：「因為有件要事需四師叔幫忙，派別人來，我不放心，四師叔也不會相信。」

夜風吹過山崖，松濤大作，淳于離雙眸漸亮，直視衛昭，「教主儘管吩咐，蕭離粉身碎骨，萬死不辭。」

望著淳于離的身影消失在山崖下，隱入薄軍軍營之中，衛昭默然而立，又仰頭望向天上弦月。這月光純淨如水，此時此刻，是否也灑在月落山上呢？

他低歎一聲，身形如大鳥一般，在山間急走，細細看過數處地形，才回轉華朝軍營。剛避過巡夜士兵，正往大帳潛去，忽見一抹纖細身影慢悠悠走來。

她的右手提著燈籠，左手捧著一本書，口中念念有詞：「西方生燥，燥生金，金生辛，辛生肺……」她顯是剛從醫帳值夜歸來，身上猶帶著濃濃藥香，夜風從她那個方向湧過，空氣中流動一股令人燥熱不安的氣息。

衛昭悄然立於黑暗之中，看著江慈自前方走過，看著她挑起帳簾，隱入小帳內。

那廂中軍大帳內，裴琰與寧劍瑜、崔亮、許雋、陳安立於地形圖前，進行詳盡的部署。

衛昭進來，也不看眾人，逕自在榻上躺下。裴琰一笑，向寧劍瑜道：「都明白了麼？」寧劍瑜點頭道：「侯爺放心。」

陳安忙問：「侯爺，若是薄雲山後日不發起進攻，咱們豈非白忙活一場？」寧劍瑜敲了敲他的頭，叱道：「讓你幹什麼就幹什麼，偏問這麼多廢話！咱侯爺神機妙算，不愁他薄雲山不上當！」

裴琰面容一肅，「你們聽著，我要的是於五日之內殲滅薄雲山的主力軍，生擒薄賊，然後火速回援田策，可都記住了？」

「是！」寧劍瑜、許雋、陳安齊行軍禮，肅然而應。

四十　勢如破竹

華朝承熹五年四月二十三日，黃道吉日，諸事皆宜。

丑時，濃雲掩月，繁星皆隱。牛鼻山往北三十餘里地的「一線崖」西側岩石上，裴琰紫袍銀甲，左手橫握劍鞘，望著岩石下方長風騎的五千精兵訓練有素地將陷阱布置妥當，刀網也架於一線崖石縫出口的上方，不禁側頭微笑道：「三郎，多謝了。」

衛昭仍是一襲素袍，不著鎧甲，背上三尺青鋒，斜倚著岩石旁的一棵青松，懶懶道：「少君定要我做這個監軍，原來都是算計好了的。」裴琰笑道：「三郎莫怪，能與三郎攜手作戰，亦乃裴琰平生夙願。」

衛昭沉默著低頭望向岩石下方，長風騎精兵們早將一切部署妥當，正在童敏的指揮下，迅速隱入山石與樹木之間。他再望向含笑而立的裴琰，淡淡道：「少君放心，我既願與你聯手打這一仗，自然都按你的意思吩咐下去了。」裴琰微微欠身回應：「有勞三郎。」

遮住弦月的濃雲飄忽移動，在崖頂灑下一片淡極的月華，映得裴琰身上銀甲閃出一叢寒光。裴琰與衛昭同時轉頭，目光相觸，俱各微微點頭。二人身形輕如狸貓，倏忽間隱入山石之後。

腳步聲極輕，綿延不絕地自一線崖東側傳來，薄軍先鋒營統領黎宗走在最前面，他踩在因數日前的暴雨而從崖頂所傾瀉下之泥土上，小心翼翼地通過一線崖最狹窄的一段。黎宗忍不住回頭低聲笑道：「眞是天助我軍。」他背後的劉副統領也低聲笑道：「這回咱們先鋒營若是能立下大功，到時，統領請求主公將晶州賜給咱們，讓弟兄們也好好發筆財吧。」黎宗笑道：「那是自然。」

劉副統領有些興奮，出得一線崖，回身將手一揮，「弟兄們快點！」

先鋒營是薄軍精銳之師，訓練有素，井然有序地依次通過一線崖，夜色下，五千餘人集結在一線崖西側。

黎宗鬆了口氣，他知只要手下這五千精兵能過得這一線崖，主公的總攻大計便算是成功了一半。昨日，從雁鳴山歸返的探子帶回了兩樁大好消息，一是裴琰被易寒逼得在青茅谷露了眞容；二是探子趕返的路上，發現這一線崖因暴雨後山泥傾瀉，原來狹窄而不能過人的一段被山泥塡高，竟可讓精兵踩著泥石，通過這處崖縫，直抄長風騎後方。主公與淳于軍師及軍中將領商議多時，終決定抓住此千載難逢機會發起總攻，又將突襲長風騎軍營、打開關門的重任交付先鋒營。自己身為主將，總得身先士卒，立下這件大功方好。

黎宗望著山谷間的數千手下，沉聲道：「全營極速前進，到達後，聽我號令，一營放火，二營隨我去開關門，三營在劉副統領帶領下，突襲中軍大帳，生擒寧劍瑜！」他將手一揮，數千人依次向南而行。

裴琰望著崖下，嘴唇微動，「三郎，這可是咱們攜手的第一戰。你我合力，三招內拿下黎宗，如何？」

「何需三招！」衛昭同是嘴唇微動，束音成線。

「黎宗乃昭山派三大高手之一，並不比史修武弱，你我聯手，也需三招。」

二人傳音間，薄軍先鋒營已行出上百步，當前數百人踏上一處平地。待這些人進入埋伏圈，山石後的童敏發出哨音，長風騎精兵倏然從山石和大樹後冒出，齊齊舉起強弩，不待薄軍反應過來，漫天箭矢霎時將他們包圍。強弩射出的利箭本就威力強大，距離又極近，上千人不及慘呼出聲，便悉數倒下。

黎宗迅速反應過來，急喝道：「撤！」當先轉身，急掠向一線崖。

衛昭猛然站直身軀，冷聲道：「若要我說，一招即可。」他右足運力蹬上背後巨石，如一頭白色巨鷲挾著寒光，撲向崖石下方急奔而來的黎宗。

黎宗正發力疾奔，忽覺眼前寒光一閃，心呼不妙，電光石火間，他看出來襲者這一劍後竟是中門大開，完全是欲與自己同歸於盡的招數。他一心念著奔回軍營通知主公，不願與敵同亡，心底氣勢遂軟了幾分，倉促間手腕急揚，刀氣自袖底擊出，堪堪架住衛昭的長劍，卻因要避過衛昭隨劍撲來的身軀，向右踉蹌退了一小步，手中厚背刀不及收回。裴琰悄無聲息的一劍劃破夜空，鮮血飛濺，黎宗雙目圓睜，捂住右胸徐徐倒下。

衛昭將長劍彈回鞘內，不再看向裴琰，走至一旁樹下倚住樹幹，面上帶著悠然自得的笑容，望著崖下的修羅場。

前軍中箭倒下，黎宗一招殞命，薄軍先鋒營士兵群龍無首，頓時慌了手腳，倉促間又有上千人倒在強弩之下。餘下之人更驚慌，也不知山野間究竟有多少伏兵，不知是誰先發聲喊，薄軍們四散逃逸，卻又紛紛掉入陷阱之中。劉副統領同樣慌了神，帶著上百人急速奔向一線崖，剛到一線崖前即遇刀網由天而降，長風衛們手持繩索用力收緊，數百把明晃晃的利刃立時穿入劉副統領及他背後上百人的身軀之中。

山崖下，薄軍的慘呼聲急促而沉悶，在強弩、陷阱、刀網的合攻下，不到一刻鐘，薄軍先鋒營五千餘名精兵已悉數倒於血泊之中。

裴琰望著長風騎們迅速換上薄軍先鋒營的軍服，依次走向一線崖，回頭向衛昭一笑，「三郎請。」

「少君，請。」

辰時，戰鼓擂響，薄軍終於出動左右中三軍，集於關塞東側。

關塞上，寧劍瑜將金縷甲替陳安穿上，叮囑道：「你別和易良拚命，裝作被他纏住就行。我這邊一放下鐵板，切斷薄軍，你得挺住，等我出來與你會合。」

陳安憨憨一笑，「放心吧，小安子有幾顆腦袋，也不敢不聽侯爺的話。」

關塞西面，許雋持刀而立，望著手持強弩埋伏在土牆後的精兵，沉聲道：「大家記住，看我令旗行事，要讓進來的薄軍有來無回！」

崔亮立於他身側，微笑道：「許將軍這回可不能放走了張之誠。」

許雋嘿嘿笑道：「這小子肯定跑不掉，咱們來個甕中捉鱉。」他望向不遠處安靜的營帳，露出幾分欽服之色，「崔軍師，我真服你了，這回若是能拿下張之誠，你讓我許雋做甚都行。」

崔亮微微一笑，轉過頭去。

眼見前些時日被俘的十餘名長風騎士兵相繼死於薄軍右軍大將易良刀下，陳安一聲怒喝，帶著三萬長風騎精兵出了關塞。

不多時，陳安與易良纏鬥在一起，刀光橫飛，而易良的右軍也將這三萬長風騎死死纏住。薄雲山面上帶笑，轉頭向淳于離道：「看樣子，差不多了。」

淳于離望了望天色，「和黎統領約定的是這個時辰，只待那邊火起，關門一開，咱們就可發動總攻。」他話音甫落，關塞西面立即出現火光沖天、濃煙滾滾。淳于離將手一合，喜道：「成了！」

戰場上的陳安彷若慌了神，屢次要往回撤，被易良死死纏住。長風騎將士們不時回頭望向關塞西面，顯是心神大亂，軍容渙散。

不多時，大火似燃到了關塞吊橋後，再過片刻，吊橋轟然而倒。

薄雲山漸轉興奮，眼中多了幾分嗜血的猩紅，他將手一壓，令旗落下。張之誠率兩萬左軍和一萬中軍，齊齊發喊，殺聲震天，衝向關塞。

前方殺聲直入雲霄，薄軍軍營後營內，約八千名衛州軍三五成群地立於營中，望向西南面的關塞。

衛州軍素與薄公的嫡系隴州軍不和，但因人數遠遠少於對方，一貫受其欺壓。雙方矛盾由來已久，昨日更因軍糧問題爆發爭鬥，衛州軍雖懾於易良之威，將這口氣嚥了下去，但軍心已散。薄公思量再三，採納了淳于離的建議，今日總攻便未用這衛州軍，只命他們留守軍營以備不測。

此時，衛州軍人人心情矛盾，既盼前方隴州軍得勝，自己不會成爲戰敗一方，內心深處則又怕隴州軍立下大功，衛州軍再難抬起頭。

成副將大步過來，喝道：「給我站直了，一個個像什麼話！」他話音未落，後營內忽然湧入大批先鋒營士兵。成副將覺有異狀，上前喝道：「什麼事？」

先鋒軍當先一人面目隱於軍帽下，默然不言，手中長劍一揮，衛州軍只見寒光閃過，成副將霎時已人頭落地。衛州軍被這一幕驚呆，不及抽出兵器，長風騎假扮的先鋒營士兵一擁而上，再有數百人倒於血泊之中。混亂中有人呼喝道：「衛州軍謀反，薄公有令，統統就地處決！」

此話一出，衛州軍們心神俱裂，成副將又已死於劍下，群龍無首。正亂成一團之際，忽有人呼道：「薄公這麼冤枉我們，我們何必再爲他賣命，大夥散了，逃命去吧！」這句話如同野火燎原，數千衛州軍轟然而散，其中五千餘人搶出戰馬，隨著軍階最高的鄭郎將往衛州方向逃逸。

堪堪馳出半里地，前方小山丘的密林裡突然殺出一隊人馬，攔在了衛州軍前面。

鄭郎將本已從最初的驚惶中鎮定下來，可定睛細看眼前人馬，那立於山丘前、紫袍銀甲的俊朗身形，又是大驚，不自禁喚道：「侯爺！」

裴琰目光掃過滿面戒備之色的衛州軍，微微一笑，「鄭郎將，別來無恙？」

薄軍曾與長風騎聯手抗擊桓軍，鄭郎將從征多年中見過裴琰數次，未料裴琰竟記得自己這個小小郎將，訥訥道：「侯爺，您……」他先前一心逃命，不及細想，但並非愚笨之徒，猛然間明白衛州軍乃是中了裴琰的離間之計。可再一思忖，裴琰既然出現在此處，形勢已不容自己再回轉薄營，他徐徐回頭，衛州軍們大半也清醒過來，面面相覷。

裴琰一笑，「鄭郎將，我離京前，早將衛州軍被薄賊以親人性命相逼作亂一事細稟聖上。聖上已有體察，臨行前傳下旨意，衛州軍只要能深明忠義、投誠朝廷，並協同長風騎清剿逆賊，以往逆行一概不予追究，若有立下戰功者，另行重賞。」

鄭郎將權衡再三，仍略猶豫。裴琰將手一引，「鄭郎將，容我引介，這位是聖上欽封監軍，光明司指揮使，衛昭衛大人。」

鄭郎將望向衛昭，衛昭俊面肅然，取下背後蟠龍寶劍，雙手托於胸前。

「這是聖上御賜蟠龍寶劍，見劍如見君。有衛大人用此劍作保，各位尚有何不放心的麼？」裴琰微笑道。

鄭郎將省悟，將心一橫，躍下駿馬，撩袍下跪，「吾皇萬歲，萬歲，萬萬歲！」隨著他這一跪，衛州軍們齊落戰馬，跪於黃土之中。

裴琰與衛昭相視一笑。裴琰上前將鄭郎將扶起，面上笑容極為和悅，「鄭郎將，我今提你為副將，統領衛州軍，即刻前往接管衛州防務。」

「是，侯爺！」

「還有，聽聞鄭副將與微州朱副將為連襟，不知鄭副將可願將聖意傳達給朱副將？薄賊一除，衛州、微州等地防備可都得仰仗鄭副將和朱副將了。」

鄭郎將大喜，挺胸道：「侯爺放心，咱們衛州軍為聖上剪除逆賊，死而後已！」

裴琰笑如春風，「如此甚好，就請各位衛州軍的兄弟們將軍衣暫借長風騎一用吧。」

望著衛州軍遠去，衛昭嘴角輕勾，「少君定的好計策，不費吹灰之力便收復衛州和微州，三郎佩服！」

裴琰看著長風騎們紛紛換上衛州軍軍服，笑道：「此計得成，三郎厥功至偉，裴琰感激不盡！」

關塞下，易良仍與陳安殊死纏鬥，陳安見薄軍三萬人馬湧過吊橋，急得連聲暴喝，關外的長風騎欲回擊守住吊橋，卻被易良的右軍纏住而無法回援。

觀己方三萬人馬衝入關塞，關塞西面殺聲四起，火光沖天，薄雲山感到大局已定，兩腿一夾馬肚，領著背後兩萬中軍衝向關塞。眼見就要到達吊橋，卻聽砰然巨響，關塞大門上方忽落下一塊巨大鐵板，激起塵土飛揚，也隔斷了關塞東西兩方。

薄雲山一愣，轉而迅速反應過來，聽到破天風聲，心呼不妙，自馬鞍上騰空而起，足尖再在馬鞍上一點，借力後飄，避過關塞上方乍然射下的漫天箭矢。他輕功卓絕，成功避過這一輪箭雨，但隨他衝到關塞下的將士並無這等功力，慘呼聲此起彼伏，瞬間工夫便有上千人倒於血泊之中。

薄雲山落地，親兵們迅速圍擁過來將他護住，他復翻身上馬，當機立斷，帶著人馬轉身攻向陳安先前帶出關塞的三萬長風騎。他久經陣仗，知過關塞無望，索性血戰一場，將陳安所帶人馬先滅了再說，至於己方被誘至關塞西面的那三萬人，只怕凶多吉少，多想無益。

他手中寶刀騰騰而舞，在陣中衝來突去，將長風騎砍得步步後退。正殺得興起，忽聽到營地方向傳來殺聲，身形騰挪間瞥見留守營地的衛州軍們持刀拿劍向關塞湧來，知他們見前方形勢不妙而趕來支援，心中稍安。己方現下關塞東面尚存三萬多人馬，陳安所帶不過三萬左右，再加上這八千名衛州軍，勝算極大，縱是攻入關塞的三萬人被寧劍瑜殲滅，猶是個不勝不敗之局。

薄雲山正心中盤算、手中招式不停之際，衛州軍們已擁了過來，那廂薄軍將士正與長風騎全力拚殺，亦未留意衛州軍們與往日有何不同。假扮成衛州軍的數千長風騎奔到薄軍背後，紛將衛州軍軍帽掀去，人人頭紮紫色束額長帶，齊齊向薄軍攻去。薄軍被前後夾擊，遠處營帳又忽起大火，頓時慌了神，陣形有些散亂，但他們畢竟久經沙場，在薄雲山和易良的連聲怒喝下，重振士氣，與長風騎殺得難分難解。

霎時關塞上方一通鼓響，鐵板緩緩吊上，寧劍瑜白袍銀槍，策騎而出。他槍舞遊龍，寒光凜冽，左衝右刺，帶著萬餘精兵衝入戰場，所向披靡。不多時便與陳安會合在一起，二人所率長風騎也迅速圍攏，崔亮持旗出現在關塞上方，鼓點配合旗令，長風騎井然有序，龍蛇之陣捲起漫天殺氣，將薄軍數萬人馬分片切割開來。

薄雲山見寧劍瑜衝出，便知己方先前過了關塞的那三萬人馬已被殲滅，正憤恨間，淳于離策騎衝來大呼道：「主公，先撤，再做打算！」

薄雲山尚不及決斷，寧劍瑜銀槍已抵眼前，他只得身形後仰，手中寶刀揚起，架住寧劍瑜槍尖。暴喝聲中，二人再過十餘招，戰馬嘶鳴，刀光槍影，在陣形中央激起一波波狂瀾。

彼時，裴琰與衛昭立於小山丘上方，遙望薄雲山與寧劍瑜激鬥，笑道：「薄公老當益壯，劍瑜只怕一時半會拿他不下，三郎，我失陪片刻。」

衛昭微微欠身，「少君自便。」

裴琰騰身上馬，清喝一聲，駿馬疾馳而出，如一溜黑煙般瞬移到了戰場前，他提劍飛身，紫色戰袍捲起一團紫雲，自兩軍之中掠過。龍吟聲烈，寒劍挾著雄渾劍氣，和著這團紫雲，激射向陣中的薄雲山。薄雲山聽得劍氣破空之聲，便知是裴琰到來，前有寧劍瑜銀槍、後有裴琰寒劍，實爲生平最危急時刻。薄雲山怒吼一聲，雙目睜得滾圓，脊挺肩張，身上的鎧甲也被勁鼓的眞氣微微綻開一條裂縫。

「碰！」眞氣相交之聲響徹陣中，薄雲山手中寶刀將裴琰必殺一劍架住，左肋卻中了寧劍瑜一槍，但他方才所運乃護體硬氣功，寧劍瑜這一槍便只刺入三分，還被他這股眞氣震得收槍後退。

裴琰借力後騰，落於地上，朗笑一聲，劍如風走，再度攻向薄雲山。薄雲山肋下鮮血滲出，值此生死時刻，體內眞氣運到極致，刀法天馬行空，整個人如裹在刀光中，與裴琰鬥得驚心動魄。寧劍瑜插不進招，然對自家侯爺極有信心，遂返身攻向正與陳安廝殺的易良。

關塞上，崔亮俯觀戰局，手中旗令數變，長風騎如一波又一波巨浪，殺得薄軍越發凌亂。

淳于離猛然喝道：「主公有難，不怕死的都隨我來！」策馬衝向陣中。他一貫以文士模樣示人，這番不畏死動作激得薄雲山的親兵們紛紛跟上。數十人撞上薄、裴二人劍氣刀光，倒於血泊之中，但後面親兵仍不斷湧上，裴琰略顯吃力而後退了幾步，隨即被數百薄軍圍在中間。

其餘薄雲山親兵拚死搏殺，已開得一條血路，淳于離舉劍刺向薄雲山戰馬臀部，戰馬悲鳴，騰蹄而起，疾馳向北。淳于離與數百親兵迅速跟上，往北逃逸。

薄雲山猶有不甘，欲拉轡回馬。淳于離見狀大呼：「主公，回隴州，再圖後策！」薄雲山心知大勢已去，握著寶刀的手青筋暴起，牙關咬得喀喀直響，終未回頭。

裴琰被數百名悍不畏死的親兵圍住，騰不出身去追趕薄雲山。眼見薄雲山策馬向北而逃，裴琰怒喝一聲，劍勢大盛，身邊之人紛紛向外跌去。

薄雲山策騎如風，眼見就要衝上小山丘，一道白色身影凌空飛來，寒光凜冽，他下意識橫刀接招，被震得虎口發麻。

衛昭再是十餘招，薄雲山一一接下，但左肋傷口越發疼痛，鮮血不停滲出，終被衛昭的森厲劍勢逼得落下戰馬。薄雲山的親兵見勢不妙，不要命地攻向衛昭。淳于離打馬過來，呼道：「主公，快上馬！」薄雲山身形勁旋，落於淳于離背後，二人一騎奔向山丘。

衛昭眼中殺氣大盛，劍上生起呼嘯風聲，將親兵們殺得屍橫遍地，再度追向薄雲山。正於此時，小山丘上衝下一隊人馬，其中一人大呼：「主公快走，我們墊後！」

薄雲山看得清楚，來援之人正是阿柳，他帶著數十人將衛昭擋住。淳于離連聲勁喝，駿馬衝上山丘，踏起無數草屑，向北疾馳。背後衛昭怒喝聲越來越遠，薄雲山心中稍定，再逃一段，耳中又聽到馬蹄聲響，他大驚回頭，見阿柳正策騎而來。

阿柳追上薄雲山和淳于離，似是喜極而泣，喊出一聲：「主公！」薄雲山縱是心腸如鐵，此刻也有些許感動，正待說話之時，淳于離急道：「主公，這樣逃不是辦法，遲早會讓裴琰追上！」

薄雲山亦知淳于離所說不虛，由這牛鼻山去隴州路途遙遠，裴琰必會傾盡全力追捕自己，現下衛州軍似是已反，自己身上帶傷，戰馬又非千里良駒。正猶豫間，淳于離道：「主公，咱們得到山上躲一躲。」

聽得遠處傳來馬蹄聲，薄雲山當機立斷，縱身下馬，淳于離與阿柳跟著躍下駿馬，手中兵刃刺上馬臀，馬兒吃痛，悲嘶著向前急奔。三人迅速閃入道旁的密林，一路向山頂行去。

此時牛鼻山關塞前，激戰仍在進行，但薄軍已失了鬥志，被長風騎攻得潰不成軍。

薄雲山的親兵個個武功不弱，裴琰遭圍，好不容易才將敵軍殺得七零八落，搶了一匹戰馬急追向北。馳至小山丘上，見衛昭正與數十人拚殺，他策騎衝入其中，與衛昭合力將這數十人殺得東逃西竄。

衛昭長劍抹上最後一人喉間，回頭一笑，「少君，多謝了！」

裴琰望向北面，「薄雲山呢？」

「可惜，讓他逃了！」衛昭持劍而立，滿面遺憾之色。

裴琰知已追不上薄雲山，關塞處局勢未定，只得撥轉馬頭。

裴琰匆匆馳回關塞下。寧劍瑜策馬過來，稟道：「侯爺，易良帶著一萬多人馬向東奔逃，我讓許雋帶了兩萬人去追。還有萬餘殘兵逃往明山府方向，陳安帶人追去了。」

「營地那邊的薄軍呢？」

寧劍瑜笑道：「有子明的強弩，加上刀井，他們一進來便殲了萬餘人。張之誠被生擒，其餘一萬多人投誠。」裴琰放下心來，見關塞前方尚存萬餘名薄軍頑抗，道：「讓人喊話，朝廷不追究尋常士兵謀逆之罪，只擒拿副將以上人員。」

未久，殺聲漸歇，戰鼓已息。

關塞前，屍橫遍野，旌旗浸於血泊之中，戰馬低嘶，當空豔陽，默默注視著蒼穹下這一處修羅地獄。

崔亮由關內策騎而出，與裴琰相視而笑。裴琰笑道：「子明妙計，真沒想到，竟能這麼快就拿下薄軍。只可惜讓薄雲山那廝逃了。」

崔亮眉頭微皺，「相爺，薄雲山這一逃，可有些不妙。」

「正是，他若逃回隴州，這邊等於留下後患。」裴琰想了想，向童敏道：「你帶長風衛一路向北，封鎖各處路口，搜捕薄雲山。」又向寧劍瑜道：「留一萬人守牛鼻山，由……」他頓了頓，眼神掠過崔亮，又停在寧劍瑜身上。

衛昭走近道：「少君，最遲四日後，我們得回援青茅谷，我在此處等你。」

裴琰微笑，「那牛鼻山此處，就偏勞衛大人了。」他轉身望向長風騎官兵，朗聲道：「其餘人等，隨我收復明山府！」

麟駒駿馬，金戈寒劍，裴琰的紫色戰袍在空中揚起一道勁風，寧劍瑜與崔亮緊隨其後，帶著長風騎往東北絕塵而去。

華朝承熹五年四月二十三日，長風騎與薄軍於牛鼻山血戰，長風騎大勝，殺敵三萬餘人，薄軍大將張之誠受擒，易良被斬於小鏡河畔。當日，衛州、微州兩地駐軍投誠，宣誓效忠朝廷。

四月二十四日，寧劍瑜率軍收復明山府，又領精兵，策騎如風連奔數百里，兩日之內收復秦州、新郡。鄭郡百姓聽聞薄軍戰敗，策反當地駐軍向長風騎投誠。

裴琰見局勢大抵平定，命老成穩重的童敏率兩萬長風騎再加上衛州、鄭郡等地投誠的人馬，北上包圍住隴州，喝令隴州留守士兵投降，並交出僞帝和薄雲山的家人。

隴州被圍，童敏又讓人喊話，對副將以下官兵一概不予追究。七日後，隴州城門大開，官兵們將僞帝與薄雲山家人縛出城門，至此，「薄軍逆亂」終告平靖。

最後一道陽光消沒，天色全黑，薄雲山鬆了一口氣，忍著肋下劇痛，靠住石壁閉目運氣。腳步聲走近，薄雲山猛然睜開雙眼。淳于離奉上幾個野果，「主公，先解解饑，阿柳已去尋獵物了。」

薄雲山除下盔帽，面色陰沉地接過野果，半晌方送入口中。幾個野果下肚，他面容稍展，沉吟道：「外面也不知怎麼樣了？若是易良能及時回軍隴州，尚得存一線希望。」他想起自己留守隴州那個不成器的兒子，便有些心煩。

「是，張將軍生還之機不大，就指望著易將軍能突破重圍以回轉隴州，咱們還可據隴州，再圖徐策。」淳于離猛然跪於薄雲山身前，聲調漸轉痛悔，「主公，屬下察人不明，讓探子被裴琰那廝收買，以致中計，請主公處置。」

薄雲山搖頭苦笑，「長華不必自責，裴琰詭計多端且謀畫良久，是我大意了。」說著捂住肋下傷口咳嗽數聲。淳于離上前將他扶住，泣道：「請主公保重身子，只要咱們能回到隴州，還是有望的。」薄雲山頷首道：

「是，但眼下裴琰搜得嚴，咱們尚得在這裡躲上數日才行，他要趕去馳援河西，只要我們能熬過這幾日，那邊易良能守住隴州，就有機會。」

阿柳閃身進來，手上拎著一隻野雞，淳于離將薄雲山扶起，三人往山洞深處走去。

日子已近月底，後半夜，弦月如鉤，時隱時現。

阿柳守於洞口，聽到腳步聲響，站起身道：「軍師。」淳于離盯著他看了片刻，拍了拍他的肩膀，叮囑道：「小子，用心守著，只要主公能歸返，大業得成，你就是大功臣。」阿柳與淳于離目光相交，沉默一瞬，點頭笑道：「阿柳一切都聽主公和軍師的。」

淳于離微微一笑，轉身回到洞內。薄雲山睜開雙眼，淳于離趨近道：「主公，已經兩天了，我估計，裴琰此刻應在鄭郡等地，就是不知易將軍有否率軍回到隴州。」見薄雲山沉默不語，淳于離復小心翼翼道：「主公，要不，我出去查探一下？」

「你？」薄雲山面有疑色，「你沒武功，太危險了。」

「正因爲屬下不懷武功，只消裝扮成一名文弱書生，裴軍絕不會生疑。長風騎一貫標榜不殺無辜，屬下下山並無危險。」淳于離娓娓道明：「主公之傷急需用藥，莫可再拖，若能通知易將軍派人來接主公回隴州誠是再好不過，至不濟，屬下也要尋些藥回來。」

薄雲山低頭片刻，道：「好，你速去速回。記住，軍情、傷藥都不打緊，唯獨你，定要平安回來。長華，異日我東山再起，離不得你。」

薄雲山再躺半個時辰，慢慢站了起來，他深吸幾口氣，待體內真氣平穩，緩步走向洞外。阿柳正守於洞口，見他出來，忙過來將他扶住，喚聲：「主公！」

此時已是破曉時分，東方天空露出一絲魚白色，薄雲山黑臉陰沉，望著遠處的層巒疊嶂，不發一言。

阿柳怯怯道：「主公，軍師說您傷重，得多躺著。山間風大，您還是進去休息吧，阿柳會在這裡守著，絕不讓任何人傷害主公。」

薄雲山冷冷一笑，猛然伸手扼住阿柳的咽喉，阿柳目中流露出恐懼和不解之色，卻未有絲毫反抗，雙手漸漸垂於身側。薄雲山目光游離不定，又慢慢鬆開右手，阿柳不敢大聲咳嗽，壓抑著倚於石壁前，低聲咳著。

薄雲山再盯著阿柳看了片刻，冷聲道：「走！」隨後大步朝洞外走去。

阿柳急忙跟上，「主公，軍師還未……」

「少廢話！」薄雲山向北面一座更高的山峰走去，阿柳不敢再問，隨著他披荊斬棘。

曙光大盛，二人終尋到一處隱蔽的山洞，阿柳又砍下灌木將洞口掩住，薄雲山放下心頭大石，倚著洞壁閉目調息。阿柳立於他身側，望著他黝黑深沉的臉，清秀面容上神情數次微變，終安恬一笑。

待薄雲山睜開雙眼，阿柳解下腰間水囊，又取出用樹葉包著的烤野雞，雙手奉與薄雲山。薄雲山並不接，抬眼望了望他。阿柳會意，撕下一條烤雞肉放入口中細嚼，又將水囊木塞拔掉，對著水囊飲了數口。薄雲山終有了一絲笑意，接過水囊與雞肉。

牛鼻山一役，長風騎雖勝得漂亮，但仍有傷亡。自四月二十三日辰時起，便有傷員不斷從關塞方向抬下，送入後方醫帳。再過個多時辰，傷員漸多，醫帳內已無法安置，皆擺於露天草地之上。軍醫和藥童們忙得腳不沾地，整日下來，竟連一口水都來不及飲。

江慈經過這些日子的學習，漸累積了不少經驗，凌軍醫也對她頗爲滿意，簡單的傷口便交由她處理。一日下來，上百名傷兵讓江慈累得筋疲力盡。但親眼看著傷員們能在自己手下減輕痛楚，聽到他們低聲道謝，江慈只覺心情舒暢，勁頭十足。

接下來的兩日，留守牛鼻山的一萬名長風騎分批清掃戰場。由於天氣漸轉炎熱，凌軍醫燒了艾草水給長風騎服下，讓他們將戰場上的屍首迅速掩埋，又在戰場附近廣灑生灰以防瘟疫。

清掃戰場的過程中，仍零星有傷兵被發現，陸續抬來醫帳。這些傷兵因發現遲，傷勢較重，多數人醫治無效，連凌軍醫也感束手無策。

江慈看在眼中，焦慮不安。她知道早一刻發現傷兵便多一分生機，見自己經手的傷員們傷勢穩定，便向凌軍醫提出親上戰場附近尋治傷員。凌軍醫思忖片刻，允了她的請求，並將一套銀針交給江慈，好讓她在發現重傷員之刻及時扎針護住對方心脈，再抬回醫帳救治。

豔陽當空，曬得江慈額頭沁出密密汗珠。她不敢除下軍帽，也不敢像身邊的長風騎一樣拉開軍衣，只得忍著炎熱隨長風騎們在牛鼻山附近清掃戰場。

當日激戰，牛鼻山東西兩側皆是戰場，薄軍雖幾乎被殲滅，仍有小批逃往附近山野，長風騎追剿，各有傷亡，林間溪邊不斷發現新的傷兵和屍首。

搜尋範圍逐步向北部山巒延伸，正午時分，江慈隨十餘名長風騎尋到了一處山林中。林間樹下躺著數十名長風騎和薄軍，顯是雙方追鬥至此，經一場拚殺後齊齊倒地。江慈查看一番，知其中數人猶有救治希望，也不管是長風騎還是薄軍，統統在這些人胸口處扎上銀針，請同行的長風騎們抬回軍營。

長風騎們抬著傷兵離去，她仍未死心，俯身查看數回，復又發現二人尚存氣息。她撕開他們胸前軍衣，認準穴道，扎下銀針護住其心脈，再直起身，才想起無人將他們迅速送往山下。她試著拖起其中傷勢較重之人，可此人高大魁梧，極爲沉重，僅拖出數十步，江慈便坐倒在地。

江慈知以己之力並無法將這二人送回軍營，只能靜待長風騎回來，遂將其放於地面。眼見傷者氣息越來越弱，她心中焦急，忽然靈機一動。她站起身，微笑著雙手攏於唇前，大聲喚道：「徐大哥！」

清脆的聲音在山野間迴響，卻無人回應。江慈笑了笑，再喚：「長風衛大哥，出來吧。再不出來，我可要逃了！」

一人從青松後步出，苦笑道：「江姑娘，徐大哥今日休息。」

江慈微微側頭，笑道：「這位大哥，如何稱呼？」

「小姓周。」

「周大哥好。」江慈笑得眼睛瞇瞇，「周大哥，不多說了，現下只能勞煩您將這位大哥送回軍營救治了。」

周密並不挪步，江慈笑容漸斂，「周大哥，這兩位可都是你們長風騎的弟兄，你就忍心看著他們斃命眼前麼？」見周密仍不動，江慈冷笑道：「我只聽聞，長風騎的英雄們極重手足之情，原來這兄弟之義都是騙人的！」

周密望向地上之人，眉間閃過不忍之色，但想起自己職責所在，不免有些遲疑。江慈想了想，大聲喚道：「光明大哥，你也出來吧。」

林邊青松樹枝微搖，一人縱身而下。江慈見正是那夜從河西軍帳中將自己救出之人，備感親切，上前笑道：「光明司衛大哥，你貴姓？」

「宋。」光明司衛宋俊哭笑不得。

江慈轉向周密，「周大哥，是由你送人回去好呢？還是由宋大哥送人回去較好？」

周密抬眼望向宋俊，二人目光相觸，想起這數日來同跟隨江慈，互相防備，眼中俱閃過一絲笑意。

江慈指著地上傷兵，急道：「你們別磨蹭，他傷勢較重，只消留一位守著我，另一位快送他回軍營，再拖下去恐他性命不保。送完他之後，再趕緊來接那一個。」

周密想了想，又看了一眼宋俊，終上前將傷員反負於肩頭，轉身往山下走去。

江慈回轉另一名傷員身前，探了探鼻息，心中稍安。她想了想，取下腰間水囊，用布條蘸了清水，塗抹傷員已近乾裂的雙唇，動作輕柔，神情專注。

宋俊看著江慈，忽然笑道：「看來，長風騎軍中要多一名女軍醫了。」江慈不轉頭，口中回道：「宋大哥見笑，若眞能成爲軍醫，倒是我的福氣。救人一命勝造七級浮屠，救的人越多，我所積下的福氣也就會越多。」

宋俊輕笑，正待接話，突而面色一變，縱身撲向江慈身側的一叢灌木，痛嘶聲響起，他從灌木叢中揪出了一名少年。

第十章　明月照心

江慈不再策馬，任馬兒信步向前，那清脆的踏蹄之聲伴著原野間的蛙鳴聲，讓她的心無法平靜。江慈撫了撫馬兒的鬃毛，低低道：「你也不想走麼？」回頭望向北面夜空，眼前一時是那滿營的傷兵，一時又是那道獨立石上遙望故鄉的身影。風，吹過原野，她彷若又聽到了那一縷簫聲。夜霧，隨風在原野上輕湧，宛如她心頭那一層輕紗，想輕輕揭開，卻又有些怕去面對。

四十一　鄉關何處

江慈一驚，看清宋俊揪著的少年不過十三四歲，身形單薄，五官清秀，但面色慘白，嘴唇發烏，雙目緊閉。她忙接過少年細看，發現他竟是中了劇毒。

她用小刀在少年右腕處輕輕割下，見滲出的血是黑褐色，想起崔亮所授，不禁搖了搖頭。

宋俊彎腰問道：「沒救了？」

江慈歎道：「中毒太深，只怕沒救了。」

「他是什麼人？怎會出現在這戰場附近？」宋俊自言自語道。

江慈將少年放下，正待說話，那少年卻呻吟一聲，身子抽搐了幾下。江慈一喜，再在他腕間割了一小刀多放出黑血，少年似是恢復了些精神，睜開雙眼，目光迷離地望著江慈。

江慈柔聲道：「你家在哪裡？」

少年緊抿嘴唇，並不回答。江慈右手撫向他的額頭，少年卻突然號叫一聲，猛地抓向江慈手腕。江慈收手不及，被少年用力扯下一截衣袖，宋俊忙過來將少年按住。少年不停掙扎，過得一陣，忽然身軀劇顫，似是見到不可思議之事，喉間「啊啊」連聲，右手掙脫宋俊，指向江慈的右腕。

江慈愕然望向自己右腕，這才發現少年指著的是當日在月落山，淡雪和梅影送給自己的那兩只銀絲手鐲。

她自捲入裴琰與衛昭的風波以後，所遇之人除開崔亮，對她不是利用便是虐待，唯有從淡雪、梅影二人身上得到過些許溫暖，在月落紅梅院的那段日子，也是她過得較為輕鬆的一段時光，故她一直將二人所贈銀絲手鐲戴於右腕，不時看到，心中便會一暖。她腦中閃過淡雪所說之話，想起淡雪的阿弟即是被送入薄公帳中，再細看少年容貌，忽然省覺，急忙上前將少年扶起，將淡雪所贈手鐲取下遞入少年手中。

少年顫抖著舉起手鐲細看，兩行淚水潸然而落。他望著江慈，喉間發聲極輕又極嘶啞，似是從地獄中發出的聲音：「你是誰？爲何會有……」

江慈心中猜測得證，眼見少年命在頃刻，心中一酸，淚水滴下，點頭道：「我是淡雪的朋友，手鐲是她送我的。你是不是她的……」

少年極爲激動，也不知哪來的力氣，掙脫宋俊，撲過來抓住江慈雙手，顫抖著問道：「我阿姐她……」

江慈覺他的雙手燙得如火燒一般，顧不得自己眼中不停盈滿又落下的淚水，將他上身扶住，取出銀針扎入他的虎口、人中數處。宋俊在旁細看，疑道：「江姑娘，你認識他？」

少年卻越見激動，他左手將銀鐲子攥緊，右手卻緊抓住江慈的右腕。他的指甲深深嵌入江慈肌膚，喘氣道：「阿姐，阿姐……」

江慈手腕劇痛，卻仍輕聲哄道：「阿弟，阿姐很好，她時時想著你。你撐住，我先請人幫你解毒，再想辦法送你回去。」說完欲俯身將少年揹起。

宋俊忙道：「我來吧。」便去抱起少年。

少年突然狂叫一聲，神情極爲癲狂，咬上宋俊右腕。宋俊未加提防，被他咬下一塊肉來，極度疼痛下左掌擊向少年胸前。

江慈驚呼，眼見宋俊左掌就要擊上少年胸膛，突有破空之聲響起，宋俊面色一變，急速向右翻滾，一塊石子自他身邊彈過，嵌入前方樹幹之中。宋俊大驚，看這突襲之人射石之力，顯是一流高手，他翻滾間拔出靴間匕首，下意識接住來襲之人數劍，這才看清對手是一名文士裝扮的中年人。

「閣下何人？」宋俊鬥得幾招，即知自己不是對手，沉聲道：「一場誤會，在下並非眞心傷他。」

中年文士冷笑一聲，劍招忽變得詭奇古怪，偏劍氣如勁風狂飆，擊得宋俊險些站立不穩。

但宋俊終究是光明司的高手，並不著慌，右手匕首架住對方連綿不絕的劍招，左手五指撮成鷹喙狀，竟是一套鷹拳，右防左攻。

中年文士「咦」了一聲，顯未料到宋俊竟會「左拳右劍，一心二用」，身形閃騰間點了點頭，劍招再變，如波浪般起伏。宋俊被這幾招帶得身形左右搖晃，卻看到對方破綻所在，心中暗喜，左手鷹勾拳化為虎爪，搭上中年文士右腕，喝道：「閣下……」話未說完，一個白影如鬼魅般落於他背後，駢指戳上他頸後穴道，宋俊眼前一黑，昏倒在地。

中年文士挺劍便欲刺向宋俊胸膛，白衣人迅速抓住他的右腕，「四師叔。」

那廂少年咬下宋俊一塊肉之後，越發癲狂，雙目通紅，喉間聲音似哭似笑。江慈顧不得看宋俊與那中年文士相鬥，撲過來拔下少年虎口中的銀針，扎入他面頰右側耳下一分處。少年漸復平靜，眼神卻越見朦朧，他仰望著江慈，眼角淚水不停淌下，過得片刻，低聲喚道：「阿姐，阿姐……」

江慈心中難過，知他已有些神智迷亂，索性將他緊緊抱在懷中，低聲哄道：「阿弟，你別怕，阿姐在這裡……」

少年再喚幾聲「阿姐」，江慈只是點頭，哽咽難言。少年卻忽然一笑，江慈淚眼望出去，覺那笑容似山泉水般純淨，又如玉迦花般秀美。

少年顫抖著伸手入懷，取出一只銀手鐲，與淡雪所送手鐲合在一起，遞至江慈面前。他唇邊帶笑，緊盯著江慈，眼睛始終不曾眨一下，似是彌留之前，要將阿姐的容顏深深刻畫在心間。

江慈伸出右手，少年將手鐲放入她掌心，卻又緊緊抓住她的手腕，瘦弱的身軀不時抽搐。山風吹來，捲起他零亂的頭髮，有數縷沾上他唇邊烏黑的血絲，髮與血凝成一團，竟看不清哪是血絲、何為烏髮。

江慈淚水如珍珠斷線一般，白影走近，在她身邊默立片刻，慢慢俯身，要將少年從她懷中抱出。江慈猛然抬頭，看清那張戴著人皮面具的臉，再看清他的身形和素袍，疑道：「三爺？」

衛昭看了她一眼，微微點頭，欲將少年抱起。少年卻仍緊抓著江慈的手腕，衛昭用力將他抱起，少年也不鬆手，帶得江慈向前一撲。

淳于離走過來，眉頭微皺，揮劍砍向江慈手腕。衛昭袍袖急速揮出，淳于離向後躍了一小步，不解道：「教主，得殺了這小子滅口！」衛昭語氣斬釘截鐵：「不能殺！」

淳于離只得收起長劍，過來細看衛昭懷中的阿柳。他伸手拍著阿柳面頰，急道：「阿柳，你怎麼了？薄賊呢？」阿柳卻不看他，只望著江慈，眼中無限依戀之意。

衛昭回過神，右掌輕擊阿柳胸膛，阿柳噴出一口黑血，喉間嗚咽，徐徐吐出口長氣，終望向衛昭和淳于離。淳于離看他情形，知他活不長久，心中焦急，喝問道：「薄雲山呢？我不是讓你守著他的麼？」阿柳迷茫的目光自淳于離和衛昭身上掠過，又凝在江慈面容上，喃喃喚道：「阿姐！」

衛昭默思一瞬，望向江慈，「你來問他，薄雲山在哪裡？」

江慈接過阿柳，依然將他抱在懷中，輕撫著他的額頭，替他將零亂的頭髮撫至耳後。阿柳逐漸平靜，江慈又抬頭看了看衛昭，見他望著阿柳，面具後的眼神似有些悲傷，心中一動，終低頭在阿柳耳邊低聲道：「阿弟，告訴阿姐，薄雲山在哪裡？」

阿柳身子微震，似有些清醒，盯著江慈看了一陣，又望向一邊的淳于離。

淳于離上前，掐住阿柳的人中，「阿柳，教主來了，你快說，薄雲山在哪裡？」

阿柳「啊」了聲，猛然自江慈懷中坐起，原本蒼白的面上湧現血色，茫然四顧，「教主，教主在哪裡？」

衛昭在他面前緩緩蹲下，握上他的右腕，徐徐送入真氣，柔聲道：「阿柳，我是教主。來，告訴我，薄雲山在哪裡？」

江慈從未聽過衛昭這般語氣，望著他微閃的眸光，若有所悟，心尖處一疼，轉過頭去。

阿柳得輸入眞氣，逐漸清醒，抬起右手指向北面山巒，喘道：「他對軍師起了疑心，想逃走。我沒辦法，只得催動他體內之毒，爬下山來找軍師……」

淳于離迅速上前將阿柳揹起，往北面山巒走去。衛昭看了看江慈，猶豫一瞬，終伸過手來握住她的左腕，帶著她往前疾行。

依著阿柳指路，四人越過數座山峰，再在灌木叢中艱難行進一陣，到了一處山洞前。

淳于離用劍撥開山洞前的灌木，衛昭當先鑽入。山洞內昏暗，淳于離點燃樹枝，江慈慢慢看清，這是一個狹長的岩洞，岩壁長滿青苔，一側岩壁上不停有泉水沁出，匯聚在下方的凹石中，又溢了出來，沿著石壁流向洞外。洞內地上躺著一人，身形高大，鎧甲上斑斑血跡。此人面容黝黑，唇邊血絲已凝成黑褐色，頭髮零亂，想來就是那薄雲山。

衛昭蹲下，探了探薄雲山的鼻息，轉頭望向江慈。江慈省悟，忙取出銀針，在薄雲山虎口、人中、胸口處扎下數針。衛昭運氣，連拍薄雲山數處穴道，薄雲山口角吐出些白沫，緩緩睜開雙眼。衛昭將他扶起，讓他倚住石壁，森冷的目光緊盯著他。

薄雲山恢復些許神智，再望向一邊的淳于離與阿柳，悚然一震，瞳孔縮了縮，猛地抓起身邊寶刀擲向淳于離，渾身發抖，「果然是你！」

淳于離輕鬆接下寶刀，嘴角淨是嘲諷笑意，「主公，別動氣，對身體不好。」

薄雲山劇烈喘息，努力高揚著頭，想保持一名武將的尊嚴，但洞中陰風吹起他的亂髮，讓他這般動作略顯滑稽和無力。

衛昭平靜道：「四師叔，你到洞外幫我守著。」

「是。」淳于離忙轉身出了山洞。

洞內一片寂靜，只聽見薄雲山劇烈的喘息聲，阿柳反漸平靜下來，唯臉色越發慘白，死死地盯著薄雲山。江慈看得清楚，過來將阿柳抱在懷中，不停撫著他的胸口。

衛昭看了薄雲山片刻，緩慢抬手取下面具，他俊美的容顏如同一道閃電，驚得薄雲山雙目圓睜，滿面不可置信之色。衛昭慢慢露出笑容，悠然道：「薄公，五年前，故皇后薨逝，咱們在京城見過一面。在下蕭無瑕，月落星月教教主。」

薄雲山伸出手臂揮舞幾下，似要抓住衛昭的雙肩，卻又無力垂下，忽然一聲尖嘯，轉而大聲狂笑。他身軀抖動，笑聲急促而冷銳，在山洞內迴響，如同鬼魅號叫。他又拍打著地面，仰頭笑道：「原來是你！哈！老狐狸也有今天！哈哈哈……實在太好了！」

衛昭一笑，緩緩道：「薄公，我想問你幾件事情，還請薄公知無不言，言無不盡。」

薄雲山笑聲漸歇，撐住石壁，搖搖晃晃地站了起來，猶如一座黑塔。他眉間湧起一股傲氣，斜睨著衛昭，喘道：「我有今日，全是拜你所賜，我爲何要告訴你！」

衛昭淺笑，轉過頭望向江慈懷中的阿柳，見他雙眸中滿是憤怒與仇恨地緊盯著薄雲山，稍放低語氣道：「阿柳，他所中何毒？」

阿柳的臉慘白得嚇人，他倚在江慈懷中，仰望著高大的薄雲山，卻笑得彷若一個征服者。笑罷，他話語低沉，飽含咬牙切齒之意，「薄賊，你不是愛拿鞭子抽我，嗜好喝我的血麼？哈，我讓你喝，你天天喝我的血，我就天天服用『巫草』，這樣，我血中的毒便會在你體內慢慢集聚。只要我服下引藥，再讓你喝我的血，你這毒便會發作，哈哈，你先前喝的水中，便有我的血啊！你沒救了，只有死路一條，咱們同歸於盡吧！」他仰頭而笑，笑聲尖銳似毒蛇看見獵物時發出的「嘶嘶」之聲，身軀卻漸轉僵冷。

薄雲山怒極，如困獸般撲過來，衛昭袍袖一揮，將他逼回原處。薄雲山嘴角黑血滲出，看著衛昭，又看向阿柳，笑聲如桀桀夜梟，「你們月落人，比畜牲都不如，就只配在我們的胯下，讓我們騎……」

衛昭瞳孔中閃過一抹猩紅，猛然掐上薄雲山咽喉。薄雲山後面的話便堵在了喉間，他嘴中滿是黑血，靠著石壁張唇劇烈喘息，衛昭猶豫片刻終收回右手，低頭看著他，雙唇微抿，如岩石般沉默。

江慈抱著阿柳坐在地上，仰頭間正見衛昭垂於身側的右手，那修長白皙的手指極輕微地顫動，她心中難過，淚水不聽話地湧出，順著臉龐滑下，滑入她的頸間，濕黏而沉重。

阿柳笑聲漸歇，氣息漸低。江慈省覺，抹去臉上淚珠，掐上他的人中，低聲喚道：「阿弟！」

泉水自岩壁滲下，又滴在下方石凹之中，「叮咚」輕響，衛昭驚覺，伸掌拍上薄雲山胸口。薄雲山彷彿一下蒼老了幾十歲，如同一個行將就木的老人，慢慢坐落於地。衛昭在他面前蹲下，話語風輕雲淡，「薄公，你只有一個兒子，但並不成材。倒是你的長孫，年僅六歲，卻頗為聰慧。」

薄雲山驀然抬頭，眸中射出渴求之意。衛昭笑道：「不錯，我以月落之神的名義起誓，保住你長孫一命，換你幾句話。」薄雲山沉默一瞬，頹然道：「望你說話算數，你問吧。」

衛昭一笑，貼近薄雲山耳邊，嘴唇微動。

風，自岩洞深處湧來，江慈也未聽清那邊二人在說些什麼，只木然地抱著阿柳，眼前浮現淡雪的笑容，浮現衛昭在落鳳灘的身影，雙眸漸被悲傷浸透。

衛昭將陷入昏迷的薄雲山放於地面，慢慢站起。阿柳卻忽然睜開眼，喘道：「教主！」衛昭走近，伸出雙手，江慈不欲讓他看見自己眼中淚水，低下頭，將阿柳輕輕遞給衛昭。

衛昭將阿柳抱在懷中，輕聲喚道：「阿柳。」

阿柳身子瑟縮著，似是怕自己身上血跡弄髒衛昭的白袍，掙扎著想坐開些。衛昭將他緊摟於懷中，又替他理了理散亂的烏髮。阿柳笑得極爲欣慰，仰望著衛昭秀美的面容，眼中無限崇慕之意，「教主，阿柳想求您一事。」

衛昭撫上他的額頭，眸光微閃，「好，我答應你。」

阿柳喘道：「教主，我求您，將我葬在這裡，我、我不想回月落。」

衛昭一愣，阿柳淚水滑下，滿面哀傷，低低道：「我、我這身子，早就髒了。不能讓阿母和阿姐看到我這副樣子……」他伸手拉開自己的衣衫。見他極爲吃力，衛昭替他將衣衫除下，露出其瘦削的上身，入目的，還有白皙肌膚上的累累傷痕。

衛昭身子一僵，說不出隻言片語，心中的絕望痛苦似滔天洪水，拍打著即將崩潰的堤壩，他眸中湧起無限悲哀，不敢看阿柳的哀求之色，緩慢轉頭，卻正對上江慈的目光。他呆呆地看著江慈，江慈也呆呆地看著他。他絕美的面容，在火把照映下散發著暗金色的光芒，雖是夏季，洞內陰風卻吹得她四肢僵冷。

阿柳劇烈喘息著，直直望著衛昭。江慈提動雙腿，慢慢走過來蹲在阿柳面前，拉起他的右手，將兩只銀手鐲放於他手心，凝望著他毫無半絲血色的面容，柔聲道：「阿弟，你是這世上最乾淨的人，阿姐一直在等你，等你回家。」

阿柳眼神頓比先前清明了許多，向江慈綻出一抹純淨無瑕的微笑，「你幫我收著吧，你是阿姐的朋友，以後要是見到阿姐，把這鐲子交給她。就跟她說，我死在了戰場上，像個男子漢，與敵人同歸於盡。」

江慈見他神色漸好，明白他是迴光返照，痛徹心扉地緊握他的右手，無法言語。

阿柳再轉向衛昭，「教主，和我一塊兒的還有一個孩子，他叫阿遠。我將他藏在軍營東北面三里處密林內，最大那棵樹的樹洞中，求教主將他帶回月落。」

衛昭微微點頭，阿柳長舒了一口氣，目光掠過一旁的薄雲山，忽然大力掙脫衛昭雙手，撲向薄雲山。但他臨死前力氣衰竭，撲出一小步便倒於地面。他猶不甘心，手足並用，蠕動著爬向薄雲山。

江慈欲上前扶起他，衛昭卻伸手一把將她拉住。江慈轉身，衛昭望著她，輕輕搖了搖頭。

阿柳喘息著，極緩慢地爬向薄雲山，彷彿在走一段人生最艱難的路程，每一步都似用盡他全身的力氣。他爬到薄雲山身前，猛然俯身咬上薄雲山的面容，牙關用力，「嘶」聲響起，他仰頭淒厲笑著，用力咀嚼著那塊血肉。黑色的血自他嘴角不停淌下，他的笑聲慢慢轉爲低咽，終至無聲。

江慈愣愣看著這一幕，看著阿柳伏倒於地，看著他背上如巨大蜈蚣的鞭傷，還有他肩頭及頸間的累累翳痕，不自禁地仰頭望向衛昭。

衛昭看著地上的阿柳，俊顏上窺不出一絲表情，整個人如同僵硬岩石，只有拉住江慈的左手在微微顫慄。

江慈凝望著他，欲言又止，右臂從他手中慢慢抽出。衛昭神情木然地轉過頭來，她向他溫柔一笑，伸出手去，輕輕地，將他冰冷的左手握住。他的手冰冷如雪，修長的手指如玉般脆硬。江慈輕柔地握住那微微顫慄的手指，仰望著他。

衛昭略略低頭，她眼中，自己的身影就像兩團小火苗在灼灼跳躍，她嘴角的溫柔之意讓他一陣眩暈，提起全部力氣緩緩將手抽出。

江慈卻用力將他的手緊緊握住，目光不曾離開他半分。衛昭的心忽地抽搐了一下，呼吸漸促，面上漸湧濛濛的灰色。喉間甜意一陣濃過一陣，他猛然用力地將江慈一推，倒退幾步，靠住石壁，嘴角滲出血絲。

江慈撲過來將他扶住，看他情形極像上次在墓前走火入魔的徵象，急喚道：「三爺！」

衛昭欲再將她推開，右手觸及她的左肩，便凝在了那處。江慈見他並未同上次般暈厥，心中稍安，再見他神色怔怔凝望著自己的左肩，一時有些恍惚，復轉而望向他，低聲道：「已全好了，沒有任何後遺症。」

衛昭慢慢收回右手，竭力讓自己的聲音輕描淡寫，「崔解元的醫術，果然高明。」

江慈話語中滿是憂切之意，「三爺，回頭請崔大哥幫你看看吧，你這身子……」

衛昭淡淡一笑，「不必了。」

江慈還待再言，衛昭不再看她，大步出洞。江慈轉頭間見阿柳伏於薄雲山身側，身上傷痕累累、血跡斑斑，心中再是一痛，俯身將他已漸冰冷的身子抱起。

淳于離正在洞口的灌木叢後守候，見衛昭出來，迎上前道：「教……」他看清衛昭並未戴著面具，而這張臉秀美絕倫，隱有幾分熟悉感，張了張嘴卻未能成言。再過一瞬，他忽而想起，前日在戰場上，自己「救」出薄雲山時，最後飛劍來阻的便是這張面容，心中漸湧疑慮。

衛昭望向天際浮雲，沉默良久，從懷中取出一方小小金印。

淳于離雙手接過，金印下方，「欽封監軍」四字撞入眼簾，他猛然抬頭，不可置信。

山間夏日的午後，寂靜得可怕。淳于離於這寂靜中將諸事想透，縱是四十多年來看盡世間風雲與人世滄桑，亦終難平撫心中激動，哽咽跪於衛昭身前。

衛昭並不扶他，淡然道：「四師叔，起來吧，我有話對你說。」

「是。」淳于離緩緩站起，心中忽對三師兄湧起一股恨意，想起追隨大師兄和二師姐的快意時光，再無勇氣望向身邊之人。

衛昭面容沉肅，「四師叔，此間事了，我命你回月落，輔佐教主及族長，振興月落。」

「教主！」

「是蘇俊。」衛昭道：「現下在月落山，戴著面具、帶領族人的是蘇俊。」

淳于離依稀記得當年被自己和師兄從火海中救出來的兩兄弟，點了點頭，「唯有如此，教主才好在這邊行事。」

「四師叔，蘇俊人雖聰明，但稍顯浮躁。平叔忠心，惜無大才，他只能看著蘇俊不出亂子，卻無法治邦理國。唯四師叔懷有經天緯地之才，月落一族的振興，就全仰仗四師叔了。」衛昭說著，向淳于離深深一揖。

淳于離忙將他扶住，再度跪下，「教主，您才是月落……」

「不，四師叔。」衛昭將淳于離扶起，「我，無法離開這裡。」

淳于離正有滿腹疑問，忍不住道：「教主，我有一事不明白。」

「說吧。」

「教主為何要助裴琰？」

衛昭默然片刻，道：「不是我想助他，而是形勢所逼，亦為權衡再三後所做出的選擇。」

「請教主明示。」

「當日裴琰為求箝制桓國，同時也為了讓裴子放在定幽一帶擴充勢力，與桓國簽訂盟約，欲將我月落一分為二，我才被迫提前逼反薄雲山，攪亂這天下局勢。原指望著能讓華、桓兩國陷入混亂，我月落好伺機立國，再不用受人欺壓奴役，而今看來，我想得太簡單了。」

淳于離沉默一瞬，輕歎道：「正是，我月落積弱多年，物產貧乏，兵力不足，族人又不甚團結。眼下這個亂局，不管是哪方獲勝，我月落都很難與其抗衡。」

「是。」衛昭微微點頭，雙目隱含倦怠，「落鳳灘一戰，我親睹著上萬族人死於眼前，六師叔戰死沙場，想到若是一意立國，不知還要讓月落山添多少孤魂野鬼。」

淳于離心中難過，轉首望向空中浮雲，眉宇黯然。

「我們既無能力立國，便只有尋求一個強大勢力的保護，暫保平安，並藉這段平安時日強邦富民。待我們實力足夠強大了，時機養成，再談立國。」
「所以，教主選擇了裴琰？」
「裴琰心機過人，自姚定邦一事猜著我的眞實身分，更掌握了咱們分布在各方勢力中的棋子，包括四師叔你。我若不與他聯手，咱們這些年的辛苦經營便會被他連根拔起，尤可能殃及族人。」衛昭話語漸緩，「我權衡再三，所有勢力之中，只有他最合適。裴琰，有令海晏河清、天下清明的大志，也唯有他，才不會強逼我月落進獻姬童。兼之其人手腕強硬，才識超群，性格堅毅，終可成其大業。所以，我只能要挾他寫下允我月落自立爲藩、免我族奴役的法令，以此來做爲與他聯手抗敵的條件。」
「可是，裴琰這個人狡猾陰險，怕信不過啊！」
衛昭冷笑一聲：「所以，我得留在華朝看著他。他要奪權，我便幫他奪權，他在這條路上走得越遠，陷得越深，他落在我手中的把柄就會越多。再說，他要控制這華朝北面半壁江山亦離不開我的援助，他明著奪權，我便在暗中布局，總會有脅迫他的法子。」
淳于離躊躇再三，終將最後要問的壓了下去，只是望向衛昭的目光滿存疼惜之意。見他白衣微皺，伸手替他輕輕理平，低聲喚道：「無瑕。」
衛昭轉過頭去，凝望著滿山蒼翠，一動不動。
淳于離有些不安，猶豫著道：「無瑕，若是……，你、你還是早日回來吧。」
衛昭面上浮起淺淺的笑，平靜道：「蕭離。」
「屬下在。」淳于離面容一肅，單膝跪下。
衛昭的聲音不起一絲波瀾，「你回去後，將烏雅殺了。」
「……是。」

「族長雖年幼，但天資聰慧。你讓蘇俊收他為徒，由你監政。我希望，十多年後，我月落能出一個堪與裴琰和宇文景倫相抗衡的英才！」

「屬下謹遵教主吩咐，赴湯蹈火亦在所不辭！」

衛昭低頭望著淳于離，一字一句道：「還有，只要我一天不回月落，蘇俊便一直是教主。你的任務，就是輔佐他和族長，你．可．明．白？」

淳于離心中鈍痛，沉默著。衛昭瞇著眼盯住他，淳于離雖未抬頭，亦感受到這目光的巨大壓力，沉重得讓他喘不過氣來，終拜伏於地，「是，教主。」

衛昭俯身將淳于離扶起，淳于離反握住他冰冷的雙手，心潮難平，強自抑制，從懷中取出一本小冊子，奉與衛昭，「教主，這是我多年來在隴北各地安插的人員名單。還有，薄賊這些年收買朝廷官員以及向各人行賄的紀錄，都在其中。」

二人轉身踏入山洞之時，一齊愣住。

石凹前，江慈跪在地上，將阿柳的屍首抱於胸前，正用布條蘸了泉水，擦拭著阿柳身上的血跡與傷痕。她的動作極輕柔，衛昭與淳于離默默地站著，看著江慈替阿柳拭淨上身，又替他將上衫穿好。

江慈欲替阿柳將散亂的頭髮束好，可他身子已近僵硬，只能平放於地，故有些不方便。衛昭大步過來，將阿柳抱於胸前。江慈撕下一截衣襟，以指為梳，將阿柳的烏髮輕輕梳順束好。她輕撫著阿柳冰冷的額頭，抬眼望向衛昭，眸中淨是懇求之意，衛昭微微搖頭，江慈卻仍懇求地望著他。

二人長久對望，衛昭眼神終有些微變化。他抱起阿柳，交給淳于離，猶豫頃刻後道：「你帶上阿遠，將阿柳的骨灰帶回去，供奉在星月洞中，只是別告訴他家人真相，就說教主派了任務給他，暫時不能回去。」

此時已是夕陽西下，金色霞暉由洞外透進來，映得衛昭立於洞口的身形如被抹上了一層瑰麗色彩。

江慈緩緩走近，與衛昭並肩而立，望著淳于離負著阿柳消失在夕陽下，輕聲道：「他真傻。」

衛昭不語，江慈輕輕歎息一聲：「親人們敬他、護他都來不及，又怎會……」

風吹得二人前方的灌木搖晃了一下，透過來的霞光讓衛昭的面容閃過一道金光。他猛然舉步，向山頂走去。江慈急急跟上，荒山野嶺荊刺叢生，衛昭的白袍在夕陽下閃著淡金光芒，修長身影在灌木叢中越行越遠，江慈提起全部的力氣方能勉強跟上。

在最後一抹霞光的照映下，衛昭站上山頂的巨石。他負手而立，遙望西面天際，靜靜地，望著夕陽慢慢落入遠處的山巒之後，望著夜色悄無聲息地籠罩四野。

江慈立於石旁，靜靜地，看著暮色將衛昭的身影包圍，看著最後一縷餘光將他俊美的側面輕輕勾勒，又迅速隱去，任黑暗肆虐蒼茫大地。

山風勁吹，夜色漸深。

衛昭仍是一動不動，白袍在風中颯颯輕響。江慈已看不清他的面容，卻能感覺到他身軀散發出的冰冷之意。她默默地取出火摺子，尋來枯枝，在大石後點燃一堆小小篝火。

衛昭再瞥了一眼西邊的夜空，慢慢闔上雙眸，轉身躍落，倚住大石，在篝火邊坐落。

江慈從腰間解下水囊，遞給衛昭。衛昭抬眼看了看她，篝火的光芒在他眼中跳躍，他接過水囊喝了一口，又閉上雙眼，斂去眸中光芒。

江慈不斷拾來枯枝，衛昭只是倚石而憩，始終不曾開口。

夜風越來越盛，江慈挑了挑篝火，低頭間，見衛昭的白袍被荊棘鉤裂了一道長長的口子，她低下頭，在腰間束帶的夾囊中尋出針線來。她挪了挪，坐到衛昭身邊，將他白袍的下襬輕輕撩起，靜靜地縫補著。

衛昭紋絲不動，過得一陣，睜開眼，鳳目微瞇，凝望著江慈低頭的側影。她圓潤秀麗的側面，讓他神思恍惚，再移不開目光。

江慈低頭，咬斷絲線，微笑道：「三爺的那件袍子我洗好了，下山後再換吧，今晚先將就著。」

她抬起頭來，與衛昭目光相觸，時間彷彿凝滯住。山間的夜是這般寂靜，靜得能聽到彼此劇烈的心跳與呼吸聲。篝火是這般朦朧，讓她一時看不清衛昭的面容，只看見他似是嘴唇微動了動，卻終未說出半個字。

二人長久對望，篝火慢慢熄滅。

江慈省覺，忙轉身將篝火重新挑燃。衛昭忽然出語：「不用了。」

江慈回頭，衛昭卻不再說話，他從懷中取出竹簫，在手心頓了頓，閉上雙眸，簫聲漸起。

黑沉的夜色下，簫聲嗚咽，和著山風的呼嘯聲，在江慈心間纏繞著，她愣愣看著眼前篝火完全熄滅，看著火堆的餘灰由金紅轉爲灰暗。

不知過了多久，簫聲忽轉悲愴。熟悉的曲調，讓江慈眼眶逐漸濕潤，和著這簫聲輕聲吟唱：「日落西山兮月東升，長風浩蕩兮月如鉤；梧桐引鳳兮月半明，烏雲遮天兮月半陰；玉殿瓊樓兮天月圓，清波起蕩兮地月缺；明月皎皎兮照我影，對孤影歎兮起清愁；明月圓圓兮映我心，隨白雲飄兮去難歸；明月彎彎兮照萬里，千萬人泣兮思故鄉。」

她的歌聲逐漸哽咽，唱到「隨白雲飄兮去難歸」時，想起再也回不去的鄧家寨，想起眼前這人只能佇立石上、遙望故鄉的身影，不禁淚流滿面，泣不成聲。簫聲跟著頓了片刻，待她重新起調，方幽幽接了下去。

簫聲斷斷續續，吹了一夜，直到弦月隱入西邊天際，晨星隱現，衛昭方放下竹簫，緩緩站起。

江慈抬頭看著他，他回過頭，慢慢伸出右手。江慈望著他晶亮的眼神，見他眼神中充滿柔和之意，靜默片刻後終伸出左手，輕輕地將手放入他手心。衛昭修長的手指輕柔地合攏，將她的手握住，帶著她向山下走去。

晨曦漸濃，二人一路向南，誰都沒有開口說上一句話。

震天的馬蹄聲踏破黎明的靜謐，留守牛鼻山的長風騎被這陣蹄聲驚得紛紛鑽出營帳，不多時有人歡呼：

「侯爺回來了！」

軍營剎那間沸騰，將士們齊齊列隊，敬慕的目光望著那紫袍銀甲的身影策著黑色駿馬，漸馳漸近。看著那白袍銀甲的身影並肩而來，馳於他身側，長風騎追隨於後，將士們轟然歡呼。

裴琰勒住駿馬，朗聲而笑，「弟兄們辛苦了！」

「侯爺辛苦了！」長風騎齊聲呼道，上萬人整齊的呼聲震得營地邊的青松都顫了一顫。

晨風拂面，裴琰只覺神清氣爽，他躍下馬，將馬鞭丟給長風衛，向中軍大帳走去，笑道：「薄雲山這塊難啃的骨頭總算被咱們拿下了，隴州那邊有童敏，薄雲山的兒子是個草包，僞帝更不足爲慮，薄雲山隻身逃走也成不了什麼氣候。咱們只要一鼓作氣，再將宇文景倫趕回桓國，天下指日可定。」

寧劍瑜同樣感染到了裴琰的志得意滿，笑道：「可笑薄雲山籌謀多年，只一戰便敗在侯爺手上，桓軍雖凶悍，亦必非咱們長風騎的對手。」

「嗯，桓軍雖強，但也只強在騎兵上，蠻夷之人又向來好逞匹夫之勇，咱們有子明，到時巧施妙計，不怕他宇文景倫不上當。」裴琰轉向崔亮笑道。

崔亮微微笑了笑，並不接話。

「傳令下去，休整一個時辰，大軍便出發，馳援青茅谷！」裴琰想了想道。

陳安忙去傳軍令，長風衛周密過來，附耳說了幾句話。裴琰面色微變，笑容漸斂，半晌方道：「衛大人也沒回營？」

「是。光明司宋大人被抬回來後，只說遭人暗算，未看清暗襲之人。」

裴琰攏了攏手，眉頭微蹙，再沉默片刻，道：「走，帶我去那裡看看。」又轉向寧劍瑜，「你準備拔營事宜，我去去便回。」

周密領著裴琰向北而行，剛穿過一片樹林，便見北面山巒上，兩個人影悠然而下，越行越近。

那廂衛昭帶著江慈一路向南而行，遙見前方樹林邊的身影，轉身間鬆開右手，望著江慈淡淡道：「你先回去吧。」

江慈慢慢收回左手，看了看他，也未說話，低著頭走向樹林，自裴琰身邊擦肩而過，周密忙即跟上。

裴琰冷著臉，看著衛昭悠然走到面前，方露出微笑，「三郎好雅興，登山賞月。」

衛昭一笑，「少君回得倒是及時。」

二人並肩往營地走去，衛昭言道：「這邊大局已定，咱們得儘快回援青茅谷才行。」裴琰應道：「那是自然，正等著三郎。」

話說江慈回轉軍營，見將士們正忙著拔營，忙奔入自己的小帳。

崔亮正在帳中，見她進來，喚道：「小慈。」

「嗯。」江慈知即刻要起營，手忙腳亂地收拾著必帶物品。

「小慈，你昨晚……」

江慈心中一慌，知崔亮定已去軍醫處問過，笑道：「昨天在山裡迷了路，所以……」

崔亮不再問，待她收拾好東西，二人出了營帳。見裴琰與衛昭並肩過來，崔亮忽道：「小慈，這一路，你跟著我。」

「好。」江慈將行囊紮上腰間，抬頭間見裴琰和衛昭走近，垂目移步，隱於崔亮背後。

拔營事畢，三萬長風騎集結待命，人人鐵甲寒光，扶鞍執轡，個個士氣高昂、鬥志鼎盛，望向帥旗下諸人。

長風衛牽過黑騮駿馬，裴琰翻身上馬，寧劍瑜等人相繼跟上。紫色帥旗在空中颯然劃過，號角齊吹，戰馬嘶鳴，劍戈生輝，將士們齊聲吆喝上馬，各營依列跟在帥旗後，向西疾馳。

四十二 傷心碧血

收兵號角響起，桓軍井然有序，似流水般從壕溝前撤回。

王旗下方，宇文景倫與滕瑞對望一眼，齊齊回轉大帳。二人入帳後，俱陷入沉思之中，易寒及數名大將有些納悶，卻均端坐下方，並不多言。

一名騎帶入帳，下跪稟道：「稟王爺，已審過，共擒回十二名俘虜。九人為河西本地人氏，兩人為雲騎營士兵，一人為長風騎。」

宇文景倫與滕瑞再互望一眼，宇文景倫嘴角隱露笑意，揮了揮手，「易先生留下。」

其餘將領皆行禮退出帳外。宇文景倫沉吟片刻，抬頭道：「易先生，我問句話，您莫見怪。」

易寒忙道：「王爺折煞易寒。」

「先生曾兩度與裴琰交手，我想聽聽先生對裴琰的評價。」

易寒眼波瞬間銳利，話語卻極平和，「長風山莊一戰，覺此人極善利用每一個機會，好攻心之術；使臣館一案，又覺此人心機似海，步步為營，算無遺漏。」

「滕先生呢？您這些年負責搜集裴琰情報，對他有何評價？」宇文景倫轉向滕瑞。

滕瑞飲了口茶，唇角微微向上一牽，悠然吐出三句話：「一代梟雄，亂世奸雄，戰場英雄。」

宇文景倫呵呵一笑，「先生這三雄，精闢得很。」

易寒頗感興趣，「先生詳細說說。」

「裴琰才武絕世，謀略過人，環顧宇內，唯王爺可與其並駕齊驅，是爲一代『梟雄』；其野心勃勃，手腕高超，做大事不拘小節，甚至稱得上卑鄙無恥，行事不乏陰狠毒辣之舉，若處亂世，定爲『奸雄』；但其又有著大帥胸襟、英雄氣度，果斷堅毅且識人善用，麾下不乏能人悍將，在戰場稱得上是個『英雄』。」滕瑞侃侃而談。

「滕先生對裴琰評價倒是挺高。」宇文景倫笑道：「不過，我對先生的後話更感興趣。」

滕瑞笑容意味深長，緩緩道：「在我看來，不管他是梟雄、奸雄還是英雄，終究是個玩弄權術之人。」

宇文景倫點了點頭，「不錯，若說裴琰是爲了什麼民族大義、百姓蒼生來力挽狂瀾、征戰沙場，我倒有幾分不信。」

「所謂民族大義，只是裴琰用來收買人心、鼓舞士氣的堂皇之言。他之所以願意出山來打這一仗，爲的，無非是權力二字。」滕瑞道：「若能拿下薄雲山，他便能占據隴北平原；若能取得對我軍的勝利，河西府以北，都將是他的勢力範圍。」

易寒亦漸明白，「加上王朗已死，華帝又將北面軍權都交予裴琰一人，他實際上操控了華朝半壁江山。」

「是，但這半壁江山不是那般好控制的，特別有一方勢力，裴琰不得不忌。」

易寒想了想，道：「河西高氏？」

「不錯，河西高氏乃華朝第一名門望族，勢力強大，連華帝都忌憚三分。高氏一族，在河西至東萊一帶盤根錯節，還有了私下的武裝勢力。莊王在京城炙手可熱，甚至壓過太子風頭，全賴有高氏撐腰。」

易寒想起先前騎帶所稟審訊俘虜的回話，猛然省悟，「先生是說，裴琰現下正借我軍之手，除去河西高氏？就連長風騎退至青茅谷，逼高氏出手，也是他之預謀！」

滕瑞只是微笑，不答言。

宇文景倫望向滕瑞，頷首道：「先生所言甚有道理，與本王想的差不離，今時關鍵是，裴琰用了此招借刀殺人，是否正證明他並不在這青茅谷？」

易寒也道：「是啊，他可以不露面，讓河西高氏的人上來送死，待差不多時再出來收拾戰局。」

「裴琰其人，無好處之事是絕不插手的，同理，他做任何事皆要獲取最大利益。他若到了青茅谷，這十多天來不露眞容，只一味讓河西高氏的人馬送死，還不如趕去牛鼻山，一鼓作氣收拾了薄雲山，再趕來這處。」

「先生的意思，裴琰極有可能並不在這青茅谷，而是去了牛鼻山？」

滕瑞肅然起身，「請王爺決斷。」

宇文景倫緘默良久，道：「先生，那『射日弓』，這些日子製出多少？」滕瑞答道：「既有樣弓，明其製作訣竅，做起來便快，現下已有五千弓了。」

宇文景倫負手踱至帳門，遙望南方，暮色下雲層漸厚，黑沉沉似要向蒼茫大地壓過來。他眼神漸亮，儼如一把即將出鞘的利劍，又如擇狼而噬的猛虎。

他沉默良久，緩緩開口，聲音沉穩，卻又有著難以掩住的銳利鋒芒，「咱們防有藤甲衣，攻有射日弓，就賭上一把！即使裴琰眞在此地，與他交鋒亦合我平生夙願。看樣子，明日將有大雨，更利我軍總攻，萬事就有勞二位了。」

易寒與滕瑞對望一眼，齊齊躬腰，「是，王爺。」

由於要搶時間馳援青茅谷，裴琰所率大軍行進得極快，馬蹄聲自東向西，黃昏時分便過了晶州。

遙見帥旗旗令，寧劍瑜策馬過來，「侯爺！」

裴琰沉吟了一下，道：「在前方青山橋紮營，休整兩個時辰，待後面的跟上來了再起營。」

寧劍瑜亦知戰馬和士兵難能日夜不停地馳騁，遂傳下軍令。眾人在青山橋畔躍下馬鞍，江慈坐於崔亮身邊，見長風衛過來點燃一堆篝火，忍不住抬頭看了衛昭一眼。衛昭卻正微笑著與寧劍瑜說話，江慈忙看了看寧劍瑜的神色，放下心來。

崔亮遞給江慈一塊乾餅，「急行軍，只能吃些乾糧。」江慈雙手接過，向崔亮甜甜一笑，剛要咬上乾餅，卻見對面裴琰冷如數九寒冰的眼神掃過來，忙挪了挪，側過身去。

崔亮邊吃邊道：「相爺，我估摸著，桓軍的探子若是抄雁鳴山回去報信，今晚或明早，桓軍便會知道這邊的戰況，我們最快也得明日午後才能趕到，不知道田將軍他們抵不抵得住這一日？」

寧劍瑜劍眉一揚，笑道：「子明，你就放心吧，田策和安澄若連這一天都熬不住，也不用再在我們長風騎混下去了。」裴琰亦頷首笑應道：「應當沒問題，田策與桓軍交戰多年，深悉他們的作戰方式。況且又非平原地帶，宇文要想吃掉我的長風騎，只怕沒那麼容易，子明就放心吧。」

崔亮不再多言，不遠處卻忽起騷動，某處將士不知因何大呼小叫。裴琰眉頭微蹙，陳安忙奔了過去，不多時，眉花眼笑地拎著隻野兔過來，笑道：「侯爺，弟兄們撒尿時捉住的，都說給侯爺嘗嘗鮮。」拿起佩刀便欲開膛破腹。

裴琰面籠寒霜，寧劍瑜忙咳嗽了一聲，陳安看了看裴琰的臉色，心中直打鼓，手一鬆，野兔撒足而去。

裴琰冷聲道：「知不知道錯在哪裡？」

陳安囁嚅片刻，低聲道：「侯爺要與弟兄們同甘共苦，弟兄們吃什麼，侯爺便吃什麼。」

「還有呢?」裴琰聲音更添嚴厲。

陳安臉一紅,猛然挺起胸膛,大聲道:「陳安這把寶刀,喝的應是敵人的血!」

裴琰面容稍展,「弟兄們把野兔捉回乃無可厚非,但你拎回來,還要用自己的佩刀,便是你的錯。暫且記下,到了青茅谷後,將功贖過吧。」

陳安軍禮行得極爲精神,大聲道:「是,侯爺!」

裴琰不再看他,側頭向衛昭笑道:「小子們不懂事,讓衛大人見笑了。」

衛昭微微一笑,「少君治軍嚴謹,衛昭早有耳聞。」

許雋悄悄向陳安做了個手勢,要他到自己右邊坐下。陳安卻臉漲得通紅,再行一禮,「侯爺,我去巡視!」望著他大步遠去的身影,許雋低聲罵了句:「這個強驢子!」

寧劍瑜笑道:「要說世上誰最瞭解強驢子,非咱侯爺莫屬。你等著看吧,到了青茅谷,保證他會變成一頭猛虎,桓軍可要因爲一隻野兔子倒大楣了!」

崔亮看了看已近全黑的天,又抓起一把泥土嗅了嗅,道:「西邊這兩天只怕會有大雨。」

裴琰笑言:「那就更有利於田策防守了。」

遠處,忽傳來陳安的大嗓門:「弟兄們聽好了,明天咱們要讓桓軍知道長風騎的厲害,犯我長風騎者,必誅之!」數千人轟然而應:「犯我長風騎者,必誅之!」

陳安似是極爲滿意,放聲大笑。笑聲剛罷,歌聲忽起,長風騎們放喉應和,粗豪雄渾的歌聲在青山橋畔迴響:「日耀長空,鐵騎如風;三軍用命,士氣如虹;駿馬蕭蕭,颯沓如龍;與子同袍,生死相從;山移嶽動,氣貫蒼穹;守土護疆,唯我長風!」歌聲直衝雲霄,如一條巨龍在空中咆哮,傲視蒼茫大地,「駿馬蕭蕭,颯沓如龍;與子同袍,生死相從;山移嶽動,氣貫蒼穹;守土護疆,唯我長風!」

風，呼嘯過平原，桓軍的鐵蹄聲、喊殺聲卻比這風聲還要暴烈。

雨，鋪天蓋地，將地上的血沖洗得一乾二淨，似要湮滅這血腥殺戮的罪證。

安澄的厚背刀刀刃早已捲起，他記不清自己究竟殺了多少桓軍，自己的身邊究竟還剩多少長風騎兄弟。風雨將他身影襯得形如孤獨的野狼，他眸中充斥血腥和戾氣，帶著數千名長風騎死守於小山丘前。

北面隱約可聞慘呼聲傳來，那是桓軍在屠城吧。相爺，安澄對不住你，青茅谷沒守住，河西府也沒守住！

見這數千弟兄被桓軍壓得步步後退，人人以一敵十，身上早已分不清是血水還是雨水，也分不清是自己還是敵人的血。安澄心中劇痛，卻仍提起眞氣，暴喝一聲：「兄弟們挺住！侯爺就快到了！」

砍殺間，他目光掠向南面，心中默念：「老田，你撐住，只要你那三萬人能撤過河西渠，重築防線，咱們就還有一線機會，不讓桓軍長驅南下。我安澄今日便用這條命，爲你搏得這一線生機吧！」他再長嘯一聲，人刀合一，突入如潮水般湧來的桓軍中，厚背刀左砍右劈，擋者無不被他砍得飛跌開去。

北面王旗下，宇文景倫微露不悅，「五萬人，耗這麼久都收拾不了一萬長風騎，傳回去讓人笑掉大牙！」此話激得身邊的兩名將領怒吼一聲，再帶五千人攻上去。但安澄領著長風騎如同瘋了一般，人人悍不畏死，纏得桓軍無法再壓向前。

涼涼晨風，撲面而來，駿馬的鐵掌在霞光下閃爍著耀目的光澤，擊起無數黃泥草屑。

裴琰與衛昭並肩而馳，眼見已過寒州，背後還傳來長風騎將士鬥志昂揚的喝馬聲，不覺心情舒暢，笑道：「三郎，說眞格的，咱們還不曾好好比試過一回，將桓軍趕回去後，咱們比個痛快！」

寧劍瑜打馬上來，笑道：「素聞衛大人武藝超群，不知可否讓寧某大開眼界？」

衛昭悠然自得地策著馬，疾馳間身形巍然不動，聲音卻不疾不緩送入寧劍瑜耳中：「不敢當。寧將軍白袍銀槍，威震邊關，衛昭早心慕之。」

裴琰一笑，正欲接話，忽聽得焦急到極致的喝馬聲，似是有些耳熟，心中一動，右手運力，黑騮駿馬「唏律律」長嘶，四個鐵蹄卻穩穩當當停於原地。不多時，前方黃土道上，兩人拚命抽打著身下駿馬越奔越近，裴琰笑容漸斂，緩緩舉起右手，便有傳令兵前後傳著暫停行進的軍令。

長風衛安澔與竇子謀滿頭大汗，血染軍衣，滾落馬下，跪於裴琰馬前，似虛脫了一般，劇烈喘息。裴琰心中一沉，聲音卻極平靜，「說。」

「侯爺。」安澔略喘不過氣來。竇子謀大聲接道：「侯爺，桓軍攻破了青茅谷，田將軍帶兵退回河西府，不及關城門，桓軍騎兵又攻破了北門，河西府失守了！」

寧劍瑜倒吸了一口涼氣，俊面上透著不可置信之色，衛昭也雙眉一緊，身軀不自禁地挺直。

寧劍瑜望向裴琰，裴琰的臉沉得如同一尊雕像。竇子謀不敢抬頭，仍是大聲道：「安大哥命我們前來向侯爺報信，河西府是守不住了，弟兄們死傷慘重，田將軍和安大哥正帶著他們向南撤！」

崔亮早趕上來聽得清楚，亦被這驚天噩耗震得心中一顫，瞬間清醒。見裴琰猶無反應，崔亮大聲喝道：「相爺，河西渠！」裴琰被他這聲暴喝驚醒，厲喝一聲，撥轉馬頭，狂抽身下駿馬，向西南疾馳。

寧劍瑜控制住狂烈的心跳，旗令一揮，震天蹄聲急奔西南，驚起道邊林間的烏鴉，黑沉沉飛滿天空，似烏雲般籠罩在每名長風騎將士的心頭。

雨勢漸歇，但殺戮更盛。

安澄身邊的長風騎只剩下了約千餘人，卻一個個悍暴狂虐如從地獄中放出的羅剎，殺得桓軍同感膽寒，縱是將他們步步逼退，卻也突不破他們抵死鑄就的防線。

滕瑞眉頭微皺，看著眼前這場如修羅地獄般的血腥搏殺，心底深處不免閃過一絲不忍。他側頭道：「王爺，得儘快攻過河西渠，萬一裴琰趕到，利用河西渠重築防線，咱們直取京城的計畫就會受阻了。可惜咱們的箭矢用完了，不然無須如此血拚。」

宇文景倫正待說話，聽到馬蹄聲，大喜轉頭，「易先生，河西府平定了？」

「是，高氏子弟倒也算有血性，巷戰打得頗艱難，不過總算平定了。」易寒望向前方，眉頭鎖起，「這個安澄，凶悍得很啊。」

「箭矢可補充好了？」

「帶過來了。高國舅府後院，正有一批箭矢，恰解咱們燃眉之急。」

滕瑞雙掌一合，「這就好。」他將令旗一揮，號角嗚咽而起，桓軍如潮水般退下。

安澄心知不妙，抬眼見桓軍陣前，黑壓壓箭兵向前，寒閃閃箭矢上弓，絕望與憤恨齊齊湧上，他回頭看了看南面半里處的河西渠，再望向東北面，愴然一笑，「相爺，安澄不能再陪伴您了！」他忽然揚聲而嘯，嘯罷，怒喝道：「弟兄們，和他們拚了！」

上千長風騎齊聲應和，他們人人身帶重傷，但所有人均是一臉慨然赴死的神情，怒吼著衝向桓軍。

宇文景倫看著這上千死士衝將來，冷酷一笑，右手急速壓下。

遠處，裴琰狂抽身下黑騮馬，在向西南的路途上狂奔。他的背心透出一層又一層汗，額頭青筋暴起，雙目漸轉血紅。紫色戰袍，疾馳間被捲得似要隨風而去。一種從未有過的恐懼逐漸蔓延，占據他的心頭，他甚至沒回頭去看大軍是否跟上，只猛抽駿馬，任細雨淋濕自己的雙眉和鬢髮。

寧劍瑜緊跟在裴琰背後，雙眸似被點燃，疾馳間，他彷彿能聽到體內突突的血流聲，「田策，安澄，你們能撐住麼?」

數騎當先，萬騎追隨於後，馳過山丘，馳過平地，馳向西南無邊無際的平野，馳向那象徵著最後一線生機的河西渠。

雨，終於停了。

裴琰與寧劍瑜當先馳上小山丘，終於看到了不遠處的河西渠，同時看見了黑壓壓的數萬桓軍，看到了桓軍陣前、小山丘上那上千名長風騎死士。

裴琰銳利的目光撕破箭雨，一下找到了那個陪伴了自己十八年的身影。他看到，漫天箭矢，呼嘯著飛向那上千弟兄，「簇簇」之聲撕裂了他的心肺。他眼睜睜地看著，弩箭雕翎如驟雨般射向那個熟悉的身影……他眼睜睜地看著，那人身中無數利箭，緩緩跪落於黃泥之中。

裴琰眼眥欲裂，耳邊已聽不見任何聲音，連自己和寧劍瑜的怒嘶聲也聽不見了。他化身爲殺神，捲起一道紫色風暴，如瘋虎般直撲向桓軍。

宇文景倫見強弩射出的箭矢終將這最後上千人擊斃，滿意地一笑，沉聲道：「全速前進，攻過河西渠！」號角聲震破長空，桓軍如潮水般向前，綿延里許，鐵蹄狂踏過長風騎的屍首，疾馳向河西渠上的鎮波橋。眼見桓軍的鐵蹄捲過了安澄的身體，裴琰瞠目欲裂，一聲暴喝。長劍脫手，如一道閃電飛過上萬人馬，穿透正策騎踏上安澄屍首的桓軍之軀，再射上前面一人的背心，二人齊齊倒落馬來。

易寒雙耳一顫，猛然回頭，急道：「裴琰到了！」

宇文景倫暗驚，急速舉起右手，號角數變，桓軍齊齊勒馬。

裴琰馳下小山丘，衝入桓軍陣中，他雙掌連擊，漫天眞氣擊得桓軍紛紛往外跌去。一口眞氣將竭，他也終馳到陣前，怒喝一聲，從馬背上躍起，橫空掠過。他雙足連環踢踏過數十名桓軍的頭頂，右手一擼，奪過一把長劍，急縱向安澄屍首處。

易寒騰身而出，寒光一閃，將裴琰的去勢阻住。裴琰無奈回招，二人長劍相擊，如暴雨擊打芭蕉，俱是招出如電，纏鬥在了一塊兒。

桓軍後陣一陣騷亂，宇文景倫迅速回頭，見越來越多的長風騎自東北面小山丘捲來，知裴琰所率大軍趕到，當機立斷地嚷聲：「回擊！」

桓軍訓練有素，後陣變前陣，迅速回擊。兩軍殺聲四起，再將這河西渠北、鎮波橋前，變成人間地獄。

宇文景倫卻不看兩軍戰況，只緊盯著與易寒搏殺的裴琰，躍躍欲試，終忍不住一夾馬肚，手中「白鹿刀」覷準裴琰後背，凌空劈去。裴琰聽得刀聲，凜然一驚，無奈易寒長劍上的螺旋勁氣將他劍尖黏住。裴琰急怒下真氣盈滿全身，騰於半空，避過宇文景倫刀鋒，但紫袍「嘶」的一聲，被白鹿刀砍下半截。

裴琰因身騰半空，劍勢便有些凝滯。易寒長劍忽暴寒芒，裴琰承受不住，身形後飛，胸口如遭重擊，吐出一口血來。裴琰剛及落地，易寒與宇文景倫，一刀一劍，合力攻上。

趕來的長風騎們如瘋了一般，人人怒喝著與桓軍拚殺，寧劍瑜和陳安、許雋尤是聲如巨雷，在陣中勇不可擋，殺得桓軍像落葉飄絮倒飛滿地。

衛昭策馬於小山丘上，皺眉看著前方戰場。崔亮氣喘吁吁趕到，凝目細看，急道：「衛大人，咱們人少，這樣拚下去可不行。守住河西渠，才能徐圖後策。」

「嗯。」衛昭點了點頭，「可你看少君的樣子，怕是……」

崔亮當機立斷，回轉身，尋找幾位號角手和旗令兵。衛昭遙望陣中裴琰與易寒及那著王袍之人激鬥的身影，不禁眉頭深鎖，終催動身下駿馬，馳下小山丘奔向陣中。

裴琰力敵易寒和宇文景倫，還要顧著安澄屍首不被戰馬踐踏，漸有些支撐不住。

易寒看得清楚，心中暗喜，借著宇文景倫一刀將裴琰逼得向右閃挪之機，在空中換氣，姿態曼妙，旋飛至裴琰背後。裴琰聽得腦後生風，無奈下前撲，右足踢向宇文景倫，擋住他必殺一刀。

尚不及站起，易寒一劍凌空刺下，裴琰硬生生向旁橫移，易寒長劍穿透他的甲冑，森冷的劍刃貼著他的肌膚，刺入泥土之中。易寒這一劍入土極深，裴琰雖未被刺中，甲冑卻被釘住，欲待提氣而起，宇文景倫深厚刀氣砍到，他反劍而擋。易寒長笑一聲，右拳擊出，「砰」的一聲擊上裴琰背部。

裴琰縱是做好了準備，提氣護於背心，仍被這一拳擊得鮮血狂吐。宇文景倫再是一刀砍下，裴琰勉力提氣，帶出易寒長劍，在地上急速翻滾。易寒卻已奪過身邊士兵手中長劍，挺身飛來，刺入裴琰左肩。

裴琰中了一拳一劍，真氣逐漸潰散，強自支撐，死死護住安澄屍首。

宇文景倫與易寒使了個眼色，白鹿刀橫劈向裴琰，易寒則刺向裴琰必閃之處。眼見裴琰腳步踉蹌，身子就要撞上易寒劍尖，白色身影凌空飛來，易寒大驚，急速回劍自救，方擋下衛昭這凌厲老辣的招數。

易寒不知來者是誰，劍術與功力竟與自己不相上下，但顧不得多想，又見衛昭已攻了過來。衛昭腳踏奇步，所使皆是不要命的招數，逼得易寒步步後退。

衛昭朗笑道：「少君，沒事吧？」

裴琰卻似未聽見一般，連著數劍逼退宇文景倫，俯身將安澄的屍首抱於懷中，渾身劇顫。

桓軍兩員大將見王爺勢危，攻了過來，擋住裴琰信手揮出的劍勢。宇文景倫得以脫身，見易寒被衛昭逼得狼狽，白鹿刀由右向左，橫砍向衛昭。衛昭卻不閃躲，仍舊攻向易寒。其劍勢如虹，易寒連戰數場，真氣稍衰，劍勢略現凝阻，衛昭發出一聲震耳長喝，長劍劃過易寒肋下。

易寒鮮血噴出，「蹬蹬」後退，坐於地上。衛昭卻也被宇文景倫寶刀掃中右腿，踉蹌數步，回劍一擊，再與宇文景倫戰在了一起。

此時號角聲響起，長風騎聽得結陣號角，凌亂的攻勢漸緩，慢慢集結在一起。陣形亦由散亂漸漸結成小陣，再由小陣慢慢擴展而成大陣，漸成兩翼齊飛之勢，如蒼鷹撲擊，將人數倍於己方的桓軍攻得有些亂了陣。

寧劍瑜和陳安率著這兩翼，逐漸向陣中的裴琰和衛昭靠攏。

滕瑞見勢不妙，急速揮出旗令，桓軍也集結成陣。宇文景倫知已取不了裴琰性命，扶起受傷的易寒，在將領們的簇擁下掠回本軍陣中。

兩軍號角齊吹，旗令揮舞，於河西渠北陷入對峙。

江慈緊隨著崔亮，受上千長風騎護擁，馳至帥旗下。眼見裴琰雙目血紅，似是有些不太清醒，崔亮向寧劍瑜急道：「強拚無益，過河西渠！」陳安吼道：「退什麼退，和他們拚了！」

寧劍瑜目光掠過緊緊抱著安澄屍首的裴琰，心中劇痛，卻也保持著幾分清醒，點頭道：「聽子明的，先撤過河西渠！子明，你帶人護著侯爺先撤，我斷後！」

崔亮斷然道：「好！」手中旗令揮出，長風騎井然有序，按旗令行事，各營先後馳過鎮波橋。

衛昭在裴琰耳邊暴喝一聲，裴琰震得悚然抬頭。衛昭左手拎起安澄屍首，右手揪上裴琰胸前，忍住右腿刀傷劇痛，閃身掠過鎮波橋。

宇文景倫見長風騎井然有序撤過鎮波橋，知他們一旦與田策殘部會合而力守河西渠，己方再想長驅南下，便有些困難。他極不甘心，面色陰沉，將手一揮，左右兩軍便攻了上去。

寧劍瑜身上白袍早被鮮血染紅，他將陳安一推，「我斷後，你快走！」

陳安還待再說，寧劍瑜使出「唰唰」數槍，陳安被迫後退，再見他面上嚴峻神色，只得帶著數營將士撤過鎮波橋。

寧劍瑜率後營三千名將士，守於鎮波橋頭。他橫槍勒馬，傲視逼將上來的桓軍，一聲暴喝：「寧劍瑜在此，不要命的，就上來送死吧！」他這聲暴喝如晴天驚雷般，震得桓軍心膽俱裂，不由自主地停下腳步，殺機四伏的戰場霎時凝固了一下。

桓軍箭矢已於先前射殺安澄等人時用盡，宇文景倫見寧劍瑜豪氣勃發、英姿凜凜，灼得他雙目生痛，不禁心中惱怒，抽出箭壺中最後數枝長箭，吐氣拉弓，白翎破風，連珠般射向寧劍瑜。寧劍瑜朗聲長笑，手中銀槍團團而舞，箭尖擊上銀槍，火花四濺，一一跌落於一旁。

宇文景倫瞅準寧劍瑜槍勢，終瞠目吐氣，射出最後三箭。寧劍瑜將第一箭撥落，第二箭已至胸前，他急速後仰，閃目間見第三劍射向自己左肋，急中生智，左手將白袍急捲，束成長棍，將最後一箭擊落於地。

河西渠兩岸，鎮波橋前，長風騎齊聲歡呼，桓軍士氣不禁一挫。

滕瑞迅速在心中權衡，趨近宇文景倫身邊，「王爺，看樣子，今天沒辦法將他們盡殲。咱們的將士也都乏了，苦攻下去恐死傷太重，河西府還得回兵去鎮著。」

宇文景倫壓下心中不甘，怒哼一聲，滕瑞打出旗令，桓軍後軍與右軍迅速北撤向河西府，其餘三軍則依然列於河西渠北。

寧劍瑜大笑道：「宇文小子，咱們改日再戰！」率著後營三千餘人緩緩退過鎮波橋。

炎炎夏日，雨勢一停，便是麗陽當空。

寧劍瑜退過鎮波橋，向崔亮大聲道：「子明，你幫我看著！」急奔向帥旗所在。

帥旗下，衛昭手中運力，猛然撕開裴琰的甲冑。裴琰左肩血流如注，他卻渾然不覺，只是面無表情，坐落於地，緊緊抱著安澄的屍首。

寧劍瑜趕到，搶步上前，扶住裴琰，「侯爺！」

衛昭站起，退開兩步，看著裴琰神情，微微搖了搖頭。

江慈擠開圍著的長風衛，入目正見裴琰肩頭傷口。她見崔亮不在近前，凌軍醫等人也未趕到，強自鎮定心神，迅速取出囊中藥酒與傷藥，蹲在裴琰身前，道：「寧將軍，點相爺的穴道止血！」

寧劍瑜忙揮手如風，點住裴琰肩頭數處穴道。江慈迅速將藥酒塗上裴琰傷口，裴琰身軀一震，抬起頭來。江慈只當他疼痛，忙道：「相爺，您忍著點，馬上就好！」

裴琰目光徐徐掃過寧劍瑜與衛昭，又木然望向圍擁在四周的長風騎將士，愣怔良久，才緩緩望向懷中被亂箭射成刺蝟一般的安澄。他雙目血紅，咬緊牙關，顫抖著伸出手去，一根又一根的，將安澄身上箭矢用力拔出。

「噗」聲連連，黑血流淌，安澄身上箭孔一個個呈現，其面上滿帶著憤怒和不甘，雙目圓睜，無言向天。長風騎將士俱是心頭絞痛，不知是不忍睹安澄慘狀，還是不忍睹侯爺痛苦的神情，都偏過頭去。

裴琰一根根拔著利箭，眼中痛悔之意漸濃，寧劍瑜與衛昭默然立於一旁，俱各無語。裴琰將安澄身上最後一根利箭拔出，再將正替他敷藥的江慈一推，身形稍向前俯，將安澄緊緊抱於胸前。

江慈被他推得跌倒於地，抬起頭，正見裴琰緊閉的雙眸、顫抖的身軀，也清晰地看見……兩行淚水，急速地，自他緊閉的眼角滑落。那淚水，似皆帶上了幾分血紅。裴琰慢慢仰起頭來，目光模糊中，頭頂炎炎烈日，恍如安澄燦若陽光的笑容。他再也無法抑住心頭一陣狂似一陣的巨浪，仰天長嘶一聲：「安——澄！」

華朝承熹五年四月二十六日，桓軍攻破青茅谷，華軍陣亡萬餘人，退守河西。

四月二十六日夜，桓軍攻破河西府，華軍雲騎營全軍覆沒，長風騎陣亡萬餘人，河西府青壯年男子在巷戰中與桓軍血拚，十死七八，河西府郡守及高國舅殉國，高氏宗祠在大火中付之一炬。

四月二十七日，田策率殘部四萬人邊戰邊退，其中萬餘人在河西渠以北與桓軍主力血戰，無一生還，長風衛統領安澄陣亡。同日，裴琰率三萬長風騎趕抵河西渠，與桓軍激戰後力守鎮波橋，回撤到河西渠以南，並與田策殘部三萬人會合。

四月二十七日至四月三十日，六萬長風騎以河西渠為憑，沿這條寬三丈半、深約兩丈許且東西綿延數百里的溝渠，與桓軍展開大大小小數十場戰鬥，終將桓軍鐵蹄暫阻於河西渠以北。

與此同時，桓軍左軍相繼攻下河西府東面的寒州與晶州。

「河西之敗」，是裴琰的長風騎自創建以來所遭遇之首場大敗，不但損兵折將，主帥裴琰也身負重傷。

〈番外〉長風少年——安澄

南安府的春天很美，可我聽人說，北郊寶林山的春天更美。

但是，我卻不敢上寶林山，因為那裡有個長風山莊。那山莊的主人，據說曾經當過武林盟主，聽說還有個人，做過赫赫有名、指揮千軍萬馬的震北侯。而我，只是一個無父無母、守著三間爛瓦屋、靠左鄰右舍施捨米粥活下來的孤兒。

我甚至不知道自己姓什麼，我老母去年蹬腿之前一直叫我「狗蛋」，所以大家都叫我「狗蛋」。

隔壁家的許雋不同，這小子仗著他老子是震北侯軍中出來的，去年曾經跟他老子上過一次寶林山，回來吹牛吹到今天。雖然我每次打架能打過他，但吹牛是吹不過的，儘管他老子當年在震北軍中只是名伙夫。

於是，我很想上一次寶林山，瞧一瞧那座傳說中的長風山莊。

某年春天，南安府死了很多人，聽說他們都得了一種可怕的瘟病。當許雋他老子死於瘟病，他也成了孤兒。城裡到處都是死人，我和許雋只能將他老子用板車拖到城外的小茅山去埋掉。我在前面拖，他在後面推，可我們力氣小，還沒到小茅山就累得走不動，板車也翻了。

許雋只知道哭，我狠狠地罵他幾句，可我也沒力氣了，沒辦法將他老子的屍體拖回到板車上。

這時，一輛體面的馬車在我們眼前停了下來，車內傳來悅耳的聲音，讓我以爲是天上的仙女在唱歌。然後，有人幫我們埋了許雋他老子，後來我和許雋就跟著那幾個人一直往北走。他們把我們帶到一座很大的莊子，裡面有很多和我們差不多年紀的男孩。他們告訴我們，從這天起，我們是長風山莊的人。

許雋頓時不哭了，可他臉上還掛著鼻涕，被站在旁邊一個個頭比我還大的小子笑了幾句。我自然不服氣，這小子也不經打，被我幾拳便揍倒在地上。

有人來幫那小子，許雋又來幫我，這一架打得十分痛快。直到有幾個大人來將我們分開，然後我又聽到了那個像仙女般的聲音。當我抬起頭，竟眞的看到一個仙女站在我面前。

「你叫什麼名字？」

我只知道笑，傻傻地答：「狗蛋。」

可惡的小子們笑翻了天，被我揍了幾拳的那個笑得格外響亮。我狠狠地瞪了他一眼，怒道：「有什麼好笑的！老子行不改名，坐不改姓，就叫狗蛋！」

那仙女笑得特別好看，「狗蛋可不好聽，從今天起，你姓安，叫安澄。」

我猶豫了一下，還是大聲道：「不行。」

「爲什麼？」仙女蹲下來看著我。

「我就叫狗蛋，要是改了名，我死了的老母投了胎會找不到我的。」

仙女笑著站起來，向旁邊一個人說道：「就是他了，帶去給少爺吧。」

那個人讓我叫他「大管家」，我跟著他走了好遠，爬到一座很高的山上，他說從今天起我就是少莊主的人，讓我一切都聽少莊主的。長風山莊的少莊主，聽說生下來就是未來的武林盟主，是不是武功高超呢？我很興奮。

可我大失所望，這位少莊主住在一間草房裡，身子板瘦瘦的，長得比戲班子的人還要俊幾分。看他皺著眉頭喝藥的樣子，我忍不住撇了撇嘴。我撇嘴的時候，這個少莊主抬頭看了我一眼，他的眼睛倒是很亮，可想到我以後要聽這個病秧子的話，我便有些不開心。

大管家卻好像很怕這位少莊主，恭恭敬敬說完話就彎著腰退出去。

少莊主走到了我的面前，他的手負在背後像個大人一般，我更加看不慣。

「你叫狗蛋？」他好像忍著笑，這讓我更不爽。

「是。」

「母親給你取的名字不好麼？安澄，很不錯啊。」

原來那個仙女是他的母親，哪有那麼年輕貌美的母親！

「可我媽一直叫我狗蛋。」

「你也是丁丑年的？」

「是。」我看他年紀跟我差不多，搶著說道：「我是正月的，已經滿七歲了。」

他笑了笑，他笑起來眼睛還是那麼亮，「我是八月生的。」

「那我比你大。」我湧起些小小的得意。

他卻笑得更厲害了些，「聽說你很會打架？」

「還行。」

「你打贏了我，我叫你老大，你輸了，你叫我老大，還要改名。」

我當然不怕，正要開口答應，他忽然撲了過來。
我沒想到他說打就打，遂被他撲倒。不過我反應也快，將他反壓在地上，可我的腰一麻，又被他壓在下面，還被他用力揍了幾拳。這小子看上去瘦，力氣倒不小，揍得我眼睛直冒金星。
他騎在我身上，笑得十分得意，「你輸了。」
「你偷襲我，不作數！」
他拍了拍手，站了起來，「那好，咱們重新來過。你說開始之後，我再和你打。」
「打就打，開始！」我用盡全力撲了過去。可這小子像泥鰍一樣滑，我幾次就要逮住他了，他卻又總是在最後一刻溜開。
我當然不服氣，「有種別躲，和我正面打。」
「也行。」他不再躲，笑得很討厭，「如果你不怕，咱們換種方法打。」
「怎麼打？」我當然不怕這個病秧子。
「你既然說你比我大，就先挨我三拳，然後我再挨你三拳。這樣輪著來，誰先倒下算誰輸。」
他先前揍我幾拳，力氣雖大，然我還挨得住，但他看上去不結實，可挨不了我幾拳，我自然答應了。
他笑得略略得意，慢慢地舉起了拳頭。
好像只有一拳，他便把我擊出了草屋，我眼前發黑，嘴裡也全是血。他將我拎了起來，我倔強地不肯開口，他笑著又擊出了一拳，我便飛到了溫泉下的潭水中。我在水裡掙扎著，可我的手使不出半分力氣，水不斷嗆入我的喉中，我慢慢下沉。我以為我就要死了，他又揪住我的頭髮將我的頭提出水面。
「從今天起，我是你的老大。」
我還是開不了口，他又將我沉入水中。

當他第五次將我提出水面，他緩緩地舉起了拳頭。

看著他的眼神，我忽然明白，他這一拳下來，我將永遠沉入水底。

「老……大。」

他慢慢笑了起來，「你叫什麼名字？」

我猶豫了一下，咳嗽著道：「安……澄。」

從此，我不再叫狗蛋，我叫安澄，成了長風山莊少莊主裴琰的隨從。

從此，他走到哪裡我便跟到哪裡，他要我做什麼我便得做什麼。他練功，我也跟著練功，他讀書，我也跟著認字讀書。

我還欠著他一拳，慢慢地我懂了，欠他的這一拳，可以要了我的小命。

他完全可以一拳便打得我再起不了身，可當時爲甚還要和我那麼繞圈子呢？我想了很久，才想明白。

我陪著他在草廬住了大半年，他每天吃很多的藥，還要在溫泉中浸泡幾次；他每天練功超過五個時辰，三個時辰讀書寫字。於是，我再沒睡過懶覺。

他不太喜歡說話，最開始不過吩咐我做什麼事時才說上幾句，後來慢慢地才問我一些南安府的事情。我很想念南安府的日子，便說得天花亂墜，可他只是默默聽著，我幾次拐彎抹角慫恿他下山去南安府玩，他都沒甚表示，讓我有些失望。

可當第一場大雪降落的那一天，他的劍尖發出如霜劍氣，凌空劈斷一根樹枝，他十分興奮，竟然轉身將我撲倒在地，還抱著我在雪地上滾了幾圈。我聽見他興奮至極的聲音：「安澄，我練成了！我練成劍氣了！我可以下山了！」我也很高興，我十分想念許雋，更想念南安府。

他放開我，就那麼躺在雪地上，任雪花落在他的面上和身上。

他似是喃喃自語：「安澄，你母親，抱過你麼？」

當然抱過，我也學著他的樣子將手枕在腦後，雖然雪地冰冷得不得了。

「她帶你睡過麼？」

「她死之前，我一直和她睡。」

他歎了口氣，良久方說話，聲音極低，「可我母親，從來沒抱過我，也沒帶我睡過。」

那仙女般的夫人，我忽然想起她蹲在我面前說話時身上發出的香氣，要是她能抱我一下……

「母親答應過我，只要我在今年過年之前練成劍氣，她便會抱一抱我，還讓我睡她的大床。」他很高興，是眞正的那種高興。看得出，他盼這一天盼了許久，我也替他高興。說實話，住這個草廬比我家那三間爛瓦屋還要難受。

我們終於下了山，他幾乎是跑著下山，可他找遍整座長風山莊都不見夫人。我看得出他有些惶恐不安，直到有個叫漱雲的小丫頭跑來告訴他，說夫人在梅林等他，他才又露出了笑容。

我們跑到梅林的時候，天快黑了。梅林的臘梅開得很鮮豔，白雪紅梅，仙女般的夫人站在梅林中，笑容比那梅花還要美麗。她張開雙臂，聲音溫柔如水，「琰兒，到母親這邊來。」

我正好於此時側頭，看見他眼睛裡有什麼東西在閃，他不再像平日那麼穩重，飛快地向梅林跑去。

可就在他距夫人只有一臂之遙的時候，夫人白袂飄飄，身形向後飛縱。他停住腳步，仰起頭來，滿面不可置信之色，望著向後飛縱的夫人。我也呆住了，不知道是怎麼一回事。可就在這一瞬間，他站立的地面忽然裂開來，他瞬間不見了蹤影。

我嚇得不能動彈之際，夫人又落在了地面。她面上帶著淺淺微笑，一如往日溫柔美麗，但不知道爲什麼，我卻忽然害怕見到這樣的笑容。她站在那個大坑邊，低著頭，嘴唇似在動著，說了幾句話，然後就頭也不回地離開梅林。

等夫人走遠了我才敢奔過去，這才發現那是個陷阱，像獵人捕獸一樣的陷阱，他坐在陷阱中，五官有些扭曲。陷阱很深，我沒辦法將他拉上來。我喊了幾聲老大，他卻將臉扭過去，背對著我，一言不發。我沒辦法，只得轉身去找繩索，可我在林中轉了好久，都轉不出這片梅林。

前幾日我才隨他讀過有關奇門遁甲的書，我感覺這片梅林就像個迷陣。我這時候才靈機一動，折斷了一根很長的樹枝，可還是搆不著陷阱深處的他。我沮喪到極點，遂便也跳入陷阱之中。

這麼高的陷阱，我跳下去後腳跌得生疼，我強忍著沒有叫出聲，想將仆在地面的他扶起來，可他將臉埋在了泥土中。他的身子似有千斤重，我怎麼也扶不起來。我只看見他的肩頭在微微顫抖。

天全黑，他才慢慢翻過身來。他就那麼呆呆坐著，我也陪他坐著，他不說話，我也不敢開口。

雪越下越大，下了一整夜，坑底積了一層厚厚的雪。他終於站了起來，我心中暗喜，擦亮了火摺子。可我們沒有辦法爬出去，這個陷阱實在太深了，即便他輕功了得也沒辦法脫出。他的面色越來越難看，當火摺子燃盡，我們還是沒能爬出陷阱。

那一夜，我和他在陷阱中凍得瑟瑟發抖，我將外衫脫下給他穿上，他仍在發抖，甚至抖得比我厲害。

好不容易熬到天亮，夫人還是沒有出現。我請他大聲呼救，可他緊抿著嘴唇，一言不發。

又凍了一整日，我以為自己就要凍僵的時候，夫人忽然出現了。

夫人低頭靜靜地看著我們，她的神情很嚴肅，不似昨天那般溫柔。少莊主低著頭在坑底跪下，我也只得跟著跪下。夫人的聲音很輕，像從很遠的地方飄來，「記住我昨日的話了麼？」

他磕了個頭，「是，孩兒記住了。」

夫人滿意地笑了笑，轉身而去。不多時，上方垂下一根繩索。

他神情木然，慢慢伸出手來抓住了那根繩索。我們出了陷阱，他卻仍在梅林的雪地裡坐了許久，才帶著我回了碧蕪草堂。

夫人昨天到底說了什麼話？我很想知道，可他一直緊抿著嘴唇，什麼都沒有說。

那日回到碧蕪草堂，他將自己關在書房中，關了一整夜。次日早上他去給夫人請安，我悄悄溜到書房，看到他在紙上寫下的字：「勿輕信任何人、任何承諾。大功將成，尤須謹慎。其言愈誠，其心愈險，雖骨肉至親亦然！」

我們不用再整天待在山上，更讓我高興的是，過完年，許雋和那些小子們經過大半年的訓練，也被派來跟著他。碧蕪草堂一下子變得好熱鬧，他也慢慢變得愛笑，其實，他笑起來真的很俊，還有幾分像夫人。

和我打了一架的那小子叫童敏，我們一笑泯恩仇，成了兄弟。不多久，又來了一位南宮公子，碧蕪草堂更添熱鬧了。

他越來越少去夫人住的正院，整天和我們待在一塊兒。童敏他們本來也跟我一樣不怎麼服氣，可某段時日，我看見那些小子們臉上紅腫不堪，便曉得他們將步我後塵，尊稱他為「老大」。

南宮公子初來的時候，對我們這些比他小上幾歲的小子也是滿臉的不屑。可有一天晚上，我起來撒尿，看見他手中的長劍點上南宮公子胸前的穴道，我不敢出聲，悄悄地退了回去。第二天，南宮公子便隨和了許多。

可讓我們發自內心、毫無保留地喊他「老大」的那一天，是在三年後的冬日。

那一天下著大雪，夫人似不在莊內，他從正院回來，笑著說去後山打獵。正好前幾天大管家說後山發現了猛虎，我們興奮得不行，擁著他上了後山。

我們這群十歲左右的小子以爲自己學了幾年功夫，打虎不在話下。可當那隻吊睛大白虎挾著狂風出現在我們面前時，我們才知道，自己學過的功夫遠不夠用。轉眼間便有兩個弟兄被虎爪拍在地上動彈不得，童敏的背上也被抓出了血印，安潞被虎尾巴掃到一邊，暈了過去。

我知道情況不妙，帶著十餘個弟兄擋在前面，我大聲呼道：「老大快走！」

老虎向我撲了過來，牠的吼聲驚天動地，震得我手一直哆嗦。眼見我被老虎撲倒在地，忽有人從後面衝上來，一劍砍上了老虎的爪子。待我從地上爬起來，他與南宮公子已經身形翩飛，劍舞寒光，圍著老虎纏鬥。我們插不上手，只能在旁邊緊張得大汗淋漓，而這時我們也才知道，他和南宮公子的武功實高出我們太多。

我們知道，他若有個好歹，我們也別想活命。於是我們衝了上去，大聲叫他快走，可他偏不聽。他和南宮幾次被老虎掃在地上，仍不放棄。我看見他眼中閃著興奮而熱烈的光芒，好像那隻老虎是世界上最珍貴的寶物，他非要得到才甘心。

那隻老虎最終成了他的戰利品，他肩上還流著血，卻很高興地和南宮扛著死虎下了山。我是眞心地佩服他，他想要的東西，從來沒有得不到手的。就像這隻老虎再厲害，也只能死於他的劍下。

下山時，我看到許雋他們都用一種敬佩的目光看著他。

我知道，從這一天起，他眞正成爲了我們的「老大」。

他將虎皮剝了下來，然後很興奮地帶著我又抱虎皮去了正院。夫人剛從京城回來，她披著一件純白狐裘，站在院中的梅樹下。他將腳步放慢，捧著虎皮走向夫人。

夫人似對這虎皮不感興趣，只淡淡說了一句：「放著吧。」

我瞥了他一眼，他深深地低下頭去，但我看得見他先前的笑容僵在了嘴角。

夫人卻不看他，只是剪下了一枝梅花，依然淡淡道：「你這麼成天和一幫小子混也不是辦法，準備準備，明天隨我去京城，你舅父想見見你。」

我們又興奮起來，半個月後，我們到了繁華富庶的京城，住進天下第一富商容氏的大宅。

舅老爺待他是說不出的好，畢竟他生下來就是未來的武林盟主，還有著世襲爵位。舅老爺和夫人天天帶著我們出去和京城的達官貴人打交道，我也因此走遍了京城的富貴人家、王侯公爵府第。他變得越來越老成，待人接物亦有了幾分少年侯爵的氣度，可他臉上的笑容越來越讓我看不透了。

容府的人對我們相當客氣，但兩位表少爺卻不怎麼服氣。終於有一天，大表少爺在花園攔住了我們，和二表少爺一唱一和，說了一些頗難入耳的話。他一直嘴角含著笑，靜靜地聽著。我看得很清楚，當二表少爺說出幾句對夫人、對叔老爺大不敬的話時，他擱於背後的手在隱隱顫抖。

我深怕他會將二位表少爺抓起來丟到旁邊的荷塘裡，但他並沒這麼做。他在京城生活了一段時日，果真變了不少。

那天晚上，他很晚還未入睡，隻身在院子裡練劍直練到半夜，然後就一個人坐在院中銀杏樹下，那夜正降著大雪。我知道他不開心，笑著讓他打我幾拳，他眞的打了，頭一拳很痛，後面慢慢地減了力道。他將我撲倒在雪地上，仰天大笑。笑罷，他似乎有話想說，卻始終沒說出口來。

再過了幾天，大表少爺因爲在外養了個戲子，被舅老爺吊起來狠狠地打了一頓，還被關進了祖宗祠堂中。再過了幾天，二表少爺和靖成公世子一幫人出去打獵，不愼將王尙書的公子射傷，舅老爺氣得將二表少爺押到王尙書府門前跪了三天三夜，甚至託人說情賠禮，二表少爺才逃過一劫。

其後的四年，我們就在京城和長風山莊間往返，而他正式給我和許雋等人取了個名字——長風衛。我們很喜歡這個稱呼，加入我們的人也漸漸增多。但始終只有我形影不離地跟著他，他泰半時候是微笑著的，他笑起來更添俊俏，好多人都在背後稱說他不愧是夫人的兒子。

他也有悶悶不樂的時候，但他從不在外人面前表露，頂多拿我揍上幾拳解解氣。不過他和我說的話越來越多，有甚事情也喜歡和我商量，儘管我從來都拿不了什麼主意。

十四歲那年的春天，寶林山的桃花開得格外燦爛，漫山遍野，空氣中流動著一股濃烈香氣，引許多人都睡不安穩。

那日我們訓練搜尋祕道，結果讓陳安這二愣子在碧蕪草堂內一間密室裡找到了許多塵封的書冊。我們當然不敢擅自拆封，等他和南宮公子趕到，南宮公子拿起其中一本打開細看，愣了片刻後哈哈大笑，將我們趕了出來。臨出門時，我瞟了一眼南宮公子手中書冊，臉一下子就紅了。

他和南宮公子在屋裡笑個不停，許雋和陳安一個勁兒地追問我看到了什麼，我當然不能告訴他們。其實那時的我也不明白，那些圖畫到底畫的是何物。

那天天快黑時，他將我和許雋叫了進去，命令我換上他的衣服，讓許雋換上南宮的衣服。看著他和南宮換上普通士族子弟的衣服，我隱隱猜到他要去做什麼。我好想跟著他去，可我從來不曾違抗過他的命令，所以我和許雋老老實實地待在碧蕪草堂，背對雕窗，裝出用功讀書的樣子。

可是，平時鮮少來碧蕪草堂的夫人卻在那一晚踏進了書閣的大門。我們都很怕夫人，但再怕，我也不能說出他去了哪裡。於是，我和許雋被關進了冰窖。

長風山莊的冰窖有幾層，裡面都是冬天收集來的厚厚寒冰，夏天以作消暑解熱之用。我們被凍得直哆嗦，我數著時辰盼著他來救我們出去。可等我凍得全身僵硬，他還是沒有來。

許雋抱成一團，哆嗦著問我：「安、安、安大哥，我、我們……會不會、就這樣凍、凍死了？老、老大會不會來救、救我們？」

「他、他……一定會、會來救、救我們的。」我說完這句話，意識開始模糊。等我醒來的時候，發現自己躺在他的大床上。

由於我脫下一件衣服給許雋穿上，手腳被凍壞了。我昏迷了許久，醒來後陳安偷偷地告訴我，老大急壞了，將長風山莊最好的藥找出來給我服下，讓我睡在他的大床上，還將我冰冷的腳捂於他胸前。不過我醒來後，他便睡回到了我的榻上。

陳安還告訴我，我和許雋被關進冰窖後好一段時間，老大和南宮才趕回來。夫人氣極了，閉門不出。他和南宮長跪門外，直到跪暈過去，夫人才命人將我們倆放出。

我醒來後的那天晚上，他好像很歡喜，一直坐在榻邊跟我說話。到後來，他索性和我擠在榻上睡著。

我睡得迷迷糊糊的時候，他忽然笑了起來，笑得十分得意。

「安澄。」

「在。」

他將手枕在腦後，右腿架在左膝上一晃一晃，欲言又止。過了好一會兒，才神祕兮兮地笑道：「安澄，我做壞事了。」

我還未明白過來之際，他拍了拍我的肩膀，笑道：「這回你受苦了，下次有機會我帶你去見識見識。」他頓了頓，又壓低聲音道：「月華樓的雪娘，果眞名不虛傳。」

我不敢多問，只在心裡想著他能帶我去南安府，跟著喝上一回花酒。之後我在床上躺了幾日身體就見好了，等我走出東閣，發現碧蕪草堂侍候的小子們少了幾個人。

他依然不時和南宮偷偷溜下山，仍舊是我和許雋裝成他們的模樣待在書閣，卻再也沒有被夫人發現過。他和南宮還在南安府認識了寧劍瑜，不久他將寧劍瑜帶回長風山莊。夫人一下子便喜歡上了這個小子，還收了他做乾兒子。
我惦記著他說過要帶我去月華樓，可直到四年後他年滿十八歲，正式接任武林盟主，劍挑十大門派；直到北疆烽煙再起，他帶著我們浴血殺敵，一手建立起赫赫有名、天下無敵的長風騎；直到他在守衛成郡一帶時治理水患，平定民亂；直到他凱旋後入閣拜相，他都沒有帶我去月華樓喝過花酒。
我卻牢牢記著他說過的雪娘，多年以後，我奉他的命令去南安府辦事，偷偷地去了一趟月華樓，當年名噪一時的雪娘早已洗手不幹，不知去向。
但當我打聽雪娘時，月華樓的人依稀記得，雪娘當年何等絕代風華，詩詞歌賦無一不絕，卻在某年春天，對詩敗給了一個陌生的少年郎，最後她甘拜下風，親自引這位少年郎入了暖閣。而這位驚才絕豔的少年郎，人人都記得，他有著俊雅無雙的笑容。
我知道我快要死了，這該死的桓軍，我的刀刃都捲起來了，他們竟還如蝗蟲一樣不停攻過來。
我感覺到身體裡的血快要流盡，全身麻木到毫無知覺，我只是下意識地揮舞著手中的厚背刀。這刀，是他在麒麟山一役後送給我的，聽說是前朝長冶子大師親手焠煉的寶刀，可刀再好，飲了這麼多桓賊的鮮血，亦有刀刃捲起之時。
如同我，陪了他這許多年，一塊兒經歷了那麼多事情，也終有要離開他的一天。
這次是真的要離開他了吧？上回在麒麟山他中了毒箭，昏迷不醒，我也是以為他要死了。童敏、許雋還有許多弟兄，他們殺那麼多桓賊都不害怕，一看到他昏迷之中烏青的面色，都不停地落淚。我沒哭，可我絕不能讓他就這麼離開我們。十多年來，我沒離開過他，未曾違抗過他的命令。有時，我覺得自己彷若他的影子，主人消失了，影子恐怕亦不復存在吧？

童敏他們不敢下手，我便將他們通通趕出去，用他殺敵的寶劍，剜掉了他腿上那塊壞死之肉。我的舌下有顆血泡，可我不能猶豫，他的面色越來越青，我絕不能讓他死！當看到他傷口處流出的血漸轉殷紅，我全身開始漸漸麻木，就像現下這樣麻木，可那時我卻高興極了，不像現下，沒有高興，只有愧疚。

我不知道爲何值此拚死搏殺之時還想起了這些老遠事情，也許是我多年來罕少離開過他的身側，這次被派到河西，算是與他分開最久的一次。

可就是這一次，我沒有達成他交代的任務，沒能守住河西。老大，我眞想再這麼叫你一次，自從你封爵拜相後，弟兄們便沒有這麼叫過你了。可是，這麼多年的相處，我知道，大家心裡其實更願意喚你一聲老大。

桓軍的箭對準了我們，我的身形開始搖晃，利箭破空而來，瞬時間穿透了我的身軀。偏在這一刹那，我好像聽到了他的聲音，老大，是你趕來了麼？我眞沒出息，竟要這副樣子死在你的面前。

只希望，我死的樣子別太難看才好。

四十三　點滴在心

月落日升。

黎明時分，崔亮自最高的烽火哨下來，鬆了一口氣。他一臉疲憊，仍打起精神囑咐了田策和許雋一番，才回轉中軍大帳。

河西渠是河西府百姓爲灌溉萬畝良田而開鑿的一道人工溝渠，寬約三丈半，水深兩丈許。崔亮耗盡心智，烽火哨、傳信煙火、尖哨、水網、刀藜全部用上，還派人在渠邊不斷巡迴警戒，方阻住桓軍大大小小上百次沿河西渠發動的攻襲。

見他入帳，寧劍瑜迎了上來，「子明辛苦了，前方狀況如何？」

崔亮苦笑一聲：「昨晚又偷襲了數次，好在發現得及時，擋了回去，現下消停了。」

「我去橋頭，侯爺正要找你，你進去吧。」寧劍瑜拍了拍崔亮的肩膀，出帳而去。

崔亮走入內帳，見裴琰正低咳著將手中的密報收起，便微笑道：「相爺今日可好些？」

「好多了，但內力只能提起三四分，易寒那一拳真要命。」裴琰抬頭微笑，「這幾日，偏勞子明了。」

「相爺客氣了，這是崔亮應做的。」崔亮忙道，又猶豫一陣，終將心頭那事壓了下去。

陳安在外大聲求見，裴琰道：「進來吧。」

陳安似一陣風捲入帳中，單膝下跪，「稟侯爺，糧草到了，共一百五十車。」

裴琰與崔亮同時一喜，裴琰站了起來，「去看看。」

陳安忙道：「侯爺，您有傷……」

「只是肩傷，又不是走不動。」裴琰往外走去，二人只能跟上。陳安邊行邊道：「據押糧官說，這批糧草乃河西府失守前就從京城運出來的，戰報送回京城後，董學士是否會緊急送批軍糧過來，他亦不知。」

長風衛簇擁著三人，穿過軍營。正逢一批將士自前面鎮波橋頭輪換回營，見他們個個面帶倦色，其中數十人身負有傷，裴琰大步上前，右手抱起傷重昏迷的一人，長風衛欲待接過，但見裴琰面色便退了開去。

裴琰將傷兵送入醫帳，凌軍醫忙接了過來，語帶責備，「你自己的傷都沒好，怎麼這樣不愛惜身體！」

裴琰看了看滿是傷兵的醫帳，目光在某處停留了一瞬，神色黯然，走出帳外。他拍了拍一名傷兵的肩膀，在眾人崇敬的目光中，依然帶著崔亮等人走向後營。

三人查看了一番糧草，回轉大帳，裴琰心情略略好轉，「這批糧草恰解了燃眉之急，只要能守住這河西渠，總得遇反攻良機。」

「是，桓軍士氣也不可能持久，這幾日熬過去，他們攻擊力度亦有所減弱。看樣子，咱們要和桓軍在此處耗上一段時間了。」

江慈左手拎著藥罐，右手提著藥箱進來，崔亮忙接過藥罐，裴琰一口將藥飲盡。江慈看了看崔亮，猶豫了一下。崔亮又接過藥箱，「我來吧。」

江慈走到裴琰身前，輕聲道：「相爺，該換藥了。」

裴琰看了看她，不說話。江慈微垂著頭，替他除去上衫。

崔亮托著草藥過來，替裴琰換藥。裴琰瞄了瞄站於一旁細看的江慈，道：「小慈不是早已學會敷藥了麼？怎還總依賴子明？」

崔亮笑道：「這藥一敷上，我就得替相爺針灸，所以由我來較妥。」江慈遞上銀針，崔亮邊扎下銀針，邊和聲道：「你記住我下針的穴位，在這幾處施針一刻鐘，可以減輕傷處疼痛，促進眞氣流動、生脈調息。」

江慈用心記住，肚中卻「咕嚕」輕響。裴琰微微皺眉，「怎麼，沒吃早飯？」

崔亮反手接過銀針，在裴琰後頸處扎下，笑道：「她肯定沒吃早飯，聽凌軍醫說，傷兵過多，醫帳人手不足，軍醫和藥童們忙得一天只能睡個多時辰，有時飯都顧不上吃。」

裴琰細細看了看江慈的面色，未再說話。崔亮轉身向江慈柔聲道：「昨晚是不是又沒休息？」江慈點了點頭，猶豫片刻，道：「崔大哥，若是腿部負傷，欲減輕疼痛、舒緩經脈，得扎哪幾處穴位？」

「得扎環跳、風市、陽陵泉、陰陵泉……」崔亮在裴琰右腿處一一指點。

江慈用心記下，笑道：「我先出去了。」

崔亮應聲「好」，望著江慈纖細的身影消失在帳門處，他語帶憐惜，「眞是難爲小慈了，一個女子，在這軍營中救死扶傷……」復回過頭，見裴琰面色陰沉，忙喚道：「相爺。」

裴琰出了一口粗氣，眼神掠過一邊木柱上所懸掛著滿是箭洞的血衣，又黯然神傷。

崔亮心中暗歎，道：「相爺，人死不能復生，您這樣日日對著這血衣，徒然傷身，對傷勢恢復不利啊。」

裴琰微微搖頭，低聲道：「子明，我得時時提醒自己，要替安澄、替長風騎死去的弟兄報這血海深仇。」崔亮勸道：「仇得報，但還是讓安澄早日入土爲安吧，他的靈柩，也停了數日了。」

裴琰痛苦地閉上雙眼，良久後輕聲道：「是，得讓他入土爲安了。」他喚了聲，長風衛安潞進來。裴琰沉默許久，方才最後下定決心，平靜道：「今日酉時，爲安澄舉行葬禮，讓長風衛的弟兄們都參加吧。」

江慈渾身痠痛，將藥倒入藥罐內，向凌軍醫道：「凌軍醫，我送藥去了。」

凌軍醫並不抬頭，「送完藥，回去歇歇吧。瞧你那臉色，你若倒下，咱們人手更不足了。」

江慈走至衛昭帳前，光明司衛宗晟挑起帳簾。衛昭正坐於椅中，執筆寫著密報，抬頭看了看她，也不說話。江慈待他寫完，將藥奉上，衛昭聞了聞，江慈忙道：「今天加了點別的藥，沒那麼苦了。」

衛昭一口喝下，仍是眉頭輕皺，「我看倒比昨日還苦些。」

江慈不服，「怎麼會？我明明問過凌軍醫才加的。」忽看清衛昭唇角微挑，眼神有幾分戲謔之意，她劈手奪過藥罐，嗔道：「我看，是三爺舌頭失靈了，分不出什麼是苦、什麼是甜！」

衛昭看著她唇邊若隱若現的酒窩，有些失神，旋即飛快低頭，將密報慢慢摺起，冷聲道：「軍營之中，喚我衛大人。」江慈笑道：「是，衛大人、衛大人。」

她打開藥箱，道：「衛大人，得換藥了。」

衛昭輕「嗯」一聲，江慈在他身邊蹲下，輕輕將他的素袍撩起，又輕柔地將內裡白綢褲捲至大腿上方。衛昭握著密報，坐於椅中一動不動，任江慈敷藥纏帶，呼吸聲也放得極低。

江慈將草藥敷好，纏上紗帶，覺有些手癢，終忍不住道：「衛大人，我想替您針灸，可能會好得快些。」

衛昭仍是輕「嗯」一聲，江慈笑道：「您得躺下。」

衛昭還是輕「嗯」一聲，在席上躺下，順手拿起枕邊的一本書冊。江慈蹲下，在他大腿數個穴位處扎下銀針。當她在陽陵泉扎下一針，她溫熱的鼻息撲至衛昭腿上，衛昭右腿微微一顫。江慈忙道：「疼麼？」

衛昭只翻著書頁，不應答。江慈細心看了看，見穴位並未認錯，放下心來，低著頭柔聲道：「三爺，往後對陣殺敵，您好歹先穿上甲冑。」

衛昭目光凝在書頁上，卻看不清那上面的字，腿部那端有麻麻癢癢的感覺傳來，直傳至心底深處。帳內，一片靜默，唯聽見江慈細細的呼吸聲。

過得一刻，江慈將銀針一一取下，又替衛昭將褲子放下，白袍理好。她站起身，拍了拍手，笑道：「好了，這可是我頭一回替人針灸，多謝衛大人賞面。」微笑著出帳而去。

衛昭凝望著帳門，唇邊漸露一抹笑意，良久，目光自帳門收回，掃過那份密報，笑容又慢慢消失。

他緩緩拿起那份密報，在手中頓了頓，喚道：「宗晟！」

夕陽殘照，鋪在河西渠上，反射著灼灼波光。

田野間的荒草同被晚霞鋪上了一層金色，暮風吹來，野草起伏，衣袂蕭蕭，平添幾分蒼涼。

長風衛們均著甲冑戰袍，扶刀持劍，面容肅穆中皆透著沉痛與傷感。裴琰身形挺直，立於土坑之前，面無表情，只是手中的血衣灼得他渾身發燙，痛悔難言。寧劍瑜與陳安，兩人一左一右立於他背後，眼見黑色棺木抬來，齊齊上前扶住靈柩。

悲壯的銅號聲響起，十六名長風衛將靈柩緩緩沉入土坑。靈柩入土，震動了一下，裴琰悚然一驚，大步向前，單膝跪落在黃土之中。甲冑擦響，長風衛們齊齊跪落，低下頭去。

遠處，不知是誰，吹響了一曲竹笛，是南安府民謠〈遊子吟〉。長風衛們多為南安府人氏，聽著這曲熟悉的民謠，想著曾朝夕相處的人埋骨戰場不能再返故鄉，俱各悲痛難言，終有人輕聲嗚咽。裴琰難抑心中痛楚，血氣上湧，低咳數聲，寧劍瑜過來將他扶住。裴琰微微搖了搖頭，寧劍瑜默默退開數步。

裴琰緩慢撒手，血衣在空中捲舞了一下，落於棺木之上。他猛然閉上雙眼，沉聲道：「合土吧。」

笛聲頓了頓，再起時，黃土沙沙落向棺木。

夕陽漸落，飛鳥在原野間掠過一道翼影，瞬間即逝。

江慈回帳睡了一會兒，待稍恢復了精神，便又到醫帳忙碌開來。

田策帶著退下來的三萬人死傷慘重，若非安澄率那萬人抵死阻擋住桓軍，則即全軍覆沒。傷員擠滿了各處醫帳，江慈忙得團團轉。

直至黃昏，江慈仍忙於給傷兵們換藥，崔亮忽在醫帳門口喚道：「江慈！」江慈應了一聲，手中仍在忙著。崔亮再喚聲，凌軍醫抬頭道：「你去吧，崔軍師肯定有要緊事。」

江慈將手中紗布交給小天，鑽出帳外，「崔大哥，什麼事？」

崔亮微笑道：「相爺找你有事，你隨我來。」

江慈一愣，崔亮已轉身，她忙跟上。二人走入中軍大帳，見帳內空無一人，江慈轉頭看著崔亮，崔亮卻微微一笑，不發話。過得一陣，一名約十六七歲的哨兵進來，行禮道：「軍師！」

崔亮和聲道：「可有發現異常？」

「報告軍師，暫時沒有。」

「嗯，辛苦了。」崔亮指了指一邊，「喝口水吧，瞧你滿頭大汗。」

哨兵受寵若驚，這幾日，長風騎在這位年輕軍師的統一調兵指揮下，方挫敗桓軍一次又一次的攻擊，而他層出不窮的防守手段也讓長風騎大開眼界，個個心中對他敬慕無比。軍師有命，自當遵從，哨兵握起茶杯「咕咚」直灌，擱下茶杯後馬上倒地。

江慈看得更加迷糊，崔亮卻迅速除下哨兵衣服，遞給江慈。江慈這才想到這名哨兵的身形和自己相仿，雖不明崔亮用意，卻也急急穿上。崔亮將她軍帽壓低，在她耳邊低聲道：「你到我帳中等我。」

崔亮再大聲道：「你把這個送到我帳中去。」又學著先前那哨兵的聲音含混應了聲：「是！」

江慈抱著成堆弓箭掩住面容，步出中軍大帳，鎮定地走入不遠處崔亮的軍帳。不多時，崔亮過來，做了個噤聲的手勢，掀開帳後一角，帶著江慈鑽進了緊挨著的陳安的帳篷。

崔亮再帶著江慈從陳安帳篷後鑽出去，迅速穿過軍營，到達一處灌木林邊。他自灌木林後牽出兩匹馬，將馬韁遞與江慈，江慈愣愣上馬，隨著崔亮往南疾馳。

夕陽逐漸落下，二人一路向南，當夜色籠罩四野，崔亮在一處樹林邊勒住駿馬，躍下馬鞍。江慈跟著跳下馬，崔亮從腰間取下一個小布囊，遞給江慈，「小慈，這裡頭是筆銀子，你拿上，騎著馬快走吧。」

江慈「啊」了聲，不解崔亮是何用意。崔亮心中暗歎，和聲道：「小慈，今天安澄下葬，相爺和長風衛都去參加葬禮，沒人監視你。咱們方才那般行事，已經無人跟蹤了。這是唯一逃走的機會，你快走吧！」

江慈默然，崔亮替她理了理軍帽，「你覓個地方換了衣服，然後一直往南走，勿入京城，也千萬別回鄧家寨，再將這匹軍馬給放了，先找個地方躲一段時日。」

江慈仰起頭，望著崔亮明亮的眼神，囁嚅道：「崔大哥，我不走，我還得替傷兵們……」

「傻姑娘，這軍營不是你待的地方。」崔亮歎道：「我當日一力要求將你帶上戰場，就是怕你在相府遭人暗算，我只有將你帶在身邊，才能找機會放你走。眼下是唯一的機會，你快走吧。」江慈依然沉默，沒有挪動腳步。崔亮一急，道：「小慈，寶林山每年三月，並無『彩鈴花』盛開！」

江慈想了片刻方明白他此句話的意思，倏然抬頭。崔亮又道：「小慈，我來問你，你的肩傷在未返相府之前，一直服的便是我開的藥方，是不是？」

江慈張口結舌，崔亮拍拍她頭頂，歎道：「你放心，衛大人的眞實身分，我雖猜到，但絕不會說出去的。」

「崔大哥，你……」

崔亮索性在樹林邊的草地上坐下，拍了拍身旁，江慈默默坐落。崔亮沉默片刻，遂將當日自己利用她意欲逃脫一事詳述。江慈聽罷，苦笑一聲：「原來相爺當日強留我，竟是……」

崔亮睇眼望著夜空，「小慈，當日在相府，我曾利用過你，是我崔亮不對。現如今，你知曉了相爺和蕭教主暗中聯手之事，性命堪憂。相爺眼下是顧忌我，暫時不取你性命。他雖答應過我，待你傷好便放你回去，可我怕他當面放人，背地卻派人殺你滅口。我只有找到這個機會，放你……」

江慈低垂著頭，輕聲道：「崔大哥，謝謝你。不過你放心，他們不會殺我。你也說了，相爺既要用你，肯定不會殺我的。」

「可是小慈，我終有一天要離開這裡，你也不可能一輩子跟著我，我實是怕……」

江慈仍是搖了搖頭。

「小慈，相爺這個人我十分瞭解，你若是對他的大業造成了妨礙，他絕不會對你心慈手軟。何況，還有一個心狠手辣的蕭教主。小慈，聽我的，你還是走吧，莫再攪在這汪渾水之中了。」崔亮轉頭望著江慈。

江慈猶是不動，崔亮無奈地道：「要不這樣，你和崔大哥說說，去年離開京城後遇上了何事？我再幫你想想，該不該離開？」

江慈心中翻江倒海，大半年來的委屈、隱忍、痛楚齊齊湧上，只覺眼前這人如同自己的親兄長一般，他的身影便如替自己遮擋風雨的一座大山，終忍不住「哇」的一聲哭了出來。

崔亮知她積鬱良久，待她哭得一陣，運力拍上她的背部。江慈張嘴吐出一口鮮血，劇烈喘息後，心頭忽然輕鬆了許多。

崔亮見狀更添難過，輕拍著她的背心，柔聲道：「說吧，和崔大哥說說，說出來，你心裡就舒坦了。」

江慈眼中含淚，點了點頭，自長風山莊初遇衛昭，一路講來，直講到牛鼻山諸事，只略去了草廬那噩夢般的一夜。

崔亮默默聽著，眼中憐惜之意越發濃烈，良久後歎息一聲：「小慈，你眞是受苦了。」見江慈哽咽無言，崔亮仰望蒼穹，歎道：「我在平州時亦聽聞過月落諸事，未料到，他們竟是這般境地，難怪蕭教主會以稚童之身……」

江慈低低道：「崔大哥，三爺現下和相爺聯手行事，你既知曉，千萬別露出破綻。他們可能不會殺我，但我怕他們對你……」崔亮微笑回道：「我自有保命之法。再說，你崔大哥沒那麼笨，不會讓他們看出來的。倒是你，唉，我而今也相信蕭教主不會殺你，但相爺他……」

江慈猶豫了一下，輕聲道：「相爺不會殺我，頂多就是派長風衛監視我，怕我洩密罷了。」

崔亮沉吟半晌，望向江慈，話語漸轉嚴厲，「小慈，你若是還喚我一聲崔大哥，今天就聽我的，快快離開這裡！」他一把將江慈拉起，拉至馬前，厲聲道：「上馬！」

江慈從未見崔亮這般語氣和自己說過話，感動無言，默默上馬。崔亮仰望著她，輕聲道：「小慈，保重！」他運力在馬臀上一拍，駿馬長嘶一聲，揚蹄而去。

夜色中，江慈回頭，大聲喚道：「崔大哥，你多保重！」

夜風徐徐，拂過原野。

崔亮立於原地，見那一人一騎消失在夜色之中，聽那蹄聲漸漸遠去，低歎一聲：「小慈，你多保重！」

他默立良久，悵然轉身，卻也放下心頭大石，躍上駿馬勁叱一聲，馬蹄翻飛，回轉軍營。

他微笑著走向中軍大帳，安澈迎了上來，「軍師，侯爺不在。」

崔亮微笑道：「相爺有傷，你們也不勸著點。」

安澈歎道：「安大哥下葬，侯爺傷心，誰敢多言？他讓我們先回，獨自守在墳前，後來弟兄們再去找他便不見人影，不知去哪裡了。寧將軍說侯爺可能是想一個人靜一靜。」

崔亮點頭道：「也是，相爺胸中積鬱難解，獨自靜一靜有好處。」他轉到中軍大帳後面，將先前那名昏迷的哨兵悄悄拖入自己帳中，又掛念著河西渠邊的防務，轉身向橋頭走去。剛走幾步，遙見江慈先前居住的小帳似有燭光，他輕「咦」一聲，默然片刻，拂了拂衣襟，走過去輕輕撩開帳簾。

燭光下，裴琰倏然回頭，面上閃過失望之色，轉而微笑道：「子明回來得倒快。」

崔亮微笑著，走入帳中，他環顧一下帳內，淡淡道：「小慈走了，還真有些捨不得。」

裴琰左肩傷口一陣疼痛，卻仍微笑道：「子明送小慈走，怎麼不和我說一聲，我好送送她，畢竟在一塊兒這麼久，亦頗捨不得。」

崔亮歎了口氣，「唉，她肩傷好了這麼久，本來早就要送她走的，我怕她有閃失，故才拖到此時。本要去向相爺辭行，小慈知道今天安澄下葬，說怕打擾相爺，讓我代她向相爺告罪。」

裴琰勉強一笑，「何罪之有？我本就答應子明，待她傷好便要送她回去的。」

崔亮笑道：「是啊，我也說讓相爺派人送她回去，可小慈說眼下前線缺人手，就不勞煩相爺了。」

裴琰慢慢道：「她怎會這般客氣。」

崔亮「啊」了聲，道：「相爺，您還是早些歇著吧。我得到前面去，怕桓軍玩新花樣。」

「有勞子明了。」裴琰笑容微露僵硬。

崔亮一笑，出帳而去。

裴琰默立帳中，目光掠過地上的草席，慢慢俯身拾起那本《素問》。書頁已被翻得有些摺皺，他一頁一頁地翻著《素問》，氣血上湧，低咳數聲。

遠處夜風中，馬蹄聲由急而緩，終轉爲慢慢的「踢躂」聲。

江慈不再策馬，任馬兒信步向前，那清脆的踏蹄之聲伴著原野間的蛙鳴聲，讓她的心無法平靜。馬兒彷似聽到她心底深處那聲鬱然低迴的歎息，在一處草叢邊停步下來。江慈愣怔片刻，撫了撫馬兒的鬃毛，低低道：「你也不想走麼？」馬兒噴鼻而應，低頭吃草，江慈不自禁地回頭望向北面夜空，眼前一時是那滿營的傷兵，一時又是那道獨立石上遙望故鄉的身影。

風，吹過原野，她彷若又聽到了那一縷簫聲。夜霧，隨風在原野上輕湧，宛如她心頭那一層輕紗，想輕輕揭開，卻又有些怕去面對。

帳內，燭火漸漸燃到盡頭，裴琰卻仍是默立。

帳外，傳來一陣陣蟋蟀聲，夾雜著逐漸趨近的輕柔腳步聲。

裴琰猛然回頭，江慈挑簾而入。她抬頭見到裴琰，往後退了一小步，旋即停住，靜默片刻方低聲道：「相爺，您怎麼在這裡？」

裴琰盯著她，紋絲不動地站著。良久，方淡淡道：「你不是走了麼？怎麼又回來了？」

江慈一陣沉默，甫慢慢走至帳角，將先前套在外面那哨兵的軍衣脫下，理了理自己的軍衣，並不回頭，「不走了。」

「為什麼？」裴琰凝望著她的背影。

江慈轉過身，直視裴琰。她清澈如水的眼眸閃得他微眯了一下眼睛，耳邊聽到她坦然的聲音：「我想明白了一些事情，所以決定回來，不走了。」

裴琰默然無語地望著江慈。江慈笑了笑，道：「相爺，您有傷，早些回去休息吧，我也要去醫帳，凌軍醫他們實在是忙不過來。」說著轉身便走。裴琰卻是一陣急咳，江慈腳步頓了頓，聽到背後之人咳嗽聲越來越烈，終回轉身，扶住裴琰。

裴琰咳罷，直視著她，緩緩道：「你想做軍醫？」

「……是。」

裴琰嘴角微扯，「既要做軍醫，那我這個主帥的藥，為何此刻還沒煎好？」

江慈輕「啊」了聲：「小天他們沒有……」裴琰冷冷道：「你想留在我長風騎做軍醫，就得聽主帥的命令。去，把藥爐端來，就在這裡煎藥，煎好了，我就在這裡喝。」江慈只得到醫帳端了小藥爐過來，凌軍醫知她身分特殊，只是看了看她，也未多問。

江慈將藥倒入藥罐內，放到藥爐上。裴琰在草席上盤腿坐落，靜靜凝望著她的側影，忽用手拍了拍身邊。江慈垂目低首，在他身邊坐下。藥香，漸漸瀰漫帳內。

裴琰長久地沉默之後，忽然開口，似是苦笑了一聲：「安……澄，第一次見到我時，我正在喝藥。」

江慈聽到「安澄」二字，想起那日，裴琰抱著安澄屍首、仰天而泣的情形，暗歎一聲，低聲道：「相爺，請您節哀。」

裴琰卻似陷入了回憶之中，他望著藥罐上騰騰而起的霧氣，眼神有些迷濛，「我從兩歲起，便洗筋伐髓，經常浸泡在寶清泉和各類藥水中，每天還要喝許多苦到極點的藥。直到七歲時，眞氣小成，才未再喝藥。」

江慈想起他以前所說過的話，無言相勸。

「安澄和我同歲，比我大上幾個月。我記得很清楚，裴管家那天將他帶到寶清泉，我正在喝藥。這小子，將我當成個病胚子，又仗著往昔在南安府和一幫孤兒打架鬥狠，以爲自己有兩下子，頗有些瞧我不起。」裴琰似是想起了什麼趣事，微微而笑。

江慈早知他幼年便是個厲害角色，也忍不住微笑，「相爺用了甚法子，安、安大哥肯定吃了個大虧。」

裴琰憶起當年在寶清泉，那個被自己整治得死去活來的小子，笑容逐漸僵住，語調也有些苦澀，「沒什麼，就只是，讓他認我做老大，唯我之命是從而已。」

江慈自入相府，和安澄亦是經常見面。以前總覺他就是大閘蟹的一條蟹爪，恨不得將其斬斷了方才洩憤。但那日在戰場上親眼目睹他那般慘烈死去，知道正是因爲他率死士力擋桓軍，才保住了三萬長風騎的性命，阻止了桓軍的長驅南下，心中對他印象大爲改觀，對他的爲人也是深加敬重，不由歎道：「安大哥怕是吃了不少苦頭。」

「是啊。」裴琰微微仰頭，這幾日來，他胸中積鬱，傷痛和自責之情無法排解，此刻彷彿要一吐爲快，「這十八年來，他一直跟著我，從未違抗過我的命令。我有時練功練得苦悶，還要拿他揍上幾拳，他也只是咬牙忍著。我和玉德有時偷溜下山，去南安府遊逛吃花酒，他和許雋便裝扮成我們的樣子，留在碧蕪草堂。有一次，被母親發現了，將他們關在冰窖中幾乎快凍僵了，我和玉德跪暈過去，人才被放出來。」

今日下葬那人的音容笑貌宛如就在眼前，但同時閃現的，還有那箭洞累累的血衣。裴琰眉宇間傷痛漸濃，似是自言自語又似在回憶什麼，話語有些零亂，有時說著帶安澄上陣殺敵的事，有時又一下子跳回到十三四歲的少年時光。江慈知他積鬱難解，只默默聽著，不接話。

藥香越發濃烈，江慈站起，在藥爐內添了把火。裴琰凝望著那火苗，愣怔良久，忽喚道：「小慈。」

江慈遲疑了一下，輕聲應道：「嗯。」

裴琰伸手，欲將右腿綁腿解開。江慈見他左臂不便，跪於他身前，輕手解開綁帶。裴琰將褲腳向上拉起，江慈看得清楚，他右膝右下方約一寸處有個碗口大的疤痕，中間似被剜去了一塊，觸目驚心。

裴琰輕撫著那疤痕，喉內鬱結，「那一年，麒麟山血戰桓軍，我帶著兩萬人負責將五萬敵軍拖在關隘處，當時桓軍的統領是步道源。我那時年輕氣盛，仗著輕功，從關隘上撲下斬殺步道源，又在安澄的配合下，攀回關隘，卻被步道源的副將一箭射中此處。我一時大意，加上忙於指揮戰事，沒注意到箭尖塗了毒，待血戰兩日將那五萬人盡殲於麒麟山，才發現毒素逐漸擴散，後陷入昏迷之中。

「當時戰場上連草藥都尋不到，安澄將這塊壞死之肉剜去，用嘴替我吸毒，我才保得一命。他卻整整昏迷了三個月，直至我尋來良藥，方才醒轉。」

他話聲越來越低，江慈仰頭間看得清楚，他往日清亮的雙眸似籠上了一層薄霧。江慈默默地替他將褲腿放下，又將綁腿重新紮好，坐回原處，低聲道：「相爺，人死不能復生。安大哥死在戰場上，又救了這麼多人的性命，馬革裹屍，死得其所。他在天有靈，見到相爺這樣，心中也會不安的。」

裴琰卻越發難受，低咳數聲。咳罷，他低聲道：「他本來……可以不這樣離開的，都是我的錯。」

江慈聽他言中滿是痛悔之意，側頭看向他。裴琰呆望著藥爐內騰騰的小火苗，輕聲道：「如果、如果不是我一意要借刀殺人，消耗高氏的實力，他們就不用退到青茅谷；如果不是我太過自信，輕視了宇文景倫，也輕視了他身邊的那個人，他們就不會疏於防範；如果我不是過於托大，在牛鼻山多耗了些時日，他也不會……」

江慈自識裴琰以來，除開那次相府壽宴他醉酒失態，向來見慣他自信滿滿、淡漠狠辣、恣意從容的樣子，從未見過這般自責和痛悔的他，一時間無從勸起，半晌方說了一句：「相爺，別怪我說得直，若再回到一個月前，您還是會這樣做。」

裴琰愣了一下，沉默良久，微微點頭，「是，再回到一個月前，我還是會先趕去牛鼻山，還是會借刀殺人，先滅了河西高氏。只是，不會這麼托大，必會做出妥當的安排。」

「可是相爺，這世上從無回頭路，也從無後悔藥。有些事，一旦做錯了，是永遠都沒法挽回的。」

裴琰長歎一聲：「是啊，現下後悔亦無用。當初哪想得到宇文景倫會這般厲害，桓軍也絕非擅勇之流。」

江慈低聲道：「相爺，這世上，不是任何事、任何人都在您掌控之中的。」

裴琰苦笑著望向她，「你這是諷刺我，還是勸慰我？」

江慈低下頭去，聲音微不可聞，「我只是實話實說罷了，相爺不愛聽，不聽便是。」

裴琰卻忽然大笑，「是，你說的是眞正實話。包括子明，包括三郎，甚至連你，皆非我能掌控的。」

江慈也不接話，起身看了看，見藥煎得正好，欲端下藥罐，卻被燙了一下，急忙縮手。裴琰過來，皺眉道：「還是這麼毛躁！」伸手要握住她的雙手。江慈急忙退後兩步，裴琰的手便凝在了半空。

裴琰尷尬之餘，復坐回原處。江慈用軍衣將手包住，拎下藥罐，將藥緩緩倒入碗內，待藥不再滾燙，端給裴琰。裴琰看了看她，一飲而盡，沉默片刻後忽道：「你還得給我換藥，針灸。」

江慈忙道：「還是讓崔大哥幫您……」

「子明是軍師，要管著前線的防務。怎麼？你學了這麼久，連針灸都不會？我長風騎可不收這樣的軍醫。」裴琰冷聲道。

江慈無奈，只得又到醫帳將草藥搗好，拎著藥箱回到帳內。

裴琰坐著不動，江慈上前替他將上衫脫下，裴琰的右臂微微一動，江慈向後縮了縮。裴琰眼中鋒芒一閃，緊盯著她，緩緩道：「你……怕……我？」

江慈不應答，熟練地替裴琰換藥上藥，又取來銀針，找準穴位一一扎針。扎罷，她抬頭直視裴琰，語氣平靜，「相爺，您和三爺都是要做大事的人，我江慈沒甚本事，卻也有我認爲値得的事情要做。相爺若覺得長風騎可以多個藥童或軍醫，便將我留下。您也不必再派人監視我，長風衛的大哥們應該上戰場殺敵，不應監視我這個沒用的人。」

裴琰面上閃過惱怒之色，呼吸漸重。他久久凝望著江慈，忽覺眼前這個淡定從容的她，與以往那個得趣的小玩意大不相同。半晌，裴琰方冷冷道：「從明天起，你就負責爲我療傷，不得懈怠。」

江慈低下頭，輕聲道：「是。」

「還有，」裴琰頓了頓，道：「你就負責爲我一人療傷，其餘的傷兵你不用管。」

江慈想了想，搖頭道：「不行。」裴琰惱道：「你不聽從主帥命令？」

江慈微微一笑，「素聞相爺愛兵如子，眼下醫帳人手不足，我若是只爲相爺一人療傷，不但不能全我學醫之志，傳了出去，更壞了相爺一片仁厚之心。」

裴琰目光閃爍，許久方道：「也行，你忙你的，但我帥帳有傳，你便須到。」

江慈平靜道：「多謝相爺。」

一刻鐘到，她將銀針一一取下，裴琰猶然坐著不動，她又輕輕替他將衣衫披上，見他還是不動，只得跪於他身前，替他將衣衫結帶繫好。她低首間，神情恬靜如水。裴琰忽想起去年冬季，她坐在碧蕪草堂大樹下，仰頭接著瓜子的情形，右手微微一動，卻終沒有伸出去。

江慈繫好結帶，輕聲道：「相爺，您早點回去歇著吧。您早日將傷養好，長風騎弟兄們才能早日將桓軍趕回去。」

裴琰再看了她片刻，默然起身。見他走至帳門口，江慈忍不住喚了聲：「相爺。」

裴琰腳步頓住，卻不回頭。

江慈猶豫了一下，道：「多謝相爺讓我留下來。」

裴琰回首，微微而笑，「我長風騎，不介意多一名女軍醫，就看你有無這本事。」他停了停，又道：「看你面色，幾日未曾睡好，今日就早些歇著吧。」他再看了看她，出帳而去。

四十四　舊痕新恨

待裴琰遠去，江慈忙趕到醫帳。已近子夜，帳內仍是一片忙碌，江慈將藥罐擱放藥爐上，復去幫傷員換藥。眼見有幾人傷口疼痛，淩軍醫等人又忙不過來，她試著用崔亮所教，尋到相關穴位扎針，倒也頗爲見效。

待藥煎好，她又將草藥搗成糊，準備好一切，走向衛昭軍帳。

宗晟見她過來，挑起帳簾，微笑道：「今天怎這麼晚？」江慈笑了笑，走進帳內，見衛昭正閉目運氣，不敢驚擾，默立一旁。

衛昭悠悠吐出一口長氣，睜開眼，上下看了江慈幾眼，揚了揚下巴。江慈將藥端上，衛昭飲盡，輕描淡寫道：「倒還記得給我送藥。」江慈雙頰不禁一紅，低聲道：「以後不會這麼晚了。」

她打開藥箱。衛昭到席上躺下，眼神微斜，注視江慈良久，忽道：「爲什麼回來？」

江慈手一抖，針便扎得偏了些。衛昭吸了口涼氣，江慈急忙拔出銀針，見有鮮血滲出，又回頭到藥箱中找紗布。衛昭諷道：「你還得多向崔解元學習學習。」

江慈按住針口，見衛昭似譏似笑，別過臉去，半晌後輕聲道：「三爺，以後，你不用再派人保護我了。」

「好。」衛昭回答得極爲乾脆，又不耐道：「行了。」

江慈慌不迭地鬆手，平定心神，找準穴位扎下銀針。扎罷，她在衛昭身邊坐下，終忍不住疲倦，掩嘴打了個呵欠。

衛昭看了看她蒼白的面色，忽然伸手，一股眞氣自江慈脈間傳入。江慈縮了縮，衛昭卻握得更緊了些。她感激地向衛昭笑笑，任他握著自己手腕，讓他的眞氣絲絲傳入自己體內，驅去多日來的疲憊與辛勞。過得一陣，江慈漸感回復精神，便柔聲道：「我好多了，三爺，你還是自己運功療傷吧，別再爲我耗費眞氣了。」

衛昭緩緩收回右手，神色似有些不屑，「既要回來做軍醫，就別像個病秧子！」

江慈不服，忽將衛昭腿上銀針用力一拔，衛昭倏然坐起，怒道：「你……」

江慈晃了晃手中銀針，笑道：「夠時間了，衛大人。」

衛昭也不說話，用力將銀針一一拔出，擲給江慈。江慈見有些針眼處還有鮮血滲出，正待俯身察看，衛昭卻將她輕輕推開，淡淡道：「很晚了，你回去歇著吧，別再去醫帳。」

江慈不置可否地笑了笑，收拾好東西，道：「三爺早些歇著，我明早再過來。」

「好。」衛昭脫口而出，迅即將眼闔上。聽到她腳步聲遠去，他才睜開雙眼。他的手輕撫著右腿，眉間忽然閃過一絲恨意，右掌劈空擊出，將帳頂一隻甲蟲給擊落下來。

天上濃雲蔽月，夜深露重，蛙鳴陣陣。崔亮負手立於河西渠邊，遙望對岸桓軍軍營，悠悠歎了口氣。

寧劍瑜走近，拍了拍他的肩膀，笑道：「怎麼？思念意中人了？」崔亮回首，笑道：「我在京城就聽說，劍瑜白袍銀槍、威震邊關，成郡的世家小姐們爲見劍瑜一面，不惜夜探軍營。可有此事？」

寧劍瑜尷尬地「嘿嘿」兩聲，崔亮哈哈大笑，心情舒暢了許多，又將目光投向對面，微笑道：「咱們再挺住幾天，就差不多了。」寧劍瑜不解，崔亮轉身道：「今晚算是熬過去了，劍瑜放心回去休息，我也得去睡個好覺。」

寧劍瑜忙追上他，二人邊說邊行。崔亮忽然「咦」了聲，停住腳步，滿面詫異之色。寧劍瑜順著他目光望去，正見江慈從衛昭帳中出來，還拎著藥箱和藥罐。

江慈走出幾步，與崔亮眼神相觸，赧然低頭，旋即又抬頭，笑道：「崔大哥，寧將軍，這麼晚了，還沒休息啊？」寧劍瑜笑著頷首回應：「小慈也還沒休息啊。」

江慈自二人身邊走過，崔亮拍了拍寧劍瑜的肩，「劍瑜，你先回去。」他追上江慈，二人走到僻靜之處，崔亮沉聲道：「怎麼回事？」

江慈仰頭望著他，目光澄澈，話語平靜坦然，「崔大哥，我不走了，我要留在這裡。」

「爲什麼？」燈光下，崔亮隱見江慈面頰閃過一抹暈紅，眉間擔憂越濃。江慈在他的凝視下移開目光，望向醫帳方向，低聲道：「崔大哥既用心授了我醫術，我便想留在這裡，盡微薄之力。」

崔亮心中暗歎，輕聲道：「有沒有見到相爺？」

「見過了，相爺允我留下。」江慈綻出笑容，面上也有了些神采，「崔大哥，是我自己選擇回來的，你以後不必再顧著我。」

崔亮沉默良久，忽然微笑，「既是如此，咱們就一塊留下。崔大哥從今天起，正式將醫術傳授給你。」

江慈大喜，卻說不出一句感激話語。崔亮拍了拍她的頭頂，二人相視而笑。

江慈忽俏皮地眨了一下眼睛，笑道：「那我要不要叫您師父？」

崔亮苦笑道：「難道我很老麼？」

「不老、不老。」江慈忙道：「崔解元風華正茂，少年英才，正是……」

見崔亮伸手欲彈，她笑著跑了開去。

裴琰翌日起得極早，崔亮與寧劍瑜巡視過前線，也早早過來。寧劍瑜稟報完軍情後，裴琰喚安澈進帳，道：「去請衛大人。」片刻後，衛昭緩步而入，裴琰起身相迎，笑道：「三郎可好些？」

「皮肉之傷，有勞掛念。」衛昭淡然一笑。

寧劍瑜忽大步上前，向衛昭深深一揖。衛昭側身避過，淺笑道：「寧將軍多禮，衛昭愧不敢當。」寧劍瑜卻再轉到衛昭身前，深揖下去，衛昭微微皺眉，袍袖一捲，將他扶起。

見衛昭有些不耐，崔亮忙上來道：「衛大人請坐。」

寧劍瑜仍直視衛昭，俊面肅然，誠懇道：「劍瑜知衛大人不喜這些虛禮，但劍瑜感激之心，卻是絕無虛假。」

衛昭在裴琰身邊坐下，低頭理好素袍，慢條斯理道：「少君愛虛禮，帶出來的人也這般不爽快！」

裴琰哈哈大笑，笑罷，歎道：「那日若非三郎相救……」

衛昭擺了擺手。裴琰搖頭，話鋒一轉，「總之，一切是我這個主帥之過。麻痹大意，感情用事，貽誤戰機，錯都在我。好在大家齊心，才能共度難關，實是裴琰之大幸！」

田策進帳，裴琰道：「你詳細說明，青茅谷到底如何失守？」

田策細細稟來，原來當日桓軍假裝強攻，長風騎退至山谷以誘桓軍入箭陣。桓軍卻忽以穿著藤甲衣的騎兵迅速衝過山谷，那藤甲衣竟能擋住強弩之箭；安澄急切下帶了兩萬人去追，後邊桓軍主力衝來，竟也手持和長風騎一樣的強弩，長風騎猝不及防，死傷慘重，邊戰邊退，軍營被燒，拚死抵抗，仍被逼回河西府。不及關上城門，桓軍主力騎兵趕到，河西府終告失守。

田策又命人去自己帳中取來藤甲衣和從桓軍手中搶來的強弩。崔亮接過細看，低歎一聲，並不說話。

裴琰向寧劍瑜道：「人派出去沒有？」

「前日便派出去了，我讓他們走山路，通知童敏鎮著隴州、防著牛鼻山，莫貿然過來。」

田策道：「侯爺，童敏那幾萬人過不來，梅林渡若被桓軍卡著，小鏡河以南那三萬人要走祈山的話，也非短時間能趕到的，咱們人手稍嫌不足。」

崔亮抬頭道：「我想過了，看似我們現下是陷入被動和困境，其實，桓軍多場激戰早傷了元氣，被咱們這麼拚死一阻，止步於河西渠，也到了強弩之末。從這幾日攻勢來看，有相持不下的跡象。」

「嗯。」裴琰道：「子明分析得對，桓軍越深入、所占州府越多則兵力越不足，糧草亦必成問題。他們若要從國內再調兵來，非短時間能夠辦到。這裡不能和我們死拚，必會採取穩守戰術，待援兵到了再強攻。」

「所以，咱們只要能守過這幾天，就有至少個把月的緩衝時間。」

衛昭淺笑，「一個月後呢？等桓軍的援兵到了，再和他們死拚？」

裴琰冷笑一聲：「只要咱們熬過這幾天，他宇文景倫想守，我就偏不讓他守。他可趁我未到攻下河西府，我亦可在他援兵未到時，拿回河西府！」

五人又商議良久，仍決定按崔亮這幾日的布防策略，寧劍瑜、田策與崔亮自去橋頭和溝渠沿線準備。見三人出帳，裴琰起身替衛昭斟了杯茶，微笑道：「軍情估計是前晚進的宮，不知皇上會有何旨意。」

衛昭思索須臾，道：「京畿那幾個營，是絕不會再往北調的了。玉間府的也不好動，肅海侯那裡主要是水師。我估計，皇上真要調兵來，只會從洪州一帶調。」
「若果如此，倒還好辦，宣遠侯何振文向來與我交好，我又救過他一命，沒太大問題。」
「關鍵在於咱們得熬過這幾天，等援軍到了，用來做奇兵。說不定，將可一舉收回河西府。」
裴琰微笑道：「三郎果是我的知己。」他呷了口茶，直視衛昭，「三郎雖不愛聽，但我仍要說聲多謝。」
衛昭鳳眼微斜，看了裴琰一眼，悠悠道：「咱們那局棋，可還沒有下完。你若死了，誰來陪我下棋！」
裴琰笑道：「三郎有此雅興，裴琰自會奉陪到底！」
「周大哥早！」帳外傳來江慈與長風衛打招呼的聲音，清脆而歡快。衛昭起身，淡淡道：「少君多休息，我先告辭！」
「一切有勞三郎了。」裴琰微微欠身，二人心照不宣地笑了笑。衛昭與進來的江慈擦肩而過，神色漠然，出帳而去。
江慈向裴琰行了一禮，裴琰接過藥碗，瞧看她面色，微微皺眉，「昨晚又去醫帳了？吃過早飯沒有？」
江慈不答，只笑了笑，熟練地替裴琰換藥針灸。裴琰將周密喚進來，道：「叫人多送一份早飯過來。」
江慈也不推辭，待飯送到，狼吞虎嚥吃完，又過來替裴琰拔針。她正要轉身，裴琰道：「你坐下。」
「相爺還有何吩咐？醫帳那邊忙不過來，我得趕緊回去。」
裴琰一時噎住，忽將左臂一伸，道：「你是不是扎錯了穴位？好像有些疼。」
江慈過來細看，疑道：「沒錯啊，怎麼會疼起來了？」
裴琰吸了口冷氣，皺眉道：「好像越來越疼了。」江慈也著了急，道：「我去找崔大哥來看看。」
裴琰一把將她拉住，「子明去了橋頭，現在正打得凶，你叫他做甚？」
江慈欲去醫帳找凌軍醫過來，又想起三個軍醫此刻都在給重傷兵療傷，正猶豫間，裴琰冷聲道：「什麼都要問人、求人，你不會自己看醫書麼？」江慈得他一言提醒，忙從藥箱底部的格子中找出醫書細看。裴琰慢慢收回左臂，細細審視著她，忽笑道：「其實，我小時候也不愛看書。」

江慈翻到穴位注解一頁，隨口道：「相爺說笑。」

「是眞的。只要母親看得不嚴，我就帶著安澄他們上山打獵，十歲時便打到過猛虎，那虎皮如今還在長風山莊的地窖中。」

江慈聽到「安澄」二字，愣了一下，「相爺天縱奇才，眞要學什麼，只要用心，必是很快就學會的。」

裴琰卻來了興致，講起在寶林山打虎捕獵的趣事，只是不可避免地提起安澄，未免微露黯然。

江慈知他仍有些積鬱，想起醫書上所載，似這等積鬱於胸之人，須得好生勸導，排解其憂思，便邊看醫書，邊和他閒聊。待裴琰講完，她將書一闔，正容道：「穴位沒認錯，看來是相爺的傷勢有所好轉，傷口正值癒合所引起的痛癢感，相爺可覺疼痛中有些麻癢？」

「正是。」

「這就對了。」江慈微笑道：「相爺不愧爲內家高手，傷了鎖骨還能好這麼快，看來可以減減藥的分量和針灸的次數了。」

裴琰一愣，江慈已收拾好藥箱，道：「相爺有所好轉的話，請多出去走動走動，可別像以前，裝傷裝習慣了，當心悶出別的毛病來。」說著也不看裴琰，轉身出帳。

裴琰搖搖頭，笑了笑，走出營帳，遠遠望著江慈身影消失，又仰望碧空浮雲，深深呼吸了幾下，轉向安潞等人笑道：「走，咱們去橋頭看看。」

和風麗陽中，裴琰帶著長風衛到鎭波橋頭和河西渠巡視了一番。見侯爺帶傷親臨前線，將士們士氣高漲，陳安更是高興得一下拉開百石巨弓，連射數箭，將溝渠對面的桓軍射了個人仰馬翻。長風騎趁機吹響號角，擂起戰鼓，聲勢喧天，桓軍的氣勢頓時弱了許多，這日攻勢跟著有所緩和。

巍巍京城，九闕皇宮。

延暉殿中，關於「攤丁法」的爭議已進行了大半日。莊王的後背早濕了一大塊，覺得自己恍如風箱裡的老鼠——兩頭受氣。

自「攤丁法」實施以來，遭到世家及各名門望族的強烈抵制。儘管國難當頭，這些貴族世家們不便明著反對，但也絕不願乖乖配合。各戶田產數、人丁奴僕數遲遲統計不出，該繳上來的銀子一分不見，他這位負責的王爺急得焦頭爛額，心裡尚掛念著遠在河西、面臨戰火威脅的舅族，一個月下來身子瘦了一大圈。

此次殿會是大朝會，因要落實「攤丁法」，京城凡五品以上官員、王公貴族均須出席，包括許多閒散的貴族王侯。各人為了少繳稅銀，絞盡腦汁逃避推諉，到後來為了攻擊對方，又相互扯出許多見不得光的醜事。

殿內仍在推諉爭吵，皇帝的面容早已沉得如殿外的暮色，內侍們點燃巨燭時，手都不由有些戰戰兢兢。

太子抬頭觀望皇帝面色，滿臉憂切。靜王平靜地站於一邊，並不多話。董學士和上個月返京入內閣的震北侯裴子放，亦保持緘默。

九重宮門處，傳來三聲急促的銅鐘聲。殿內諸人齊齊驚悚抬頭，未說完的，話也堵在了喉間。再過片刻，鐘聲由遠而近，不多時便到了殿外的白玉石臺階處。

姜遠帶著兩人奔入殿內，那二人撲倒於地。陶內侍早奔下臺階，從一人手中拿過軍情急報，又急速奔上鑾臺，奉給皇帝。

皇帝自銅鐘響起時便已有了心理準備，但打開軍情急報低頭細看，那上頭黑字還是讓他眼前眩暈，體內真氣不受控制地亂竄，一股腥甜湧至喉頭。他顫抖著運氣壓了又壓，最後還是一口鮮血噴了出來，軟軟地倒在了寶座上。他手中的軍情急報，「啪」的一聲掉落在織滿九龍圖的錦氈上。
殿內頓時亂作一團，到底是董學士和裴子放反應迅捷，二人同時將太子和靜王一推。太子、靜王踉蹌著奔上鑾臺，將皇帝扶起，「父皇！」董學士、裴子放、陶行德隨後而上，太子慌不迭叫道：「傳太醫！」
莊王早已面色蒼白，一片混亂中，他緩緩走上鑾臺拾起軍情急報，目光掃過，面上血色終於褪盡，雙足一軟，跌坐在錦氈上。
由於皇帝是習武之身，眾臣恐其乃「走火入魔」，不敢挪動。直至太醫趕到，扎針護住心脈後，方小心翼翼將龍體抬至內閣。
此時，皇帝早已雙目緊閉，面上如籠了一層黑霧，氣若游絲。董學士和裴子放等人一面命太醫繼續施針用藥，一面命姜遠迅速關閉宮門，所有文武百官均須留於大殿內，不得隨意走動，不得交談。
首正張太醫率著大群太醫圍在皇帝身邊，額頭汗珠涔涔而下。太子急得在旁大聲呵斥，董學士只得將其請了出去。
不多時，二人又進來，太子稍稍恢復鎮定。張太醫過來喊道：「太子。」
太子見張太醫欲言又止，急道：「快說！」
陶行德也將莊王扶了過來，張太醫看了一下閣內，董學士便命其餘太醫退了出去，閣內僅留太子、莊王、靜王、董學士、裴子放及陶行德等人。
董學士鎮定道：「張太醫就直說吧。」
「是。」張太醫不自禁地抹了把汗，道：「聖上急怒攻心，岔了真氣，故暈了過去。但最要緊的不是這個，而是……」
莊王上去踹了他一腳，「是什麼！快說！」

「是，是……」張太醫終道：「是聖上以往所服丹藥火毒、寒毒太重，夾在一起，日積月累，只怕……」

「只怕怎樣！」靜王厲聲道。

張太醫向太子跪下，連連磕頭。董學士歎了聲，道：「張太醫請起。」待張太醫站起，董學士和聲道：「能否用藥？」

張太醫不語，董學士與裴子放同時會意，望向太子。太子好半天才恍然大悟，又拿眼去瞅靜王、莊王，三人眼神交匯，同時一閃。太子轉頭，見董學士微微點頭，終道：「張太醫，你儘管用藥，本宮赦你無罪。」

張太醫鬆了口氣，又道：「聖上現下經脈閉塞，藥石難進，得有內家高手助臣一臂之力才行。」

眾人齊望向裴子放，裴子放向太子行禮。太子上前，雙手將他挽起，語帶哽咽，「裴叔叔，一切有勞您了。」

華朝承熹五年五月初一，河西失守戰報傳入京城，皇帝急怒攻心，昏倒於延暉殿，太醫連日用藥，仍不醒人事，病重不起。河西府失守、高國舅殉國消息傳入後宮，高貴妃當場暈厥，醒來後湯米不進。

經內閣緊急商議，皇帝病重期間，暫由太子監國，後宮暫由靜王生母文貴妃攝理。

為向上天祈福，保佑聖上龍體早日康復，也為求前線將士能反敗為勝而得將桓軍拒於河西平原，太子下詔大赦天下。

河西府失守，京城告危，經內閣商議，太子下詔，急調蒼平府肅海侯三萬水師沿瀟水河西進，護衛京師，小鏡河以南三萬人馬回撤到京畿以北，另從甕州、羅梧府、洪州等地緊急徵兵，北上支援長風騎。

河西府失守，華朝朝野震動。由河西平原南下逃避兵難的百姓大批湧入京畿，米價暴漲，糧食短缺，瀟水平原十二州府世家貴族悄然南撤。內閣與太子商議後，任命德高望重的談鉉談大學士為三司使，主理安撫難民事宜，「第一皇商」容氏於國難之際挺身而出，開倉放糧以平抑米價，並帶頭捐出財物以作軍餉。在容氏的帶動下，京城富戶紛紛捐錢捐物，軍糧不斷運往前線，民心漸趨穩定。

果如崔亮所料，接下來數日，桓軍攻勢有所減弱。長風騎熬過最艱難之時日，籠罩在軍營的沉痛氣氛亦悄然散去。

裴琰傷勢有所好轉，每日忙著調度人馬、草糧，與崔亮等人商議布防、反攻各項事宜，只是左肩仍時有隱痛，總派人傳江慈過去替他針灸。二人交談也多了起來，不過倒是裴琰講得多些，江慈多數時候默默聽著。裴琰還是會不時提及安澄，但情緒明顯好轉，沒有了以前的抑鬱，江慈知他已逐漸從戰敗的傷痛中走出。

衛昭的腿傷倒好得極快，數日後便行動如常，江慈卻仍每日過去，衛昭也任由她針灸。江慈對他用藥針灸後的感覺問得極細，衛昭亦極耐心，有問必答，但除此之外，鮮少與江慈交談。江慈攬過爲他洗衣等事，他只淡淡應著，並不推卻。

崔亮再將數本醫書給了江慈，閒暇時即到醫帳親自傳授，有時講到妙處，凌軍醫等人同聽得入神，「崔軍師」之名尤威震長風騎。

這日入夜時分，忽下起了暴雨。江慈正在中軍大帳和裴琰說話，聽得外面下起了大雨，「哎呀」一聲，起身就跑。

裴琰踱到帳門口，安潞以爲他要去橋頭，替他將雨蓑披上。裴琰卻只是默立，遙見江慈手忙腳亂，將晾在帳篷邊的衣衫收入帳中，不多時，又見她抱著衛昭的白袍在雨中一溜小跑，奔入不遠處的衛昭帳中。

裴琰望著白茫茫雨霧，默然良久，方轉身入帳。他坐於桌前，長久凝望著她的藥箱，忽覺有些口乾，茫然伸手去握桌上茶壺，卻握了個空。他搖了搖頭，手再探前，執起茶壺緩緩倒水入茶盞。淡青的茶水在空中劃過，「嘩嘩」注入天青色茶杯之中，壓過了帳外暴烈的雨聲。

見江慈直衝進來，衛昭修眉微皺，卻不開口。江慈將抱在胸前的素袍展開看了看，笑道：「還好收得快，沒怎麼濕。」又將素袍搭在椅背上。

衛昭過來，低頭默然看著她，江慈被他晶亮的眼神看得垂下頭去。衛昭卻忽伸手，將她的軍帽取下。江慈這才發覺軍帽已被雨淋濕，頭髮也沁了些雨水，半濕半乾，索性解散。

她正用手梳理烏髮之時，一隻修長白皙的手遞過來一把木梳。江慈接過木梳，衛昭不再看她，依然坐回椅中看書。江慈將長髮梳順，待髮乾了些後又重新束好，忽想起往事，笑道：「三爺，你得賠我一樣東西。」

衛昭淡淡應道：「好，以後賠給你便是。」

江慈大奇，趴在案邊，抬頭望著衛昭，「我還沒說，三爺怎知要賠什麼？」

衛昭依舊低頭看書，話語極輕極平靜，「你想要什麼樣的簪子？等收回河西府，自己去買，算在我帳上便是。」

江慈錯愕，猛然間發覺手中的木梳有些眼熟，再一細看，竟是當日在衛府桃園居住時用過的那把小木梳。她再抬頭，正瞄向她的衛昭迅速將目光移開，轉過身去。

暴雨打在帳頂，「啪啪」巨響，帳內的燭火稍嫌昏暗，江慈卻可清楚地察見他耳後的微紅，隱約聽到他的呼吸聲漸轉沉重。她忽覺心跳加快，手中的木梳也似有些灼人。

衛昭手中書冊久久未有翻動，薄薄的一冊書卻如大石般沉重，正壓得他稍喘不過氣，帳外忽傳來宗晟急促的聲音：「大人，易爺到了。」衛昭悚然一驚，旋即恢復鎮靜，冷聲道：「易五進來，你退下。」又望向江慈。

江慈回過神，忙將軍帽戴好，偷偷將木梳籠入袖中，與進來的易五擦肩而過，跑向自己的帳篷。易五渾身濕透，上前行禮，「主子！」

「說！」衛昭眼神利如鷹隼，盯著易五。
「軍情入宮，皇上病倒了。」
帳外，一道閃電劈過，衛昭倏然站起，「病倒了！什麼病！」
「據太醫診治，皇上乃是受軍情刺激，急怒攻心，以往所服丹藥的火毒、寒毒合併發作，至今昏迷未醒。小的打聽過了，皇上這回……只怕凶多吉少。」
雨，越下越大。衛昭慢慢坐回椅中，木然聽著易五所稟京中情況，不發一言。
「可曾打聽確切？是不是眞病！」待易五說罷，衛昭冷笑著問道。
「延暉殿內是陶內侍帶人在侍候著，殿外則是姜遠帶了光明司衛守著，連文貴妃都進不去。聽說裴老侯爺一直在裡面協助太醫爲皇上治療，小的偷偷看了太醫院的醫檔，確是嚴重至極的病症。小的向莊王爺去打探，莊王爺正爲國舅傷心，似也病倒了，只命人傳給小的一句話：『是眞病了。』」
「眞病了！」衛昭呵呵一笑，說不出是怨是喜抑或憤怒，他竭力克制著自己的情緒，思忖良久，才問道：「這段時間，是不是小北侍寢？」
「是，皇上這段時日越來越寵愛小北，倒疏遠了阿南他們。」
「小北早認了陶內侍爲乾爹，你讓小北去找陶內侍，就說他得知皇上病重，要親侍湯藥，讓陶內侍想法子安排他入殿，確認皇上是否眞的病倒，病到何般程度。只讓他行事小心些，別讓裴子放那老狐狸窺出破綻。」
「是，主子放心，小北機靈得很，平叔送來的這幾個小子中就數他最聰明。」
衛昭極力控制著顫抖的右手，輕聲道：「肅海侯進京了？」
「估計是這幾日會帶著水師到達。」
「姜遠的這個兄長，可不好對付。」

「是，肅海侯乃出了名的端方之人，只是對胞弟稍寵了些。」
衛昭道：「我讓你送人進姜府，事情辦得怎樣？」
易五低頭，「姜遠自幼練童子功，不到二十五歲不得與女子交合，這小子謹慎得很，一直遠離女色。小的換了幾種法子，都沒辦法將她們送進去，還險些露了破綻，美姬服毒自殺了。」
衛昭再沉思片刻，道：「姜遠絕不像他表面那麼簡單，然他究竟是哪方之人，我還沒想明白。如此的話，人繼續想法子送進去，派人盯緊他，有任何風吹草動你隨時報給我。」
「是，小的會安排。」
衛昭從腰間取出一塊玉牌，遞給易五，「你拿此物回去，莊王必會見你。你只消說，河西失守並非如斯簡單。小鏡河回撤的河西兵，請他想法子穩在京城外沿，將來我定有辦法還河西高氏一個公道。」
易五接過玉牌，又趨近低聲道：「容氏開倉放糧又捐錢捐物，盛爺留了暗件請示主子，咱們『同盛行』是否照辦？」
衛昭靠上椅背，沉吟道：「容氏眞這麼辦了？」
「是，小的派人盯著相府，容家大老爺五十壽辰，容國夫人回了一趟容府，次日容氏便即宣布開倉放糧，捐納軍餉。」
「嗯，你讓盛林也捐一部分，只別捐多了，讓人瞧出底細來。」
「是。盛爺還請示，薛遙的家人該作何處理？薛遙自盡前，似是留了些東西，盛爺怕會壞事。」
衛昭略顯疲倦，闔上雙眼，淡淡道：「殺了。」
易五趁夜消失在雨幕之中，帳簾落下，湧進一股強風，和著濃濃雨氣。衛昭再控制不住顫慄的身軀，心尖處絞痛加劇，他呼吸漸重，捂住胸口，緩緩跪落於地。雨點打在帳頂的「啪啪」巨響如同一波又一波巨浪，鋪天蓋地，令他窒息。

燭光下他的俊面有些扭曲，如寶石般生輝的雙眸此刻罩上了一層血腥之紅。心底的烙印滾燙難當，他冰冷的指尖顫抖著撫上頸間，陳年傷痕灼痛了他的指尖，也灼紅了他的雙眸。他猛然拔出腰間匕首，白袍「嘶」的一聲裂至肩頭。

他徐徐側頭，望向鎖骨左側一寸處的醬痕，良久方仰頭輕笑，笑聲中飽含怨毒與不甘，「你不能這樣死，你的命是我的，只有我一人能夠拿走！你不是說過麼，這世上唯我一人才能與你同穴共眠，你怎麼能夠不等我！」他眼內越發殷紅，寒光一閃，匕首刺入那道醬痕，鮮血淌下，漸染紅他的素袍。肩頭的傷口，竟似有些麻木，心頭的烙印卻仍那般錐痛。匕首一分分割下，似要將那醬痕剜去，鮮血涔涔而流，卻仍無法讓他平靜。

他抬起頭，正望上先前江慈洗淨搭在椅背上的那件白袍。他彷彿見到她溫柔的目光，如悄然飄過荷塘的月影，又如輕柔流過岩石的山泉。匕首凝住，「鏘」的一聲掉落於地。

他慢慢伸出手來，但指尖卻怎麼也觸碰不到那件白袍，月影飄過不見，山泉流去無聲。

大雨仍在嘩嘩下著，燭火慢慢熄到盡頭，衛昭垂首凝望著自己的雙手，面上厭惡之色漸濃。燭光最後閃了兩下，映得那雙手如在血中洗過一般的紅。燭火熄滅，幽深的黑暗蔓延。

帳外，一道閃電劈過，衛昭倏然抬頭，他眼中閃過嗜血戾氣，猛然躍起，拔出木柱上的長劍，如鬼魅般閃出營帳。

大雨傾盆，江慈呆坐於帳中，雙手不停摩挲著那把小木梳。

那曾於細雨中桃紅盡染的桃林，是否結出了滿園的果實？那清清溪水中，是否還有魚兒游動？

驚雷震響，江慈跳了起來，披上雨蓑。剛掀開帳簾，便見衛昭的身影在大雨中急掠向鎮波橋方向。江慈隱約見他手持利劍，不知發生了何事，擔憂之下追了上去。

寧劍瑜與崔亮披著雨蓑，帶著數十人立於河西渠邊觀察水位。雖是大雨，長風騎各營仍按崔亮安排，在河西渠邊往返穿插巡防。崔亮直起腰，道：「教將士們不可鬆懈，這幾日實是關鍵……」

一道白影自二人背後閃過，掠向鎮波橋頭，寧劍瑜驚呼出聲：「衛大人！」

衛昭恍若未聞，左手一探，將一名長風騎騎兵揪落馬下。他飛身上馬，馬蹄踏破泥漿，在長風騎的驚呼聲中馳過鎮波橋，如一溜輕煙馳向對岸。

桓軍這段時間也是囤重兵布於河西渠北岸，爲防長風騎反攻，鎮波橋北尤有大量將士駐守。大雨滂沱，桓軍依稀見一道白影策馬過橋，便有數十人怒喝：「什麼人！」

衛昭血脈賁張，眼中越發猩紅，他氣貫劍尖，長劍悄無聲息割破雨霧，伴著戰馬前衝之勢橫掃而過，瞬間將十餘人斃於劍下。

桓軍這才反應過來，警號聲震天而起，但衛昭已衝入陣中，他們無法起箭。他的白袍早已濕透，與長髮都緊貼在身上，面目猙獰，如同從地獄孽海中衝出的惡靈。他在桓軍中如風捲殘雲，劍尖生出凜冽冰寒的光芒，血光和著這劍光不停閃起落下，桓軍一個個頭落、肢斷、身折……桓軍大嘩，多日來與長風騎血戰，他們都毫不畏懼，這刻卻覺這人如同幽靈鬼魅，挾著死亡的氣息於雨夜降臨，不禁心膽俱寒。

紛亂中，衛昭一聲長嘯，殺氣如風雲怒捲，再斃十餘人。眼見大隊桓軍蜂擁而來，他從馬鞍上躍起，在空中一個折腰，疾踏數十名桓軍頭頂，飄然躍向鎮波橋。

寧劍瑜看得清楚，一聲令下，長風騎急速衝上橋頭，盾牌手後箭兵掠陣。那邊桓軍箭如蝗雨，衛昭身騰半空，長劍撥開箭雨，眞氣運到極致，虛踏數步，落回長風騎盾牌手陣中。

他身形甫落，反手搶過一名箭兵手中強弓。血水，早已將他的衣袍染成了紅色，他傲然回頭，十餘枝長箭如流星般射出，枝枝穿透桓軍身體，爆起蓬蓬血雨。

他擲下強弓，也不看寧劍瑜和崔亮，大步向營地走去。走出數十步，他腳步微頓，與立於大雨之中的江慈目光相交，眼中殺氣逐漸隱去，神情漠然地步入帳中。

桓軍被衛昭這頓砍殺亂了陣腳，但不久似是有大將趕到，喝住了要攻向鎮波橋的士兵，不多時便復歸於平靜。

長風騎也訓練有素地撤了回來，寧劍瑜與崔亮看著衛昭消失在雨中，互望一眼，卻誰也沒有說話。

帳內，衛昭除下被血水染紅的衣袍，又輕手拿起江慈洗淨的那件白袍，慢慢地披上肩頭。

帳外，江慈立於大雨之中，良久後才默默轉身，走向醫帳。

第十一章 相思夜曲

衛昭緩緩取過木梳，替懷中的江慈一下下梳理著散亂的長髮。——雪野間，她取下髮簪，替他將烏髮簪定；索橋上，她冒險示警，木簪掉落，他負著她趕往落鳳灘，她的長髮拂過他的面頰；桃園中，落英繽紛，他的手，輕輕替她將秀髮攏好；軍營裡，她梳著濕髮，巧笑嫣然地道：「三爺，你得賠我一樣東西。」

四十五　橋頭相會

裴琰將密報投入火盆中，看著嫋嫋輕煙，火苗騰起又轉為灰燼，長舒了一口氣。

寧劍瑜和崔亮進來，待二人除下雨蓑坐定，裴琰道：「準備一下，過幾天有一批新兵到，軍糧也會送到一批，子明先想想如何安排，等這場雨一停，我們就得準備反攻。」

寧劍瑜一喜，「朝廷派援兵來了？」

裴琰嘴角笑意微顯複雜，「皇上病重，現今是太子監國，緊急從甕州、洪州等地徵了兩萬新兵，加上宣遠侯原有的八千人，正緊急北上，估計過幾日可到。」

崔亮一愣，「皇上病重？」

「是。皇上病得很重，不能理政。」裴琰望向崔亮，「子明，你看看如何安排這新到的兩萬多人，咱們得爭取用最微小代價拿回河西府。」

崔亮垂下眼簾，似思忖著什麼重要大事，裴琰微笑看著他，也不問話。許久，崔亮方抬起頭，坦然望著裴琰，長身一揖。裴琰忙起身將他扶住，歎道：「子明有話就直說，你我之間，無須客套。」

崔亮猶豫了一下，寧劍瑜笑道：「我得到前方去巡視，侯爺，我先告退。」待寧劍瑜出帳，崔亮再向裴琰一揖。裴琰坐回椅中，道：「我知子明定有要事與我相商，子明直說。」

崔亮眼神逐漸明亮，直視裴琰，道：「相爺，我想求您一事。」

「子明但有所求，我必應允。」

「我想求相爺，在我軍與桓軍決戰之前，允我去見某人。」崔亮平靜說來，清澈明眸閃過一絲黯然。

「何人？」

崔亮緩緩道：「宇文景倫身邊的那個人。」

裴琰目光熠然一閃，端起茶杯的手頓了一下，慢悠悠呷了口茶，道：「子明詳說。」

崔亮輕歎一聲：「相信相爺也曾聽說過，我天玄一門，數百年來都是世代單傳。」

「是，這個我知道，所以魚大師蒙難後，令師祖假死逃生，讓世人都以爲魚大師一門早已失傳。當日若非子明認出了那琉璃晶珠，我也不敢相信，魚大師尚有傳人在世。」

崔亮歎道：「正因爲太師祖之事，師祖恐將來萬一有難則師門絕學失傳，故打破我天玄一門數百年來只准收單徒的門規，收了兩名徒弟。一人是我師父，另一人資質超群、天縱奇才，就是我的師叔，姓滕名毅。」

「哦！難道宇文景倫身邊那人就是子明的師叔滕毅？」裴琰眸光一閃。

「是。」崔亮有些黯然，「太師祖死得慘，師祖對皇家有了成見，從此訂下門規，天玄一門不得爲朝廷公門效力。我師父自是恪守師命，這位師叔卻不願老死山中，隻身下山，留書說去雲遊天下後未再復歸。」

「子明如何確定宇文景倫身邊那個人就是令師叔？」

「師父去世後，天玄一門僅存我和師叔兩位傳人，而在本回兩軍交戰之中，所用之利器與戰術，唯有天玄門人方才知曉。以涓水河河床一事爲例，此事便載在師門典冊之上，當世之人，再無旁人知曉。」崔亮說罷，向裴琰再度躬身，「崔亮懇求相爺，讓我與師叔見上一面，我想勸他離開宇文景倫，莫再爲桓軍效力。」

裴琰沉吟片刻，起身徐徐踱了幾步，又轉回頭凝望著崔亮，目光深邃。崔亮泰然自若地望著他，眼中帶著幾分期盼。

裴琰慢慢道：「子明可有把握，勸得動令師叔離開宇文景倫？」

「師叔選擇輔佐宇文景倫，定有他的衡慮。但我現下執掌天玄一門，亦有我的責任，他會否聽我相勸，離開宇文景倫，我實無十分把握。但事在人爲，總要一試。倘能將他勸離桓軍，我相信，收復失土、平息戰爭，不日將可實現。還請相爺讓崔亮一試。」

裴琰思忖片刻，斷然點頭，「好，不管怎樣，總得一試。若能讓他離開宇文景倫，保不准桓軍便會不戰自退，對黎民蒼生實乃幸事！」

雨，慢慢歇止。

由於戰況趨緩，傷兵數量減少，軍醫和藥童們終於輕鬆少許。江慈這日不需再值夜，她看了一陣醫書，吹熄燭火，忽見有道人影默立於帳門外。

江慈看了看那投在帳簾上的身影，依舊回轉席上躺下。

裴琰再等一陣，只得掀簾而入。江慈躍起，平靜道：「相爺，夜深了，您得避嫌。」

裴琰沉默一陣，低聲道：「那你陪我出去走走。」他語氣中帶著些許疲憊，彷似還有幾分徬徨。江慈心中微微一動，忽覺這樣的裴琰似曾在何處見過，仔細一想，相府壽宴那夜的荷塘邊，他醉酒失態的情形浮上腦海。

裴琰默默轉身，江慈遲疑片刻，還是跟著出了軍營。

已是子夜時分，四周一片蛙聲。大地籠罩夜色之下，背後不遠處，是燃著燈火的接天營帳。裴琰立於一棵樹下，靜默無言。江慈立於他背後半步處，感覺到身前之人散發著一股冷峻的威嚴，但威嚴背後，又有著一縷說不出的落寞。

裴琰面上毫無表情，凝望著軍營內的燈火，輕吁一口氣，低聲道：「你現下還不想你的親生父母麼？」

江慈一愣，轉而道：「有時也會控制不住地想，但知道想亦無用，索性不想。」

「那你可曾想過，他們若身在某地，老了，或是病了，會否想見你一面？」

江慈微微一笑，「想這些又有甚用，反正我這輩子也見不著他們了。」

裴琰仰頭望著夜空，自嘲似地一笑，「這世上，有個人生病了，病得十分嚴重，很有可能我見不到他最後一面。」

「他對你，很重要麼？」江慈略帶關切地問道。

裴琰微微搖頭，「我也不知他對我重不重要，有些事情，我不曉得眞相。可他若就這樣撒手塵寰，我會不開心。」

江慈歎道：「相爺還是放寬心懷吧，吉人天相，他定能夠等到相爺凱旋歸來的。相爺現下須得打起精神，長風騎幾萬弟兄，加上華朝百姓，都還仰仗相爺將桓軍趕回去。」

裴琰苦笑，「可若是眞把桓軍趕回去了，我又不想見到他還活著。你說，可笑麼？」

江慈不明白他的意思，無言相勸。裴琰也不再說，只望著夜空許久，又轉身望向南方。

蛙鳴聲一陣響過一陣，裴琰默立良久，眉目間的悵然終慢慢隱去。他拂了拂衣襟，身形如以往般挺直，回頭微笑，「走吧。」

江慈跟上，輕聲道：「相爺的傷，看來都好了。」

裴琰朗聲大笑，「是，都好了，也到了該好的時候了。」

大雨一停，翌日便是驕陽當空。流火在湛藍天穹中緩緩移動，烤著茫茫原野，熱浪滾滾。

宇文景倫扔下手中馬鞭，與易寒回轉大帳。隨從過來替他解開盔甲，他抹了把汗，向坐於帳內一角看書的滕瑞道：「滕先生，這般僵持下去，可非長久之策。」

滕瑞放下書，起身道：「這是沒有辦法的事情，援兵不到，咱們啃不下裴琰這塊硬骨頭。所以王爺，我還是那個意思，咱們得……」

滕瑞話未說完，一名將領匆匆而入，跪落稟道：「稟王爺，裴琰派人送了一封信來。」
宇文景倫、滕瑞、易寒三人互望一眼，俱感驚異萬分。
宇文景倫取過信函，展開細看，訝道：「誰是滕毅？」
滕瑞驀然一驚，急踏前兩步，宇文景倫忙將信遞給他，滕瑞低頭看罷，眉頭緊蹙，良久無言。宇文景倫揮了揮手，其餘人都退了出去，他關切地喚了聲：「滕先生？」
滕瑞驚覺，知此時是坦誠相見的時候，否則便難避嫌，他一擺袍襟，在宇文景倫面前單膝跪下。宇文景倫忙將他挽起，滕瑞抬頭，坦然道：「王爺，實不相瞞，這信上所指滕毅，便是滕某。」
宇文景倫呵呵一笑，「願聞其詳。」
三人在椅中坐定，滕瑞道：「不瞞王爺，我師出天玄一門，當日一同學藝者尙有一位師兄。但師門嚴令，本門弟子不得爲朝廷公門效力，我空懷一身藝業無法施展，實在鬱悶，便下山遊歷天下。直至五年前在上京偶遇王爺，爲王爺壯志盛情所感，決定相助王爺。現下看來，裴琰軍中有我師門之人，他推斷出我在王爺軍中，欲與我見上一面。」
宇文景倫朗眉微蹙，「那滕先生的意思，見還是不見？」
滕瑞深深一躬，語帶誠摯，「王爺，師父當年待我恩重如山，我終究還是天玄門人，這封信中有掌門之人表記，不管怎樣，我得與他見上一面。還望王爺允我去與他相見，請王爺放心，我只是前去見師門之人，絕無貳心，也絕不會忘記與王爺在上京的約定：要助王爺完成霸業，一統天下！」
宇文景倫沉吟良久，道：「我並非信不過先生，實是信不過裴琰。裴琰定然已知先生乃我左膀右臂，萬一他趁先生與故人見面之機，而將先生劫去……」
滕瑞心思急轉，揣測出宇文景倫言後之意，道：「這倒不妨，我有個法子。」

「先生請說。」

「王爺怕裴琰趁機相劫，裴琰自也怕我方將他那位軍師劫走。不若我們傳信裴琰，我與師門之人約於後日辰時，在鎮波橋上見面，各方只准派出一人相護。」

宇文景倫斟酌了一陣，慨然點頭，「好，先生待我以誠，我自相信先生。本王就允先生去與故人見上這一面，以了先生心願。」

滕瑞深深一揖，「王爺恩德，滕瑞無以爲報，唯有鞠躬盡瘁，以報王爺知遇之恩。」

宇文景倫暢然大笑，「先生快莫如此客氣。」

滕瑞再向易寒一揖，「還得有勞易先生。」

易寒微笑還禮，「滕先生客氣，後日鎮波橋，我自當護得先生周全。」

易寒知宇文景倫還有話要與滕瑞細說，遂起身告退。帳外烈陽灼得他瞇了一下眼睛，他撫上肋下傷口，心中一暖，大步向營帳走去。

燕霜喬見他進來，微笑著站起，柔聲道：「父親傷勢剛好，得多歇著，別太勞累了。」又給他斟上茶來。

易寒望著她靈秀身影、溫婉神情，一陣恍惚，恍若又見到那名靜婉女子，向自己柔柔而笑。

燕霜喬取過洗淨的青色長袍，易寒換上，聞到一股淡淡皂莢香，訝道：「哪來的皂莢？」燕霜喬面頰微紅，低聲道：「明飛在一處田邊找到的，他知、知我素愛潔淨，便摘了回來。」

易寒自與女兒重逢以來，她始終心有芥蒂，對他不冷不熱。直至他戰場受傷，她日夜侍奉湯藥又親理衣物，父女二人話語漸多，隔閡與怨恨悄然淡去。易寒心中深爲感動，尤愧疚不已，現下見她終身有託，實是欣喜，更恨不得將天下間所有珍寶尋來，讓她開顏一笑，方能彌補這二十多年來的愧疚與自責。念及此，他心中一動，微笑道：「霜喬，你是不是很想找回你師妹？」

燕霜喬大喜抬頭，喊出一聲：「父親！」易寒站起道：「你放心，我便去求滕先生，請他幫我這個忙，若是你師妹還在裴琰手中，定要想法子讓你和師妹重逢。」

天氣炎熱，有一部分傷兵傷勢出現反覆，傷口亦有潰爛跡象。崔亮過來瞧看一番，又親到山丘與田野間尋來一味草藥，試著給傷兵敷上。見傷兵情況有好轉，江慈便與小天等人頂著炎炎烈日，大量採擷這種草藥。直至申時，她方揹著一大竹簍草藥回轉軍營。長風衛周密正在醫帳等她，見她進來，上前接過竹簍，笑道：「侯爺讓你過去一趟。」江慈將草藥攤開，道：「我等會兒再過去。」

凌軍醫抬頭道：「小江，你就過去吧，周密等你許久了，侯爺只怕是有要緊事情找你。」

江慈一愣，匆匆趕到中軍大帳。裴琰正與衛昭說話，見她進來，二人起身。裴琰笑道：「明日，就有勞三郎了。」衛昭微微欠身，淡然道：「少君放心，我定會護得子明周全。」說著看了江慈一眼，輕步出帳。

裴琰回轉椅中坐下，握起羊毫筆，在紙上疾書。江慈不便退去，索性悄步走至案前替他研墨。她在野外採藥多時，全身大汗，忍不住用衣袖擦了一把額頭上的汗珠。裴琰斜看她一眼，從袖中掏出一條絲巾遞來，江慈接過，道：「多謝相爺。」

裴琰慢慢放下手中之筆，待紙上墨乾，又慢悠悠摺好。他右手手指在案上輕敲，轉過身，望著江慈。

江慈微微退後一步，裴琰仍是緊盯著她。江慈頗感不安，喚道：「相爺。」

裴琰望著她被夏日驕陽曬得有些紅彤彤的面容，緩緩開口：「小慈。」

「嗯。」

「你，想不想見你師姐？」

江慈不大敢相信自己的耳朵，卻也不問，只用徵詢的目光望著裴琰。裴琰微微一笑，道：「你師姐在桓軍軍中，明日辰時，她會隨她父親上鎮波橋，要你去與她見上一面。」

江慈見裴琰神情語氣不像作僞，大喜下盈盈而笑，「眞的？」

裴琰目光在她面上停留良久，輕聲道：「小慈。」江慈覺他有些怪異，下意識往後退了一小步。裴琰稍猶豫了一下，還是將當日爲求挾制易寒、強押燕霜喬之事講述出來。

江慈默默聽裴琰講罷，心中一陣酸楚，原來師姐竟是……

帳內靜默無聲，裴琰望著江慈，面露微笑。江慈張了張嘴，卻又不知該說什麼，過了片刻，才直視著裴琰說道：「多謝相爺允我去與師姐相見。」

裴琰輕敲著案几，道：「你明日，勸一下你師姐，讓她和明飛一塊兒回來。」又和聲道：「你和你師姐說，只要明飛肯回來，我既往不咎。你和你師姐，都可以留在我軍中。」

江慈並不答話，向他行了一禮，退出大帳。裴琰目送她的背影，笑容慢慢斂去，又陷入沉思之中，良久後喚道：「安澄！」

帳外的長風衛遲疑了一下，「……侯爺。」

裴琰愣了一下，「哦，是安潞，你進來一下。」安潞入帳後，裴琰問道：「當日我讓安澄查明飛的底細，後來遲未有回稟，你可知此事？」

「屬下知道，安大哥是命朱定去查的此事，朱定回報說未查出什麼來，安大哥讓他繼續查，原想著查出什麼再報給侯爺的。」

裴琰點了點頭，「安澄不在了，以後暗衛之事由你負責。其餘的，你暫先理著，屆時交給童敏。」

那廂江慈心緒難平，回到醫帳忙至入夜時分，方才回帳。剛躺下，卻聽崔亮在外相喚。

營地旁的田野散發著陣陣草香，蛙鳴聲此起彼伏，如果不是背後接天營帳和滿營燈火，江慈恍若回到了遙遠的鄧家寨。
崔亮轉過身，望著江慈，「小慈。」
「嗯。」
「你明天，隨你師姐走吧。」
江慈微笑著搖了搖頭。
「小慈，我知道你很想學醫救人，但這裡真不是你待的地方。」崔亮伸手替她整了整軍帽，道：「小慈，我把你當親妹子一般，想你平平安安，嫁一個忠厚老實之人，而不是……」
江慈面頰微紅，「崔大哥，我……」夜風吹得草叢起伏悠蕩，她扯下一根青草於指間纏繞。崔亮望著她的側面，語調溫存，「小慈，你心裡……可是有了人？」
江慈一驚，指間青草猛然斷開。她不敢看向崔亮，垂下頭去。
「小慈。」崔亮的聲音低沉中帶著幾分嚴肅，「我不管你心中的這個人是誰，但他們皆非你的良配。你不管和誰在一塊兒，都要面對許多艱難困苦，甚至會有生命危險，你千萬不要陷入這泥淖之中。明日，你還是隨你師姐離開戰場，等過一段時間，你自然會忘掉他，再找個本分老實之人，過平平安安的日子。」
江慈微微搖了搖頭，面頰更紅。
「小慈，你就聽崔大哥這回勸。」
江慈忽然抬起頭，望著崔亮，「崔大哥，你有喜歡的人麼？」
崔亮一怔。江慈雙頰通紅，目光閃閃直視著崔亮，低聲道：「崔大哥，若是、若是你有了喜歡的人，你可捨得離開她？」
崔亮心頭一震，埋在心底的那抹影子忽然浮現眼前，一時怔住說不出話來。

遠處烽火哨上，火光閃了三下。崔亮歎了口氣，站起身，「我得去橋頭，小慈，你今晚好好想想吧。」

天上寒星隱現，夜風徐徐而過。

江慈默默在田野間走著，夜色下，隱約可見原野上盛開著一叢叢的野花。白色小花在風中飄搖，柔弱莖梗彷似就要被風折斷，卻又一次次倔強地挺立，在風中散發出濃郁芳香。江慈彎下腰，輕輕觸摸著那嬌嫩的花瓣，低聲道：「怎麼辦？」

一陣風吹來，野花被吹得瑟瑟搖晃，江慈直起身默立良久，又轉身走向軍營。

衛昭帳中依稀透著暗黃色燭火，宗晟仍在帳前值守。江慈立於黑暗之中，遙望著帳內那道隱約的身影，直至他帳內燈火熄滅，方轉過身去。

夏日麗陽早早衝破雲層，辰時初，河西平原上陽光耀目，熱意蒸騰。

兩軍雖有約定，辰時初停戰，主力均撤離鎮波橋頭，但裴琰與崔亮商議後，為防桓軍突襲仍行部署，一旦橋上有變，長風騎即能迅速應戰，不讓桓軍攻過河西渠。

一切部署妥當，崔亮向裴琰一揖。裴琰點了點頭，又與衛昭相視一笑，目光掠過旁邊的江慈，在她面上停留了一瞬，微微地向她點了點頭，目光中隱帶著笑意。

三人轉身而去，裴琰負手立於中軍大帳前，目送三人往鎮波橋頭走去，雙眸微微瞇起。

寧劍瑜看了看裴琰的神色，忍不住道：「侯爺，您就真的放心……」

「用人不疑，疑人不用。劍瑜，你與子明也有一段日子的相處，應當明白他的品性。於這國家危急、百姓蒙難的時刻，他是絕不會甩手而去的。」

寧劍瑜點頭，陽光投射在他身上，他的笑容比陽光更加燦爛，「侯爺識人極準，子明此去，若是能將那人說動，咱們這仗可就好打多了，即使不能說動那人離去，好歹也讓宇文景倫這小子心裡多根刺！」

裴琰大笑，拍了拍寧劍瑜的肩，「那小子也是咱們心頭一根刺，這回，非得好好把他拔去不可！」

寧劍瑜喜道：「侯爺打算何時反攻？」

另一邊，江慈跟在崔亮背後，目光偶爾望向衛昭，又迅速移了開去。衛昭緩步而行，忽然嘴唇微動：「你走吧。」

江慈聽得清楚，見崔亮並無反應，知衛昭正用「束音成線」向自己說話，心頭一顫，偏過頭去。

衛昭清冷之聲仍傳入她的耳中：「你隨你師姐走，莫再留，這裡不是你待的地方。」

江慈轉頭望著他，嘴張了張，又合上，眼中卻蒙了一層霧氣。衛昭望了望她，眼底似有一絲悲傷，終直視前方，未再說話。

崔亮一襲藍衫，笑容閒適，轉頭向衛昭道：「有勞衛大人了。」

「崔解元客氣。」衛昭淡淡而笑。

「衛大人就喚我子明吧。」崔亮笑道：「相爺身為主帥，不能出面，此間唯只衛大人能與易寒抗衡。為我師門之事，要勞動大人相護，崔亮實是慚愧。」

「子明乃當世奇才，身繫天下安危，衛昭自當盡力。」

崔亮與衛昭相視一笑，又都瞧了江慈一眼，她看著他二人，展顏而笑。麗陽下，三人並肩走向鎮波橋頭。

鎮波橋乃一座石橋，橋下渠水碧青，橋頭綠樹成蔭。只是石縫間、青石上隱約可見斑斑血跡，印證著這裡曾是修羅戰場。

河西渠兩岸，靜得不像駐紮著十餘萬大軍的戰場，鎮波橋在麗日映照下，也燦爛得不似殺戮戰場。橋身上刻著的「鎮波」二字，端正嚴方，默默注視著三人走近。

橋的北側，三個人影穩步而來。江慈望著那道秀麗的身影越行越近，眼淚奪眶而出，急奔上橋。

「小慈！」燕霜喬亦控制不住內心的激動，衝上橋面，將飛奔過來的江慈緊緊抱住。江慈欲待喚聲「師姐」，卻怎麼也無法成聲，只抱住她，淚水洶湧而出。

燕霜喬的淚水，成串滴落在江慈肩頭，江慈哽咽道：「師姐，對不起。」燕霜喬也是哽咽難言，只是輕拍著江慈的背心。江慈心中千言萬語不知從何說起，她慢慢平定情緒，聽得腳步聲響起，拭去淚水，握住燕霜喬的手避於一旁。

易寒走近，身形淵渟嶽峙，在距橋心三步處停住。衛昭面上掛著淺淺笑容，雙手負於背後，也在距橋心三步處停住，他目光掃過易寒肋下，易寒瞳孔微微收縮，瞬間又恢復正常。

待他二人站定，崔亮神色平靜地緩步上橋，與一襲淡灰色布袍的滕瑞目光相觸，長身一揖，「崔亮拜見師叔！」

滕瑞微笑著上前，將崔亮扶起，目光凝在崔亮腰間的一塊玉珮上，眼中閃過一絲悲傷。他退後一步，躬下身去，「滕毅見過掌門！」

崔亮坦然受了他這一禮，待滕瑞直起身，方微笑道：「師叔風采如昔，崔亮仰慕已久。」滕瑞微愣，崔亮歎道：「師叔下山之後，師父日夜掛念著師叔，曾繪了幾幅師叔學藝時的畫像。崔亮三歲入的天玄閣，十餘年來，見師父每每對畫思人，實是……」

滕瑞黯然，崔亮從袖中取出一卷畫軸，雙手遞與滕瑞，道：「崔亮憑著記憶畫了這幅畫，及不上師父的丹青。」

滕瑞看了崔亮一眼，緩緩展開畫卷。畫上，青山間，古松下，藍衫青年持簫而坐，紫衫少年手握書卷，似爲那簫聲傾倒，望著藍衫青年而露出一臉崇慕之色。

滕瑞持著畫卷的手隱隱顫抖，又抬頭望向崔亮，「師兄他……」

崔亮眉間湧上悲傷，束手而答：「師父於四年前的冬至日辭世。」

滕瑞呼吸有一瞬的停頓，慢慢闔上雙眸，再睜開時淚光隱現。他忽低聲而吟：「踏隴聞香打馬歸，歌一闋，酒一杯。山中來路，燕子伴雙飛。乘風而行夜未央，簫聲慢，音塵絕。　雨打殘紅醒復醉，前塵事，盡遺卻。回首但看，何處離人淚？別時方恨聚時短，誰與共，千山月。」

崔亮從袖中取出一管玉簫，簫聲宛轉，和著滕瑞的吟唱聲，如遼遠的懷念，又飽含長久的寂寞。

滕瑞的目光投向南面天際，那處晴空如洗，天色蔚藍。昔日親如兄弟，今已陰陽兩隔，他心神激蕩，吟唱聲漸轉高亢。崔亮的簫聲跟著轉而拔高，在最高處宛轉三頓，細如游絲，卻正和上滕瑞吟唱之聲，待滕瑞吟罷，簫聲輕靈飄緲，悠悠落下最後一縷絲音。

滕瑞連讚三聲：「好，好，好！」

「師叔過譽。」崔亮欠身。

「看來，你師父的一身絕學，都悉數傳授於你了。」

「崔亮愚鈍，只學到些皮毛。倒是常聽師父說起，師叔天縱奇才，凡師門絕學皆能融會貫通。」崔亮面帶恭謹。

滕瑞微微一笑，「你像你師父一樣過謙，『射日弓』是你的傑作吧？你師父素不喜研究這等凶危利器。」

崔亮微笑著望向滕瑞，眼神中透出不容退後的銳利鋒芒，「凶危利器用得妥當，亦成拯救萬民之福器。」

滕瑞嘴角飄出一絲笑意，走至橋欄邊，崔亮走近，與他並肩而立。滕瑞目光徐徐掃過河西渠兩岸，和聲道：「敢問掌門如何稱呼？」

「不敢，師叔可喚我子明。」

「子明。」滕瑞微喟道：「你是明白人，我既已入桓國，自不會再遵守天玄門規。咱們今日只敘舊，不談門規。」

崔亮雙手負於背後，微笑道：「崔亮今日來，亦非想以門規來約束師叔。崔亮只望師叔念及當日入天玄門學藝之志，念及黎民蒼生，離開宇文景倫。」

滕瑞笑了笑，「入天玄門學藝之志，我未曾有片刻遺忘，至於輔佐王爺，尤是深思熟慮後的選擇。」他將手中畫像慢慢捲起，遞回給崔亮。

崔亮眼神稍黯，接過畫像復再度展開，歎道：「師父常說，師叔自幼便有大志，要讓天玄絕學造福於民，可萬沒料到，師叔竟會投入桓國。」

「子明。」滕瑞道：「你師父性情雖淡泊，但絕非迂腐之人。所以我相信你，也絕不會墨守成規。」

「師叔說得是，成規囿人，有違自然本性。正如宇文景倫想強行改變天下大勢，卻反爲蒼生帶來了沉重災難，也必然不能成功的。」崔亮將畫籠回袖中，抬頭直視滕瑞。

「不然。南北紛爭已久，由分裂走向統一乃大勢所趨。」滕瑞微笑道：「子明，師叔這些年來遊歷天下，縱觀世事，看得比你明白。華朝國力日衰，朝風腐亂。成帝陰鷙，只識玩弄權術；世族權貴把持朝政，以權謀私；寒門士子報國無門，百姓苦不堪言……實是到了非改革不可之時候了。

「反觀桓國，既有北方胡族刻苦悍勇之民風，又吸取了南方儒學之精華，這些年來尤勵精圖治，國力日強，與南方的腐朽奢靡形成強烈的對比。統一天下，實乃天命所歸啊！」

崔亮微微搖了搖頭，「師叔，關於天下大勢，師父臨終前，曾詳細向我分析過，亦曾叮囑我，於他日能見到師叔時轉述給師叔。」

「哦？」滕瑞側頭望向崔亮，「師兄是何見解？」

崔亮面帶恭謹，道：「師父言道，古今治亂興衰，自有規律，天意不可逆，民心不可違。老百姓希望的是和平安定的生活，倘為了結束南北對峙而悍然發動戰爭，恐會適得其反。」

滕瑞笑道：「師兄在山上待得太久，不明白天下大勢，有此一言也不奇怪。」

「不，師叔。」崔亮面上隱有傷感，「您下山後，師父曾遊歷天下遍尋您，一尋便是數年，崔亮即是師父於此路途上收為弟子的。這十多年來，師父更是數次下山，找尋師叔。」

滕瑞愣住，眉間湧出一絲愧意。

崔亮續道：「師父言道，師叔當年主張『華夷融合』方能致天下一統、萬民樂業，此般觀點不錯。師父也並無民族成見，但他認為，依現下形勢，民族融合、天下一統只能順勢而為，不能操之過急。」

「時移世易，眼下華朝內亂，岳藩自立，月落也隱有反意，正是桓國順應天命、結束天下分裂局面的大好時機。」

「錯了。師叔，這兩年來，我供職於朝廷各部，對華朝形勢亦謂相當瞭解。華朝現下雖有亂象，卻非不可救藥，薄雲軍謀逆已然平定，岳藩受阻於南詔山。而月落，此族長期備受欺凌，有反意那是合乎情理，然其只欲尋求擺脫奴役，無意東侵。桓軍要想趁亂吞併華朝，我看是癡人說夢！」崔亮話語漸厲，江慈在旁細細聽來，他的話語中多了幾分平素沒有的鋒芒，甚至有些咄咄逼人。

滕瑞也不氣惱，微微而笑，「子明說我們是癡人說夢，但現下，我軍攻到了這河西渠前，裴琰新敗之軍，何足言勇！我相信，拿下長風騎進而直取京城，只是遲早的事。」

崔亮仰頭大笑，「師叔未免將華朝看得太無人了，莫說裴琰只是小敗，即便是長風騎慘敗，華朝仍有能力一戰。師叔拿下河西府後，定見識過高氏抵抗之力量。桓軍越深入，遭遇的抵抗就會越激烈，難道您打算讓宇文景倫將華朝百姓殺戮殆盡麼？」

他目光炯炯，踏前一步，指向河西渠兩岸的田野，「師叔您看，若非桓軍入侵，這千里沃野今年將是糧食豐收，百姓富足。可就因爲桓軍來襲，百姓家破人亡，流離失所。這些百姓辛苦多年，唯只圖個溫飽，而毀了他們這微薄希望的，不正是師叔您麼！」

滕瑞氣息微微一滯，不由轉過身去，望著千里沃野緩緩道：「你這悲天憫人性情，倒與你師父如出一轍。」

崔亮緊盯著滕瑞的側面，語出至誠，「師叔，師父提及您時，總說您是仁義之人。可師叔您，爲何要親手造下這等殺孽，爲何要助宇文景倫挑起這驚天戰事？」

風吹起滕瑞的冠帶束髮，崔亮忽想起畫中那紫衫少年，想起師父昔日所言，心下唏噓不已，痛心之情溢於言表。

陽光鋪灑在河西渠上，波光粼粼。衛昭負手而立，目光凝在崔亮面上，若有所思。

滕瑞低頭望著碧青的渠水，良久方道：「子明你錯了，並非我要造下這等殺孽。我不助王爺，這場戰爭亦不可避免，只有我助王爺早日拿下華朝，才能早日實現天下安定，大亂之後的大治才能早日到來。王爺文武雙全、天縱英才，自幼便有經世濟民之大志，我選擇輔佐他，是望能先統一南北以結束天下分裂的局面，再推廣德政使百姓安居樂業。我始終未忘當年入天玄閣學藝之志，也一直期望能助王爺開創一代盛世。我意已決，子明無須再勸。」

一隻魚鷹飛來，似不知這河西渠爲修羅戰場，在岸邊跳躍又急扎入水中，激起銀白水花，噙出一條大魚來。崔亮注目於魚鷹，靜默良久，忽道：「師叔，您看。」

滕瑞不解，順著他目光望向魚鷹。崔亮聲音清朗了幾分，「魚鷹以魚爲食，但最終又被漁人利用做爲捕魚的工具。可見天道循環，有時自以爲心願能成，卻不過是枉爲他人作嫁衣裳罷了。」

滕瑞細想片刻，明他之意，聲音淡然地說：「天下非一人之天下，唯有能者居之。現下華朝吏治腐敗，民怨彌重，桓國取而代之也不過是順天而行罷了。目前有能力與桓國抗衡的，尚未可見。」

「不，師叔，華朝內政雖不清明，然根基猶存；內部各方勢力雖爭權奪利，終維持著微妙的平衡。一旦此般平衡被打破，又乏一足夠強大的勢力來化解矛盾，其後果不堪設想。目前看來，猶無哪方具此實力。

「反觀桓國，雖武力強盛，但貴族們恃武恣意妄爲，帝皇雖欲推行儒學，但阻力甚大；宇文景倫確爲天縱英才，但一直受制於二皇子的身分而不能盡展所長。他若不奪權，終不過是一王爺，遲早死於國內勢力的暗鬥之中；他若奪權，難以安各方之心，遺患無窮。內亂難平，遑談以北代南，天下合一！

「師父說，世間萬事萬物，皆有自然天道，人只能順天而行。天下一統也是如此，民族融合尤須循序漸進以行。若以人力強行攪起天下紛爭，只會徒令生靈塗炭、矛盾激化。到時兵連禍結、亂象迭起，各方勢力紛紛加入，局面恐怕就非師叔所得控制的了，甚有可能綿延百年，遺禍子孫。」

滕瑞笑了笑，頗不以爲然，「哪有子明說的這般嚴重？」

崔亮冷笑一聲：「師叔難道就忘了，二百年前的『七國之亂』麼？」

滕瑞修眉微皺，一時無法相駁，良久方暗歎一聲，道：「可若無大亂，焉有大治？」

崔亮右手拍上石橋欄杆，歎了口氣，道：「師叔，怕只怕天不從人願，眼下華朝若陷入大亂，桓軍是無法控制這錯綜複雜局面的。何況高氏雖滅，還有裴氏、何氏、姜氏等世族，桓國畢竟是異族，如何能令他們心悅誠服的歸附，難道又要大開殺戒麼？

「其實師叔心裡比誰都清楚，桓軍勞師遠征，補給難以爲繼，雖攻下了河西，但已成強弩之末。如果從國內再搬救兵來，已非宇文景倫嫡系將士。不管是桓太子一系，還是毅平王、寧平王，都是淨顧自身私利之人，本來就野性難馴，又對二皇子推崇華朝文化的做法深懷不滿。他們多年征戰，殺戮成性，如果率部來援，將掀起腥風血雨。崔亮敢問師叔，這血流千里、燒殺擄掠的景象，是師叔願意看到的麼？屆時宇文景倫大業不成，天下反而陷入長久戰亂之中，師叔又有何面目見歷代祖師，又何談拯救黎民蒼生！」

崔亮輕拍著橋側石欄，侃侃而談，衛昭不由側頭，正見陽光灑在他眉目間。他的神情有著幾分浩淼開闊，又有著幾分飄然出塵。陽光曉映，他平日的溫潤謙和悄然而隱，多了幾分如懸星般的風儀，衛昭心中微動，若有所思。

江慈也從未見過這樣的崔亮，而他所言，更是她從未聽過的。她默默地聽著，想起月落族的屈辱，想起牛鼻山戰場的慘狀，想起安澄那滿身的箭洞，悄然無聲地歎了口氣。

燕霜喬覺江慈的手有些冰涼，不由反握住她。江慈省覺，向燕霜喬笑了笑。燕霜喬凝望著她略顯消瘦的面容，忽然發覺，她竟又長高了幾分，再也不是原來那個只識嬌嗔胡鬧的小師妹了。

滕瑞靜默良久，忽然微笑，「那你呢？你既有如此見解，爲何又會罔顧師命，投入裴琰軍中？難道裴琰不是野心勃勃、爭權奪利之流麼？他不也打著拯救天下的旗號而謀一己一族之私利麼？」

崔亮將手由石欄上收回，輕歎一聲：「世間的梟雄，哪個嘴裡不是冠冕堂皇，義正詞嚴，但實際上，誰不是爲了實現自己的私欲置天下百姓於不顧。無論興亡衰榮，苦的都是百姓。裴琰和宇文景倫其實並無兩樣。」

「那你爲何還要輔佐於他？」滕瑞緊盯著崔亮。

崔亮微微搖頭，目光灼灼直視滕瑞，「師叔，大丈夫有所不爲，有所必爲。崔亮要守護的，是天下百姓的生死安危，而非一人一姓之江山社稷。我現下幫他，不是要實現他的野心，而是幫他抵禦桓軍、平息戰火。裴琰和他的長風騎，今爲守土護國、浴血沙場的衛士，我就是粉身碎骨，亦要竭盡所能助他們一臂之力！」

他望向遠際天空，語氣平緩而有力，「我崔亮，不怕褒貶毀譽，但求無愧於心。他裴琰若是一心爲民，平息戰亂，我便將這條性命交予他；但他若是玩弄陰謀權術，置萬民於不顧，我崔亮也必絕然而去！」

野草連天，在夏風中起起伏伏，空氣中瀰漫著濃濃草香，卻又夾雜著萬千戰馬的燥氣。

白雲如蒼狗，悠悠而過。滕瑞負手望著浮雲，默然不語。衛昭則瞇眼望著崔亮，目光深邃。

崔亮神情漸轉肅然，終退後兩步，向滕瑞長身一揖，誠懇道：「崔亮懇請師叔，以百姓蒼生為念，離開宇文景倫。讓戰火平息，天下安定！」

滕瑞默默看著崔亮頭頂方巾，半晌後同樣後退兩步，躬身施禮，「掌門大禮，愧不敢當。但人各有志，且王爺待我有知遇之恩，我也曾發下過重誓，要助王爺完成大業。我有我的抱負，還請掌門原宥！」

崔亮再次行禮，「師叔三思！」

滕瑞側行兩步，避開崔亮大禮。崔亮暗歎，直起身來，他與滕瑞默然對望良久，取出先前所吹玉簫，奉至滕瑞面前，「此乃師父遺物，當年曾伴師叔在天玄閣學藝。師父遺命，要我找到師叔，並以此簫相贈。亮今日了卻師父遺願，還望師叔重歸天玄一門，亮願拜請師叔出任掌門一職。」

滕瑞不接，望著那管玉簫笑了一笑，「學得文武藝，貨與帝王家。子明，你就真的甘心老死山中，讓滿腹才學無用武之地麼？」

崔亮抬頭，坦然道：「崔亮願承繼天玄一門絕學，讓其世代流傳。縱然不能高居廟堂，為朝廷所用，也可行走江湖，治病救人。入則為良相，出則為良醫，良醫未必就不如良相。」

滕瑞無語，默默取過玉簫，崔亮面有喜色。滕瑞忽地執簫起音，簫音時而激越，時而低迴，有幾分決然，卻也有幾分無奈，崔亮聽著這一曲〈別江南〉，眼神漸暗，心下暗歎。

簫音如破竹，滕瑞目光忽變淩厲，待音高不可聞，他仰頭大笑，玉簫敲於石欄上，「啪」地斷為數截，掉落於地。

崔亮望著地上的斷簫，片刻後抬頭直視滕瑞，朗聲道：「既是如此，師叔，咱們就各憑本事，您助宇文景倫，我助裴琰，看誰才是勝者！」他倏然後退兩步，右手運力一撕，左臂袍袖被扯下一截。崔亮鬆手，袖襟在空中捲舞，落於橋下流水之中。

崔亮再向滕瑞抱拳：「滕先生，請！」

滕瑞面上隱有傷感，倏忽不見，沉聲道：「崔公子，請！」他撩襟轉身，飄然遠去。

崔亮望著滕瑞遠去的身影，下意識踏前一步。易寒眼中鋒芒一閃，移形換影如幽靈般飄起，劍光瞬間便到了崔亮胸前。衛昭閃電般前撲，人劍合一，化為寒芒擊向易寒。

易寒心念電轉，知自己這一劍縱是能取崔亮性命，但只怕劍未回抽，自己便會死在這白衣人劍下。他右腕運力，回擊衛昭劍勢，「鏘」聲連響，衛昭在空中斜掠翻騰，招招奪命，攻勢駭人。易寒一一接下，二人真氣皆運至巔峰狀態，狂風湧起，崔亮與燕霜喬、江慈齊齊後退。

易寒再鬥十餘招，朗聲一笑，劍上生出一股霸道凌厲的劍氣，劍刃在麗陽照映下幻出萬千光芒。衛昭倏然變招，身形巍然不動，白袍勁鼓，手中長劍以極快的速度閃入易寒的劍芒之中。「砰」聲響起，易寒「蹬蹬」退後數步，衛昭身形搖晃，強將湧至喉間的血腥壓了下去，冷冷地注視著易寒。

易寒低咳一聲，盯著衛昭看了片刻，呵呵一笑，「閣下是衛昭衛三郎？這招謝氏絕學『鷹擊長空』用得不差。」衛昭劍鋒遙指易寒，淡然笑道：「多謝易堂主盛讚。」

燕霜喬與江慈急奔過來，燕霜喬扶住易寒，「父親，您沒事吧？」易寒微微搖了搖頭，笑道：「沒事。」

江慈衝到衛昭身邊，又頓住腳步。

崔亮也知自己一時激動，險些讓易寒偷襲得手，過來扶上衛昭左臂正欲一探脈息，衛昭衣袖輕振，將他的手甩落。崔亮朝衛昭一笑，又望向一邊的江慈，和聲道：「小慈，此間事了，你隨你師姐走吧。」

燕霜喬喜道：「多謝崔公子。」過來將江慈一拉，便欲轉身。

江慈不動，崔亮望著她，輕輕擺了擺手，「去吧。」

江慈還是不動，陽光將她的面頰曬得有些彤紅，她沉默著，慢慢望向崔亮身邊的衛昭。

衛昭默然看著她，心底烙印灼得他呼吸困難，她清麗的面容、溫柔的目光更讓他無法直視，喉間血腥氣越濃。他稍稍轉過身去，聲音低沉，「你走吧。」

江慈仍是不言不語。

衛昭向崔亮一笑，「子明，少君還等著，咱們回去吧。」崔亮微笑頷首，二人轉身舉步，卻聞見背後江慈柔和的聲音：「師姐，對不起，我不能隨你走。」

二人腳步頓住，崔亮轉身，見燕霜喬滿面不解之色望著江慈，「小慈！」

衛昭慢慢轉過身，見易寒欲上前，便稍踏前一步護住崔亮。易寒卻只是走到燕霜喬身邊，目光和藹，嘴角含笑看住江慈，「小慈，你別怕。我會派人送你和霜喬回上京，不用待在這軍營。」

燕霜喬點頭，拉住江慈有些冰涼的雙手，「是，小慈，咱們離開這裡，去上京，再不用待在這戰場，再也不用分開了。」

「去上京？去桓國？」江慈望向易寒和燕霜喬。

燕霜喬無奈地歎了口氣，道：「小慈，你還不明白麼？我們，永遠都不可能再回鄧家寨了。」

江慈默然，燕霜喬只道她不明白，心中傷感，輕聲道：「小慈，現如今，我們只有去上京一條路可走。我的身分擺在這裡，也累及於你，咱們是不可能再在華朝待下去的。」

江慈猶豫了片刻，道：「相爺允我來之前，說只要明飛肯回去，他既往不咎。」

「裴琰的話，你也信！」燕霜喬冷笑，見江慈仍面露猶豫，她心中焦急，怒道：「他說得輕巧，你可知，明飛是何人！他是月戎國派在華朝的暗探！」

江慈吃了一驚，燕霜喬歎道：「小慈，明飛為了我，背叛了月戎，又得罪了裴琰。天下之大，只有桓國才是他安身立命之處，現下也只有父親才能護得我們周全。」

江慈看了易寒一眼，又望向燕霜喬。燕霜喬微露愧疚，轉而輕歎一聲：「小慈，不管怎樣，他、他始終是我的父親，我也算是半個桓國人。」她側頭望向鎮波橋下的流水，岸邊生有一叢叢的浮萍，想起母親和小姨，想起下山後的際遇，她語調漸轉惆悵淒然，「小慈，我也覺得對不起母親，可又能怎樣？他始終是我的父親，這亂世之中，唯只有他才能給我一個安定的家。再說，明飛他……」

「明飛他，待你好麼？」江慈伸手，替燕霜喬拭去眼角滲出的淚珠，輕聲道。

燕霜喬側頭拭淚，哽咽道：「很好。」頓了頓又道：「等仗一打完，我們就會成親。」

江慈欣喜地笑了笑，又拉住燕霜喬的手，將頭擱上師姐肩頭，慢慢地閉上雙眼。

燕霜喬心中更酸楚，師姐妹在鄧家寨相依爲命，有時江慈太過頑皮，自己忍不住責斥她，她便會這般拉住自己的雙手，將頭擱在自己肩頭撒嬌，自己禁不住她的癡纏，也便一笑作罷。可如今，她長高了，個頭和自己差不多了，她的頭擱在自己肩上，不像是撒嬌，倒像是在向自己告別一般……

江慈低低道：「師姐，對不起，都是我的錯，連累了你。」

「不，小慈……」燕霜喬正待說話，江慈卻用力握住她的雙手，輕聲道：「師姐，你聽我說。」

燕霜喬聽出江慈話中決然之意，愣了片刻，慢慢抽出雙手，將江慈攬在懷中，泫然而泣。

「師姐，原諒小慈不能隨你去桓國。我而今是長風騎的軍醫，醫帳人手不足，我不能丟下這些傷兵。師姐，我真的很想學醫救人，如果我隨你去了桓國，我的心，永遠都不會安寧的。」

風拂過橋面，江慈攬上燕霜喬頸項，在她耳畔用極輕的聲音道：「還有，師姐，你放不下你父親和明飛，所以要留在桓國，可我心中，也有了放不下的人。」

燕霜喬一驚，便欲拉下江慈的雙手，江慈卻攬得更緊了些，聲音輕不可聞，「師姐，你別問。我也不知道爲甚會放不下他，在別人眼裡，他不是什麼好人，可我、我就是放不下他……」

鎭波橋頭，樹葉被風吹得簌簌作響，崔亮內力不足，聽不清江慈說了些什麼，只見易寒面露驚訝之色，再看了看身側的衛昭，見他神情恍惚，目光卻凝在江慈身上。

燕霜喬張了張嘴，無法成言。江慈再抱緊了些，輕聲道：「師姐，你回上京吧。以後，等你和明飛成了親，華、桓兩國不打仗了，我會去桓國看你的。咱們以前說好了，你的女兒，便是我的女兒。我一定會去探望你們。」她心中難過，卻仍慢慢撒手，帶著滿足的微笑看了燕霜喬一眼，猛然轉身大步奔下鎭波橋，跑向遠處的軍營。

燕霜喬追出兩步，易寒身形一閃，上來將她拉住。燕霜喬心中酸楚難當，大聲喚道：「小慈！」一陣大風颳來，吞沒了燕霜喬的呼喚之聲。燕霜喬淚如雨下，易寒暗歎一聲，拂上她的穴道，抱著她轉身而去。

四十六　劍鼎生輝

衛昭立於橋上，紋絲不動。天上浮雲飄過，遮住麗日，讓他俊美的面容微黯。崔亮看得清楚，心中暗歎，卻仍微笑道：「衛大人，咱們回去吧。」

衛昭緩緩轉身，話語聽起來微有縹緲，「子明，請。」

崔亮腳步放得緩慢，走下鎭波橋，見寧劍瑜率著大批將士過來守住橋頭，他含笑致意，復轉頭望向河西渠北面，歎道：「衛大人，只怕不久，就要有一場血戰啊。」衛昭與寧劍瑜含笑點頭，腳步從容，只是負於背後的雙手隱隱顫慄，回眸歎道：「若無血戰，又怎能收回疆土？」
崔亮眉間悵然，「盼只盼，戰亂早日結束，也盼從此朝廷內政清明，天下百姓再無受欺凌之人。」
衛昭收回目光，望向右前方，正見江慈纖細身影奔向醫帳，他的心似被什麼狠揪了一下，凝作一團，但又彷彿有一股更大的力量，要向外噴發而出。
衛昭與崔亮入帳，長風衛周密正向裴琰稟報完畢，退出了帳外。裴琰似是心情極佳，朗笑道：「來來來，子明，我爲你引介一下。」
崔亮見西首椅中一人長身而起，二十來歲年紀，眉目清朗且笑容可親，有著一股名門望族世家子弟的氣派，忙作揖道：「崔亮見過侯爺！」
宣遠侯何振文虛扶了一下，笑道：「不愧爲崔軍師，猜中是本侯。」
崔亮微笑，「算著侯爺應於這兩日抵營，方才一路過來，見軍營後方似有些喧擾，崔某知定是侯爺率援兵前來。侯爺這一到，咱們勝算可大了。」
何振文目光掠過一邊的衛昭，淡淡頷首道：「衛大人，別來無恙？」
何振文與莊王一系向來不和，他的妹子何青泠又曾打傷過右相陶行德的內姪，爲了此事，何振文親自進京調解，與衛昭見過數面。他還託人送禮請衛昭調停，然與世家子弟素來不對眼的衛昭卻命人將禮物分給了光明司衛，還當眾放話：「他何振文的東西太貴氣，衛府養不起！」此舉讓何振文心中暗恨不已。只是軍營相見，對方又是監軍，皇帝雖病倒，但指不定哪日康復，這衛昭恃寵而驕，權傾朝野，倒也不好過分得罪。
衛昭並不看他，冷哼一聲，拂袖坐下。
裴琰微微一笑，道：「子明辛苦了。」
崔亮歎道：「有負相爺重託，實是愧疚。」

裴琰微笑道：「子明不必自責，人各有志。我得子明相助，又何懼他宇文景倫！」他取過冊子遞給崔亮，「這是振文兄帶來的人員和糧草，子明看看如何安排，最關鍵的一戰，咱們許勝不許敗！」

「是，那幾樣兵器也差不多製成了，只要時機一到，咱們便可反攻。」

裴琰卻神色凝重，擺了擺手，「子明先安排著，但何時動手，咱們還得再等一個人。」

「何人？」

裴琰微笑，「子明那日不是給我出了個主意麼？實乃妙計。」

崔亮一喜，「相爺有合適的人？」

裴琰望向帳外，「他該要到了。」又微微一笑，「咱們先商量一下，具體該怎麼打。」

江慈得見師姐，知她終身有託，欣慰不已。她又將心裡的話悉數傾吐，心事已明，不禁心情大暢，竟是自去歲以來從未有過的輕鬆。她回到醫帳，臉上的笑容也燦爛了幾分，手下更是勤快。

凌軍醫替帳中最後一名傷兵換藥完畢，過來淨手，看了看正在熬藥的江慈，和悅笑道：「小江，你今年多大了？」

「快滿十八了。」

「倒和我家雲兒同一年，不過她是正月的，比你稍大些。」

江慈在醫帳多時，聽說過凌軍醫有個女兒，還知他似是有意將女兒許給寧將軍，不由笑道：「雲姐姐現下在哪裡？」

「在南安府老家。她嚷著要隨軍，我沒准，這戰場凶險可不是鬧著玩的。」

江慈聽出凌軍醫言下之意，微笑道：「我倒覺得這戰場是個磨練人的好地方。」

凌軍醫笑道：「她和你一樣說法，她也長期學醫，看來，你們倒是志向相同。」

江慈早將凌軍醫視作自己長輩一般，笑道：「凌叔，你知不知道，我從前的志向是什麼？」

「說來聽聽。」

「我從前，就只想著遊遍天下，吃盡天下好吃的東西，看盡天下好看的戲曲。」江慈說著說著，自己忍不住大笑起來。

凌軍醫也是大笑，順手脫下被鮮血污染了的醫袍，江慈忙接了過去。

這日，河西渠兩岸，沉靜中透著不尋常的緊張，雙方似是都知大戰一觸即發，雖無短兵相接，卻仍可感覺到戰爭的沉悶氣氛壓過了夏日的燦爛陽光。

到了入夜時分，軍營後方突然喧鬧起來。江慈剛洗淨手，囑咐了小天幾句，出得醫帳，見光明司衛宋俊手持利劍匆匆奔向後營，面上滿是殺氣，大感好奇。她曾受過宋俊保護之恩，便追了上去。

後營馬廄旁早圍滿了士兵，不停有人起鬨：「揍死這小子！」「敢欺負我們洪州軍！」「大夥一起上！」

宋俊持劍趕到，一聲暴喝，身形拔起，由圍觀之人肩頭一路踩過躍入圈中，寒劍生輝，將正圍攻光明司衛宗晟的數人逼了開去。宗晟手中並無兵刃，正被數十名洪州軍圍攻。他雖武藝高強，但空手對付這數十名也習有武藝的洪州軍，略顯狼狽，宋俊及時出手終讓他稍鬆了口氣。

宣遠侯帶來的洪州軍見這名光明司衛的幫手趕到，又圍了數十人上來，場中一片混戰。宋俊無奈，長劍幻起漫天劍雨，但洪州軍仍不散開，不多時有數人受傷倒地，洪州軍們更是憤慨，圍攻之人越來越多。

「住手！」何振文的暴喝聲傳來，洪州軍們齊齊呆愣一下，俱各放手躍開。

宋俊過去扶起宗晟，宗晟拭去嘴邊血跡，怒目望向急奔而來的裴琰、何振文和衛昭。

何振文凌厲的目光望向洪州軍將士，喝問：「怎麼回事？」

一名受傷的副將自地上爬起，指著宗晟，極爲憤慨地告道：「侯爺，這小子搶咱們糧草去餵他的戰馬，還出口傷人！大夥實在氣不過，才……」

宗晟斜睨著何振文，「搶了又怎樣？這是我們衛大人的戰馬，就該餵全軍營最好的糧草！你們不過區區洪州軍，也敢在我們光明司面前擺臭架子！」

何振文面上頗現尷尬，還未發話，那受傷的副將氣憤難平之中竟脫口而出：「什麼衛大人！不過是個兔兒爺罷了！」

何振文不及喝止，衛昭眼中閃過一抹猩紅，白影一閃，瞬間便到了那名副將身前。那副將本是蒼山弟子，武功也不弱，卻不及閃躲，衛昭右手已扼上他的喉間。

「衛大人！」裴琰急掠而來，搭上衛昭右臂。衛昭冷覷裴琰一眼，仍不放手，他指間慢慢用力，那副將的眼珠似就要爆裂而出，其雙足劇烈顫抖，眼見就要斃命於衛昭手下。

裴琰望住衛昭，輕聲道：「三郎，給我個面子。」

衛昭斜睨了何振文一眼，手中力道漸緩，卻猛然一撩袍襟，雙腿分開，向那名副將冷冷道：「你，鑽過去，我就饒你小命！」

洪州軍大嘩，他們在洪州一帶橫行霸道慣了的，何曾受過這等羞辱，群情激憤下大聲鼓噪起來，紛紛抽出兵刃。

何振文連聲喝斥，壓住眾人，又上前向衛昭抱拳道：「衛大人，手下不懂事，在下向你賠罪，還請衛大人看在下薄面，軍營中以和爲貴。」

衛昭俊美面容上浮起淺淺之笑，看上去有些妖邪，他慢慢鬆開右手，望著何振文大剌剌道：「侯爺向人賠罪，就是這等賠法麼？」見何振文一愣，衛昭淡淡道：「當年陳尚書的公子向我賠罪，可是連磕了三個響頭的。我看在少君面上，只要侯爺一個響頭即可。」

何振文大怒，洪州軍更是紛紛圍了上來，吼道：「侯爺，和他拚了！」

「這小子欺人太甚，憑什麼咱們洪州軍要受這等羞辱！」

何振文面色鐵青，望向裴琰，冷聲道：「少君，我就等你一句話。」

裴琰面上露出為難神色，衛昭冷哼一聲，負手而立，微微仰頭，也不說話。

「三郎……」裴琰剛一開口，衛昭右袖一拂，勁氣讓裴琰不得不後躍了一小步。

何振文見裴琰苦笑，怒道：「原來少君也怕了這奸佞小人！」他向裴琰拱拱手，「既是如此，我洪州軍也沒必要再在這裡待下去，告辭！」又轉身喝道：「弟兄們，咱們走！」

洪州軍們大喜，呼喝著集結上馬。裴琰忙追上何振文，在他耳邊一陣私語，何振文仍是面色鐵青，衛昭卻面帶冷笑，望著眾人。裴琰與何振文再說一陣，何振文面色稍展，冷聲道：「我就給少君這個面子，不過他衛昭在此，我洪州軍也不會再待在這裡，少君看著辦吧。」

崔亮趕了過來，想是已聽人講明情況，走到裴琰身邊輕聲道：「相爺，竇家村那裡，咱們不是正想調批人過去防守麼？」

裴琰眼神一亮，向何振文道：「何兄，竇家村那處防守薄弱，又是桓軍一直企圖攻破之處，此項防守重任，想來只有洪州軍的弟兄才能勝任。」何振文也不多話，只向裴琰拱拱手，拂袖上馬，帶著洪州軍向西疾馳而去。

裴琰轉過身來。衛昭也不看他，轉向宗晟，冷聲道：「沒出息！」

宗晟嘿嘿笑道：「下次不敢了。」

衛昭卻嘴角輕勾，「下次下手得狠些，就是把他們殺光了，也有大人我幫你撐著。」說著拂袖而去。

宗晟和宋俊擠眉弄眼，嘻哈著走開。

裴琰苦笑著搖了搖頭，向崔亮道：「子明，你看著安排兵力吧。」

江慈遙見衛昭並未回轉軍營，而是向軍營後方的原野走去，便悄悄地跟在了後面。

此時天色全黑，東面天空掛著幾點寒星，衛昭手負背後，不疾不緩地走著。江慈默默地跟在後面，不知走了多久，衛昭在一處小樹林邊停住腳步。江慈早知瞞不過他耳力，笑著走到他背後，衛昭回頭看了她一眼，又轉過頭去。

夏風吹過，江慈忽聞到一股極淡的清香，不由抽了抽鼻子，笑道：「西草香！」說著彎下腰去，四處尋找。她內力微弱，夜間視物稍嫌困難，找了半天都未發現，卻仍彎腰撥弄著草叢。

衛昭默立良久，終道：「什麼樣的？」

江慈直起身，笑著比畫了一下，「長著這麼小小的果子，草是這樣子的。」

衛昭目光掃了一圈，向右踏出十餘步，彎下腰扯了一捧西草，遞給江慈。

江慈笑著接過，「謝謝三爺！」她將西草上的小紅果摘了數粒下來，遞到衛昭面前。

衛昭看了看她，拈起一粒送入口中，咀嚼幾口，眉頭不由微皺了一下，但見江慈吃得極爲開心，也從她手中取過數粒，慢慢吃著。

「我小時候貪玩，經常跑到後山摘野果子吃，有一回誤食了『蛇果』，疼得鬼哭狼嚎。師父又不在家，師姐急得直哭，連夜把我抱下山找了郎中，才救回我一條小命。」江慈望向北面，吃著西果，語帶惆悵。

「那你今日……」衛昭脫口而出，又將後面的話嚥了回去。

江慈微笑著望向他，她眼眸中閃著令人心驚的光芒，衛昭承受不住心頭劇烈的撞擊，眼見她要開口，倏然轉身，大步走向軍營。江慈急急跟上，見他越走越遠，喘氣道：「三爺，你能不能走慢些？」衛昭並不停步，江慈「哎呀」一聲，跌坐於地。

衛昭身形僵住，猶豫良久，終回轉身，江慈一把拽住他的右手，笑著躍起身來。衛昭急急將她的手甩開，冷聲道：「你倒學會騙人了。」

江慈拍去屁股上的塵土，笑道：「三爺過獎，我這小小伎倆，萬萬不及三爺、相爺，還有剛才那位侯爺的演技。」

黑暗中，衛昭一愣，終忍不住嘴角的笑意，淡淡說道：「你倒不笨。」

江慈跟在他背後慢慢走著，道：「咱們軍中，有桓軍的探子麼？」

「少君治軍嚴謹，長風騎當是沒有，但何振文帶來的人魚龍混雜，那是肯定有的。」衛昭負手走著，轉而道：「你怎麼看出來的？」

江慈微笑道：「這裡又不是京城，三爺無須在人前演戲。再說，我所知道的三爺，可非罔顧大局之人。」

衛昭腳步頓了頓，江慈又遞了幾顆茜果給他，「看來，咱們馬上要和桓軍進行大決戰了？」

「是。」

二人在夜色中徐徐走著，待軍營的燈火依稀可見，江慈停住腳步，轉身望向衛昭。

衛昭靜靜看著她。江慈仰頭，看著他如其背後那彎初升新月一般的面容，輕聲道：「三爺，你回月落吧，莫再這麼辛苦了。」月色下，她漆黑的眼眸閃著純淨光芒，她淡淡的微笑，如盈盈秋水淌過衛昭紛亂的心頭。他神情恍惚，慢慢伸出右手，指尖冰涼，撫向那恬美的微笑，觸向那一份世間獨有、最柔軟的牽掛。

江慈覺自己的心跳得十分厲害，眼見他的手就要撫上自己面頰，終忍不住閉上雙眸。盈盈波光斂去，衛昭驚醒，心中如被烙鐵燙了一下，猛然縱身，消失在茫茫夜色之中。

江慈睜開眼來，夏夜涼風拂過她滾燙的面頰，她悄無聲息地歎了口氣……

後半夜，天上濃雲漸重，夜色黑沉。

裴琰與崔亮並肩從後營走向中軍大帳，略顯興奮地笑道：「拿回河西府，可就靠這件寶貝了。」

崔亮微笑不語，裴琰道：「對了，令師叔可知有這樣東西？」

崔亮搖搖頭，「應當不知，此樣記載在只有掌門才能見到的笈冊上，藏收於天玄閣祕室中，師叔當年未曾見過。」

前方黑影一閃，裴琰一笑，向崔亮道：「來了。」

二人入得中軍大帳，南宮玨正除下黑色水靠，見裴琰進來，吁出一口氣，笑道：「少君，你防守這麼嚴，害我要泅水過來，還險些被刀網鉤著。」

裴琰大笑，「都是子明的功勞。」又向崔亮笑道：「這位是玉德，我的總角之交。咱們能否順利收回河西府，就全看他的了。」

南宮玨過來坐下，從貼身衣囊中取出一本冊子，道：「人都在這裡，少君看看齊不齊。高氏藏寶之處，我也找著了，搶在河西府失陷之前運出來，又燒了他們的糧倉。桓軍雖拿下了河西府，可什麼也沒撈著。」

裴琰接過冊子看了一遍，頷首道：「就是這些人了，他們現下都在哪裡？」

「都在河西府西北三十里處的一個村子，我一見河西府失陷，便知情況不妙，知道少君肯定要用這些人，就把他們召集起來好隨時傳命。所以來得遲了些。」

裴琰笑著望向崔亮，「該怎麼做，子明就和玉德說說吧。」

待崔亮詳細講罷，南宮玨仍舊著上水靠，套上黑色面罩，拱了拱手。

見南宮玨往帳外走去，裴琰忽喚道：「玉德。」

南宮玨回頭，明亮眼神一如十多年前那個縱情瀟灑的少年郎。裴琰望著他，輕聲道：「玉德多加小心。」

南宮玨一愣，轉而想起安澄，眼神微暗，復笑道：「少君放心，你還欠我一個賭約，我可等了十年了！」

裴琰大笑，「好！玉德，我等著你！」

入黑後的寒州城，一片死般的寧寂。

桓軍攻下河西府後，左軍又連下寒州及晶州，現今主力雖集於河西渠北，但寒、晶二州仍有部分兵力駐紮。攻城戰中，寒州軍民死傷慘重，桓軍又素有凶名，多日來，留在寒州城內的百姓都躲在屋內不敢出門，即使有親人死於守城戰中，也只能悄悄地以一口薄材收殮，不敢出殯。人人悲痛之餘，皆在心中向上蒼祈禱：望劍鼎侯裴琰能率長風騎守住河西渠，並將桓軍擊敗，收復失土。

大街上，漆黑一片，更夫早不見了蹤影，間或有巡夜的桓軍士兵經過，他們整齊刺耳的踏步聲讓民宅內的狗也停止了吠叫。

夜再深些，杏子大街「回春堂」的門板忽被敲得「砰砰」直響。藥堂掌櫃是一李姓大夫，醫術高明，醫德極好，深受寒州城百姓尊敬。他聽到擊門之聲，披衣起床，聽得門外喧聲擾天，正猶豫要不要開門之時，「砰」聲巨響，門板四裂，一群桓軍直衝進來。李大夫嚇得肝膽俱裂，眼見這群桓軍走路東倒西歪，知道他們喝醉了酒，急急上去阻攔，「各位軍爺！小人這是藥舖……」

桓軍們扶肩搭背，笑得極為淫邪，「找的就是你回春堂。」

「就是，聽說回春堂的大小姐長得極標緻，快叫出來，讓弟兄們見識見識。」

李大夫眼前一黑，來不及呼救，桓軍們已直衝內堂。一片哭嚎聲中，桓軍將數名女子拖了出來。李大夫眼見自己的寶貝女兒被一名桓軍挾在肋下，急得衝將上去，那名桓軍得意笑著，一掌橫砍在李大夫頸間，李大夫暈倒在地。

左鄰右舍聽得喧擾和女子哭喊之聲，縱是擔心李大夫一家安危，又怎敢出來觀看。正皆躲在屋內瑟瑟直抖之時，忽又聽得有人大聲呼喊：「起火了，回春堂起火了！」

聽得回春堂起火，街坊們再也顧不得安危，蜂擁而出，四處打水前去救火。眼見火勢越來越大，將回春堂吞沒，人人心中悲憤，男子們俱是額頭青筋暴起，拳頭緊捏。正值此時，長街上過來一隊桓軍，見火勢極盛，百姓們又皆怒目而視，為首軍官喝道：「什麼事！還不快救火！」

不知是誰，砸出一塊磚頭，喝道：「畜生！」

「和這幫禽獸拚了！」

「李大夫救了我們這麼多人，我們要為李大夫報仇！」

「大夥抄傢伙上啊！」

大街上的百姓越圍越多，將這一小隊桓軍堵在巷中。桓軍將士見勢不對，紛紛抽出兵刃，喝道：「你們不想活了！」

一名青年手持利刃急撲而出，「為我兄長報仇！」他撲向為首軍官。然那軍官武藝不弱，一招便將那青年擊倒在地，長槍還刺中了青年的右腿。

眼見青年右腿鮮血噴湧而出，上千百姓再控制不住內心的激憤，發出驚天怒吼，顧不得自己手無寸鐵，也顧不得去想後果，一擁而上。桓軍們剛揮起兵刃，圍擁過來的數名青年男子忽然手起寒光，將桓軍前排之人斃於劍下。

百姓如潮水般湧來，不過片刻工夫，這一小隊桓軍即被這上千百姓踩在了腳下，有那等親人死於桓軍手下者，更將桓軍屍首拎起，扔進大火之中。

有人振臂高呼：「鄉親們，咱們不能坐以待斃！」

「就是，和桓賊拚了！」

百姓們怒火沖天，無處宣洩，齊齊應和。街上人流越滾越大，人人或持刀或握棍，衝向直衢大街的郡守府和各處城門。寒州城內火光四起，城內駐紮的桓軍手忙腳亂，匆匆打開城門，讓駐紮在城外的桓軍進城協同鎮壓百姓暴動。

一片混亂之中，一行人悄悄地出了寒州城東門。這行人行出十餘里，其中一人放下肩頭扛著的李大夫，拍上他胸前穴道。李大夫悠悠睜開雙眼，只見身邊圍著數名蒙面人。他不及說話，一女子撲了過來，「父親！」李大夫大喜，與女兒抱頭痛哭。

那黑衣蒙面人拱手道：「李大夫，實是對不住您了，我們是劍鼎侯的人。」

李大夫一驚之下，復又大喜，他與長風騎中的凌軍醫乃同門師兄弟，自是對劍鼎侯裴琰極爲崇敬。黑衣蒙面人續道：「今夜實迫於無奈，方借李大夫一家來演場戲，侯爺不日就要收回河西府及寒、晶二州。」他從懷內掏出一張銀票，遞給李大夫，「今夜之事毀了令千金的名節，侯爺請李大夫多多原諒，這是侯爺一點心意，只得勞煩李大夫另外擇地居住了。」

火把照映下，李大夫見那張銀票有三千兩之巨，急忙推卻，道：「能爲侯爺、爲百姓幫上點力，是我分內之事，這銀票萬萬不能收。」語氣極爲堅定。黑衣蒙面人有些爲難，李大夫又道：「反正這寒州城我也不想再住下去了，不如我去長風騎，同我師兄一樣做個軍醫吧。」

「現下河西渠打得凶，你們過不去。」黑衣蒙面人沉吟了一陣，道：「這樣吧，李大夫，你們去牛鼻山，那裡今有童將軍派人守著，你們拿這塊令牌去，他自會收留你們。」說著將令牌和銀票塞入李大夫手中，帶著手下急奔而去。

李大夫一家聚攏來，齊齊望著寒州方向。李家大小姐雙掌合十，秀眸含淚，默默念道：「上蒼保佑，劍鼎侯能收回失土，保佑我華朝百姓再不受戰爭之苦。」

華朝承熹五年五月十四日夜，被桓軍占領的寒州城百姓暴動，桓軍雖竭盡全力將百姓暴動壓了下去，但死傷慘重，向河西府緊急求援。

五月十五日，晶州城因桓軍強搶民女，百姓不堪欺辱憤而暴動，擊斃桓軍數百人。守城桓軍兵力吃緊，向河西府緊急求援。宣王宇文景倫接報後，緊急抽調河西府部分駐軍，馳援寒州、晶州二地。

五月十八日夜，河西府同樣發生百姓暴動，百姓激怒下衝進桓軍大營，將部分糧草燒毀，打死打傷桓軍上千人。宇文景倫無奈，只得從河西渠北的主力中抽出一萬人，回軍鎮守河西府。

桓軍十五萬大軍南征，多場激戰下來三萬將士戰死，部分兵力留守成郡、鄆州、郁州、鞏安、東萊，部分兵力駐紮於河西府、寒州、晶州，僅餘約八萬主力，於河西渠與長風騎對峙。

五月二十二日，寅時。

宇文景倫披上甲衣，滕瑞掀簾進來。宇文景倫神情嚴肅地問道：「都準備好了？」

「巨石均已運到那處，將士們也都準備好了。」滕瑞猶豫了一下，終道：「王爺，依我的意思，還是回守河西府較好，這次強攻，咱們並無十分勝算。」

宇文景倫擺了擺手，道：「我也覺得先生說得有理，但眼下竇家村駐守的是洪州軍，此乃千載難逢之良機。洪州軍可是一群草包，比不上裴琰的長風騎。無論如何，我得試一試。」

滕瑞沉吟道：「就是不知，這是不是裴琰的誘敵之計？」

「我看不像。」宇文景倫呵呵一笑，「華朝那個昏君，只知寵幸孌童，還將衛昭派上來做監軍。這小子素來飛揚跋扈，和何振文起衝突，再尋常不過了。」

滕瑞微微點頭，「這倒是。所以王爺，咱們以後若是攻下這江山，得明令禁止狎玩孌童，以正朝風。」

「那是自然，我也看不慣這齷齪行徑。」宇文景倫繫上戰袍，手微頓了一下，稍有憂慮，「就是兩個王叔都好這口，真是有些頭疼，眼下還指望著他們率軍來援。」

滕瑞想起掌握著國內十萬兵馬的兩位皇叔毅平王和寧平王，亦頗爲頭疼。他正待說話，易寒進來，「王爺，都準備好了。」

宇文景倫只得暫將憂慮拋開，出帳上馬。令旗揮動，桓軍大軍趁著黎明前的黑暗，悄然向西疾馳。

華朝承熹五年五月二十二日，桓宣王宇文景倫命兩萬右軍在鎮波橋發動攻擊，拖住長風騎主力，親率五萬大軍攻擊鎮波橋以西三十餘里地的竇家村渠段。桓軍以盾牌手和箭兵爲掩護，以這段時間趕製出來的投石機投出巨石，又用蝦蟆車運來泥土，於一個時辰內填平河西渠，主力騎兵隨後攻過。

華軍待桓軍騎兵攻來，忽然人數大增，長風騎主力在寧劍瑜的帶領下，出現在竇家村渠岸。長風騎將士手持藥製牛皮管，管內射出黑油，黑油噴至桓軍身上，滕瑞大驚，不及下令回撤；長風騎箭兵接著射出火箭，桓軍騎兵紛紛著火，跌落馬下，死傷無數。

桓軍不及回撤，長風騎再以四輪大木車攻過河西渠，車內不停噴射出毒液，桓軍無法抵擋，節節敗退。宇文景倫見勢不妙，知中裴琰誘敵之計，當機立斷，回撤河西府。

同時，裴琰與衛昭親率三萬大軍，一番血戰將桓右軍擊潰，攻過鎮波橋。桓軍節節敗退，雙方血戰，殺聲震天，桓軍在河西府的守軍見勢不妙，也出城馳援。這場激戰，在河西城南面平原上進行了整日。

河西府百姓見長風騎攻過河西渠，民情激動，紛紛加入戰鬥。宇文景倫殺得性起，得滕瑞力勸，方緊急下令桓軍一路北撤。長風騎趁勝追擊，直追至雁鳴山脈的雁返關，桓軍據關力守，才略得喘息。

雙方以雁返關為界，復陷入對峙之中。
五月二十三日，陳安率長風騎先鋒營收復寒、晶二州，全殲駐守這兩處的桓軍。自此，長風騎取得「河西大捷」，終於迎來了自桓軍入侵以來的首場大勝。

入夜後的河西府，燈火輝煌，鑼鼓喧天。百姓們擁上大街，放起了鞭炮煙火，慶賀長風騎大勝趕跑桓軍，收復河西府。即使有親人死於戰火的，此時也喜極而泣，暫時將戰爭的痛楚忘卻，沉浸在勝利的喜悅之中。
裴琰見雁返關地形險要，一時難以攻下。桓軍新敗，短時間內無力南侵，便命寧劍瑜率長風騎主力及洪州軍繼續兵圍關前，與衛昭親率萬名長風騎返城。百姓們夾道歡迎，河西府附近村民也紛紛趕來，鑼鼓聲、歡呼聲響徹整個河西平原。
裴琰紫袍銀甲，寒劍懸於馬側，戰袍上滿是血跡，雙眼隱約可見大戰後的疲憊，卻仍展露滿面春風般笑顏，一路向百姓拱手行禮，「劍鼎侯」的稱頌聲震耳欲聾。眾人在歡呼聲中進入郡守府，裴琰除下戰甲，崔亮這才發現他的左腿有一處劍傷，忙命人取來傷藥，替他包紮。
見衛昭負著雙手，閒閒地在東廳內觀望，裴琰笑道：「三郎，這回算你贏。」衛昭白袍上血跡斑斑，也不回頭，淡淡道：「倒不算，你的對手是易寒，我想找宇文景倫，可這小子身邊拚命之人太多。」
崔亮將藥敷上裴琰傷口，裴琰微笑道：「易寒不除，始終是心腹之患，有他護著宇文景倫，異日總歸是我們的大敵。」
「這個我倒不擔心。」衛昭在椅中坐下，道：「易寒吃虧在比少君大了二十多歲，等他老邁的那日，少君正當盛年。」
「倒也是。」裴琰大笑，見提著藥箱在一旁的是藥童小天，四顧望了望，眉頭微皺，「小慈呢？」

「他隨著凌軍醫，此時還在雁返關。」小天想了一下才明白裴琰指的是江慈，忙回道。

裴琰與衛昭同時面色微變，裴琰不悅，「不是讓她隨主帥行動麼？怎麼還留在雁返關！」

小天見平素十分和藹的裴琰這般生氣，心中直打鼓，半天方道：「這小子自己一定要留在那裡的，說那裡的傷兵最多，凌軍醫也攔不住。」

崔亮紮好紗帶，直起身來，「倒沒甚危險，桓軍這回死傷慘重，肯定會據關死守，待援軍到了再圖南侵。小慈只要不到關塞下，便無危險。依她的性子，若是認定了某件事情，十頭牛也拉不回。」

裴琰想了想，未再說話。待小天等人退出，他向崔亮笑道：「子明想的好計謀！咱們不但收復了失土，還贏得了民心。」

「全仗玉德兄和那幫武林俠士之力，亦虧了百姓們一片愛國之心，崔亮不敢居功。」崔亮忙道。

「是啊，子明，經過這一役，我更深刻地明白了一句話。」裴琰站起，走至東廳門前，望著郡守府大門外圍擁著慶祝的百姓，緩緩道：「民心如水，載舟覆舟啊。」

接下來的數日，桓軍堅守雁返關，長風騎一時強攻不下，雙方又開始了長久的對峙。

這段時日，河西府、晶州、寒州三地百姓，將在戰爭中死難的親人遺骸紛紛下葬，河西平原上遍地白幡，哭泣之聲不絕於耳。而在戰爭中犧牲的長風騎將士及部分百姓遺骸，則一併埋葬於河西府東北二十餘里處的「野狼谷」，合葬人數近兩萬人。自此，野狼谷改名為「忠烈谷」。

這日，天色陰沉，風也颳得特別大。河西府百姓傾城而出，人人頭纏白布、腰繫素帶趕往野狼谷，參加為在「河西之役」中死難之將士和百姓舉行的公祭大典。

辰時末，裴琰一身素服，在同樣身著素服的長風衛的簇擁下登上公祭臺。待百歲老者吁嗟聲罷，喪樂稍止，他灑下三杯水酒，見水酒湮於黃土之中，想起那些一起在刀槍林裡廝殺過來的、親如手足的長風騎弟兄，想起安澄那件滿是箭洞的血衣，悲從中來，眼眶漸紅，哽咽難言。

安潞過來將他扶住，他將安潞一把推開，腳步沉重，走至大墓碑前。他的手撫上花石墓碑，眼前浮現那些犧牲沙場、同甘共苦多年弟兄們的笑容，耳邊彷彿再聽到那聲聲出自至誠的「侯爺」之聲，裴琰徐徐闔上雙眸，心中暗語：「弟兄們英靈不遠，請原諒裴琰吧。」

喪樂聲起，裴琰後退兩步，緩緩拜伏於黃土之中。百姓們齊放悲聲，下拜送這滿谷忠烈走上最後一程。風吹過山谷，發出隱約嘯聲，萬木起伏，似也在爲這萬千忠魂而俯首折腰。裴琰站起，緩緩轉身，望著背後白茫茫的人群，強壓激動，他運起內力，清朗而慷慨的聲音在山谷內迴響。

「蒼天悲泣，萬民同哭。家國之殤，魂兮歸來。祭我長風忠烈英魂，守土護疆，生死相從，平叛剿亂，力驅桓賊。琰今日，傷百姓之失親，哀手足之殉國，痛徹心扉，悲入臟腑……」他語調漸轉哽咽，在場將士與百姓皆受感染，低低的抽泣聲隨風飄散。

裴琰漸漸平定心神，猛然拔出腰間長劍，寒光乍閃割過他的左臂，鮮血涔涔而下，滴入碑前。裴琰朗聲道：「今請蒼天開眼，河西父老作證，裴琰在此立下血誓：『定要驅除桓賊，復我河山，爲國盡忠，爲死難弟兄和無辜百姓報仇！如有違誓，有如此劍！』」他運力一拋，長劍直飛上空，帶著尖銳的嘯聲在空中劃過一道銀色弧線，又急速落下。劍尖直直撞上墓碑，裂聲不絕，長劍斷爲數截，跌落於黃土之中。

在場之人爲這一幕激起沖天豪情，熱血上湧，數萬人齊齊高喊：「驅除桓賊，復我河山，爲國盡忠，爲死難弟兄和無辜百姓報仇！」怒吼聲如一陣颶風，捲過野狼谷，捲過河西平原，迴盪在蒼茫大地漠漠原野之間。

大典結束，數位由河西百姓所推出德高望重的老者過來向裴琰灑酒點漿，裴琰推辭不得，面色恭謹地接受了這象徵著河西民間至高榮譽的敬典。

待老者們禮罷，裴琰再次登上祭臺，宣布了幾件讓河西府百姓興奮不已的決定：由於桓軍撤得急，他們從各失陷州府搜刮來的金銀財寶不及帶走，被長風騎繳獲。這些財寶均取自於民，自當還之於民。

裴琰宣布，用這些金銀財寶購買藥材以舉行義診，並修建塾堂以興辦義學，還將其中一部分用來撫恤有親人死難的百姓，如親人均死於戰亂中的孤寡老幼皆收入「普濟院」，由官府撥銀負責贍育。而考慮到今年春耕受戰爭影響，田園荒蕪，裴琰還宣布，將由官府統一從南方調來糧種，免費發給河西平原的百姓，以助他們恢復生產，重建家園。

這一連串惠民決定一宣布，忠烈谷前頓時沸騰起來，百姓們個個熱淚盈眶，在老者們的帶領下，向裴琰齊齊跪拜，「劍鼎侯」的呼聲響徹雲霄。

公祭大典結束，裴琰帶著長風衛打馬回返河西府。見徵兵處前排起長龍，裴琰沉鬱傷痛的心情方稍獲抒解，轉頭見徵糧處前一片慘淡，眉頭一皺，走了過去。

徵糧官忙站了起來，「侯爺！」

「怎麼回事？」

「稟侯爺，河西府遭桓軍占領多時，民間口糧被搶得差不多了，百姓們雖有心賣糧給官府，但實在是……」

徵糧處旁圍著一些衣衫襤褸之人，聞言七嘴八舌：「是啊，我們餓了好幾天了。」「桓軍把城裡的糧食都搜刮走了，咱們好不容易才盼到侯爺打回河西，可咱們真是拿不出半點糧食了。」

裴琰頗感棘手，道：「那百姓們的口糧，還夠他們生活麼？」

一名地保戰戰兢兢過來，下跪稟道：「回侯爺，城中百姓大部分只能喝粥了，實再無餘糧。」

「那周圍鄉村的百姓呢？」

「他們應當好些，不會挨餓，但只怕也無餘糧。」

裴琰沉吟片刻，道：「傳我命令，除留足雁返關軍營的口糧，其餘軍糧都拿來救濟城內無糧的百姓。」

徵糧官一愣，沒料到自己糧食未徵到，反倒成了派糧官。正要說話，裴琰又道：「河西駐軍，包括我和衛大人，從今日起口糧減半，百姓們吃什麼我們就吃什麼。」不待眾人反應，他已面容沉肅地走入郡守府。

待裴琰背影消失在府門後，大街上的百姓才反應過來，紛紛跪伏於地。從是日起，河西府、寒州、晶州等地百姓紛紛在家為「劍鼎侯」及長風騎立起了長生牌位，日夜禱頌。

四十七　相思成疫

裴琰覺糧草乃眼下頭等大事，正一邊思忖一邊踏上東迴廊，周密過來輕聲稟道：「江姑娘接回來了。」

裴琰俊眉一挑，擺了擺手，長風衛退去。他想了想，嘴角不自覺地向上彎起，將左邊大半個衣袖扯落，光著左臂踏進東廳。

江慈被周密從雁返關「押」回河西府，正坐在東廳內滿腹牢騷，見裴琰進來，忙站了起來，「相爺，雁返關人手不足，您還是放我……」

裴琰陰沉著臉，將左臂一伸，先前割血立誓的劍痕仍在滲出鮮血。江慈「哎呀」一聲，忙俯身打開藥箱。

裴琰望著她的背影，得意地笑了笑，待江慈轉過身，俊面又是一片肅然。

江慈邊為他上藥包紮，邊語帶責備地低喃：「小天這小子，跑哪兒去了？」

「寒州、晶州傷兵較多，他隨陳軍醫去那邊了。」裴琰盯著江慈秀麗的側面，忽覺心頭一鬆，竟是大戰以來從未有過的寧靜，一時恍惚，輕聲喚道：「小慈。」

「嗯。」江慈未聽出異樣，手中動作不停。

裴琰猶豫了一下，語氣略軟，「以後，你千萬要隨主帥行動，太危險的地方別去。」

江慈不答，待包紮完畢，方直起身道：「若是軍醫個個如此，有誰在前面搶救傷兵？」

裴琰噎住，臉色便微顯陰沉。江慈看了看他身上的素服，只道他公祭將士後傷感，忙又低聲道：「相爺請節哀。眼下河西府已收復，可東萊等地的百姓還日夜盼著相爺率長風騎打回去呢。」

「是啊。」裴琰之前心中傷痛，此時亦稍覺疲倦，放鬆身軀靠上椅背，闔上雙眸淡淡道：「失土還得一寸一寸收回，這肩頭的擔子，一刻也無法放下……」

他話語漸低，江慈見他滿面倦容，知他多日辛勞，遂悄悄取出藥箱中的薰草餅點燃。

裴琰聞著這安神靜心的薰香，神經逐漸放鬆，依於椅中睡了過去。他內力高深，小憩一陣便醒轉來，但他捨不得這份睡夢中的安寧，並未睜眼。他聞著細細薰香，享受著數月來難得的靜謐，聽到室內江慈恬淡均勻的呼吸聲，輕聲喚道：「小慈。」

江慈不答，呼吸聲細而輕緩。一種從未有過的感覺襲上裴琰心頭，他覺自己的心就像裂開了一條縫隙，有什麼東西正從這縫隙中呼嘯而出。他猶豫良久，終慢慢睜開雙眼，輕聲道：「小慈，你，留在我身邊吧。」

等了一陣，不見江慈出聲，裴琰緩慢轉頭，望向一邊的江慈，不由苦笑一聲。他站起身，腳步放得極輕，走至正靠著椅背沉沉熟睡的江慈面前，久久凝望著她風塵僕僕的面容和軍衣上的血漬，還有她垂於身側的右手上，那因每天與草藥接觸而生出的黃色藥繭。

一道身影閃入東廳，裴琰回頭做了個噤聲手勢，南宮玨看了看江慈，一愣，被裴琰拉著走到了偏廳。

南宮玨忍不住道：「這不是那丫頭麼？她怎麼也來了？」

裴琰微笑道：「玉德辛苦了。」

「幸未辱命。」南宮玨歎道：「總算為安澄出了一口惡氣。」

裴琰取過地形圖，展開道：「玉德過來看看，接下來的任務會更艱巨。」他手指在圖上移動，「現下敵我兩軍在雁返關對峙，桓軍雖新敗，但我們想拿下雁返關，攻過涓水河，恐非易事。」

「嗯，雁返關不好打，只怕會形成拉鋸之勢。」

「是，子明和我分析過了，倘對峙局面形成，宇文景倫從國內搬救兵來，毅平王和寧平王的兵力到達雁返關，約需一個月的時間。接下來，能否取得這場戰爭的勝利，仍要看玉德。」

「少君的意思是……」

裴琰望著南宮玨，緩緩道：「我請玉德，帶著那幫武林中人抄山路去桓軍後方，仍舊依前計，在東萊、鞏安、鄆州、郁州、成郡發動民變，燒桓軍的糧倉，奪其戰馬，殺其散兵，盡一切所能擾敵驚敵，我要他們雞．犬．不．寧！」

未久，江慈睜開眼，這才省覺自己勞累多日、疲倦萬分，聞著這薰香，竟也睡了過去。她收拾好藥箱，踏出東廳，沿著迴廊走至偏廳門前，正在裡面議事的裴琰和衛昭齊齊抬頭。

江慈猶豫了一下，踏入偏廳，開口道：「相爺，我還是去……」

衛昭起身，淡淡言道：「少君先擬著，我尚要去尋國舅大人遺骨，不然可是萬分對不住莊王爺和貴妃娘娘。」

「三郎自便。」裴琰笑道：「子明晚間回城，咱們再商議。」

衛昭點了點頭，目光自江慈面上掃掠過，出廳而去。裴琰仍舊回轉案後，執筆寫著摺奏。江慈剛要張口，裴琰沉聲道：「你想救人？」

「……是。」

「我且問你，河西府的百姓，是不是人？」

江慈結舌，裴琰並不抬頭，道：「這一役，百姓們也死傷嚴重，城內大夫不足。我讓人收拾了郡守府西側門房做爲義診堂，你和小天，就在那裡爲百姓看病療傷吧。」

「啊！」

「怎麼？不敢？看來子明收的這個弟子可不怎麼樣。」裴琰邊寫邊道。

江慈想了想，低聲應道：「我盡力吧。」

戰事陷入膠著，長風騎攻不下雁返關，桓軍也據關不出，半個多月下來，雙方短兵相接的血戰漸少，但均處於高度戒備之中。

河西府百姓漸漸從戰爭陰影中走出，城內，亦終恢復了幾分昔日「中原第一州」的繁華景象。

江慈知曉裴琰不會放自己去雁返關軍營，遂安下心來，帶著小天在義診堂內爲百姓看病療傷。經過在醫帳的時日，普通傷勢已然難不倒她，若遇疑難雜症她便先記下再去請教崔亮，一段時日下來，醫術進步神速。崔亮每隔兩日，往返於河西府和雁返關，裴琰與衛昭也不時去軍營，四人各自忙碌，一時無話。

匆匆十天過去，城中忽起了疫症，數十名百姓又咳又吐又泄，全身青斑，重症者呼吸困難，痛苦死去。裴琰接報大驚，他久經戰事，知大戰之後的疫症乃世間頭等恐怖之事，忙命長風衛緊急搜城，將凡有症狀的百姓帶到城外一處莊園隔離居住，又急召崔亮和凌軍醫等人回城。

崔亮、凌軍醫及城內數位名醫蒙上頭罩，進到疫症百姓集中的莊園，查看了半日，又找來相關人員問話，定下對策：將患了疫症的人員迅速隔離，在城中廣灑生灰，又命人煎了艾草水，發放給全城百姓飲用。但天氣炎熱，疫症仍在河西城內蔓延，被帶到城外莊園隔離的百姓越來越多，每日都有重症者痛苦死去，崔亮和凌軍醫等人急得嘴角冒泡，遍試藥方仍未能找到對症良藥。

再過兩日，疫症蔓延至留守河西府的長風騎，眼見士兵們一個個被送入莊園，不時有死去的人被抬出集中焚燒，裴琰更感焦慮。

爲免疫症殃及雁返關前的長風騎主力，無奈之下，裴琰緊急下令：「封鎖往河西府的一切道路，在疫症未除之前，河西府內所有百姓及士兵不得出城。」

裴琰和衛昭也在崔亮等人力勸下，暫移至青茅谷的軍營中。

自疫症流行，江慈便隨崔亮查看水井、遍試藥方，並在城內爲百姓散發艾草水。眼見染疫之人越來越多，全城軍民籠罩在死亡陰影下，城裡處處瀰漫著一片絕望恐怖的氣氛，江慈心急如焚，卻也深感無能爲力。

裴琰出城之日，崔亮擔心江慈染上疫症，勸她隨裴琰移居軍營，江慈微笑不應。裴琰看了她一眼，彈出一塊石子正中她穴道，命人將她塞入馬車移往青茅谷軍營。

凌軍醫亦勸崔亮以軍情爲重，隨裴琰離開，崔亮只是搖頭。裴琰本欲將他強行帶走，見崔亮面上堅毅之色，無奈下，只得叮囑他多加小心。

江慈知河西府已被封鎖，縱在心中稍微埋怨裴琰，卻明曉這是無可奈何之舉，畢竟兩軍對峙期間，如果瘟疫在軍內散開，後果不堪設想，而他身爲主帥，不能冒絲毫危險，也不能讓士兵們陷入危險之中。她只得收起憂思，待在軍營裡，又記掛著崔亮和凌軍醫等人，怏怏不樂。

她按崔亮先前囑咐，每日早晚熬好兩道艾草水，發給士兵們飲用，又讓士兵取青茅谷兩側山峰上的山泉水煮飯燒茶。軍營之中，倒未見疫症出現。

天氣越來越炎熱，黃昏時分，明霞滿天，山谷之中猶有熱氣蒸騰。

見各營士兵取去艾草水，江慈略覺睏倦，頭也生疼，她打了個呵欠，提著藥罐走入裴琰居住的軍帳。裴琰與衛昭正在商議要事，二人接過艾草水，一飲而盡。江慈朝二人一笑，轉身走到帳門口，低咳了幾聲。她覺喉間越來越難受，急奔出幾步，控制不住，低頭嘔吐。

裴琰與衛昭聽到帳外嘔吐之聲，同時面色一變，閃身出帳。江慈低頭間已看清自己嘔吐之物呈青灰色，霎時間心頭涼如寒冰，她聽到腳步聲，猛然轉身厲喝道：「別過來！」裴琰與衛昭腳步頓住，江慈慢慢挽起左袖，看清肘彎間隱隱有數處青斑，立時面上血色褪盡，身形搖晃。

衛昭倒吸了口涼氣，裴琰也眉頭緊擰。

江慈慢慢清醒，抬眼見裴琰與衛昭俱愣愣地望向自己，淒然一笑，緩緩後退兩步，顫抖著道：「相爺，請為我備匹馬，我自去莊園。」

裴琰望著江慈慘白的面容，說不出一個字來。衛昭踏前兩步，又停住。

江慈再向二人笑了笑，笑容中滿是絕望之意。她竭力讓自己聲音顯得平靜，「相爺，快讓人將我住的帳篷和用過的物事給燒了。還有，這嘔吐之物須得深埋。」見裴琰眉頭緊蹙、雙唇緊閉，仍不發話，江慈轉身走向遠處拴著的數匹戰馬。

落霞漸由明紅色轉為一種陰淡的灰紅，裴琰與衛昭望著江慈的身影，上前幾步。但江慈急急解下韁繩，閃身上馬，也不回頭，猛抽身下駿馬，消失在山谷盡頭。

最後一縷霞光斂去，衛昭猛然轉身，大步走入帳內。

裴琰呆立在軍帳前，天色漸轉全黑。安潞走到裴琰身邊，小心翼翼喚道：「侯爺！」

「傳信給子明。」裴琰話語滯澀難當，「請他無·論·如·何，亦要尋出對症良方。」

江慈打馬狂奔，淚水止不住地湧出，流過面頰，淌入頸中。也好，就這樣去了，歸於山野間，再也不用看這俗世種種……

疾馳間，呼嘯過耳的風，忽讓江慈想起虎跳灘索橋上的生死關頭。她勒住駿馬，回頭望向茫茫夜色，猛然伸手狠狠地抹去淚水。

她在莊園前勒韁下馬，崔亮正與凌軍醫及幾名大夫從莊內出來。崔亮取下頭罩，吁出一口長氣，道：「還得再觀察幾天，才能確定病因。」

凌軍醫也除去頭罩，點頭道：「倘眞是這病因，那就好辦了，疫情當可控制，然這些人如何治療，是個大問題。眼下還得運來大批『雩草』才能預防疫症。」

「我馬上傳信給相爺，請他派人緊急調藥過來。」崔亮轉身，見江慈執韁立於莊前樹下，吃了一驚，「小慈，你怎麼來了？」

見他欲走近，江慈忙退後了幾步。

崔亮的心漸漸下沉，江慈心中傷痛，卻竭力控制著，輕聲道：「崔大哥，讓人開門，放我進去。」

凌軍醫忍不住驚呼。

江慈緩步走向莊門，又回轉身道：「崔大哥，你若要試藥試針，儘管在我身上試吧。」

莊門「吱呀」開啓，又「嘎嘎」闔上。崔亮木立於夜風中，忽然低頭，鼻息漸重。

凌軍醫極爲喜愛江慈，也是傷痛難言，見崔亮難過，上前道：「軍師……」

崔亮抬頭，平靜道：「我再去看先師留下的醫書。凌軍醫，各位大夫，勞煩你們繼續試藥。」

「正尋對症之方，預防之湯藥需要大量雩草，請相爺即派人急調。慈精神尚佳，可護理染疫之人。」

「雩草預防效果良好，已發給城中居民服用，請命軍中煎湯服用。亮當竭盡所能，尋出對症治療之方。慈病情漸重。」

「城中疫情有所控制，如再過數日，無新發病者出現，疫情當可止住。但仍未尋出對症良方，今日又死十一人。慈時昏時醒。」

裴琰緊攥著手中的信箋，面沉似水。安澈進帳，欲請示什麼，又退了出去。

「什麼事！」裴琰厲聲道。

安澈忙又進來，道：「寧將軍派人送了幾名俘虜過來。」

「先押著，明日再審。」裴琰冷冷道。再坐片刻，他猛然起身大步走出帳外，搶過一名長風衛手中馬繩，打馬南奔。安澈等人急忙跟了上去。

衛昭緩步入帳，拾起地上信箋，目光凝在了最後五個字上。

裴琰打馬而奔，安澈等人在後追趕，見他所馳方向正是隔離疫症病人的莊園，急切下趕了上來，「侯爺！去不得！」

裴琰不理，仍舊策馬前馳。安澈大急，攔在了他的馬前，其餘長風衛也紛紛趕上，齊齊跪落，「侯爺三思！請侯爺保重！」

裴琰被迫勒住駿馬，雙唇緊抿。安澈勸道：「侯爺，患症的百姓和弟兄雖可憐，但您是主帥，身繫全軍安危，不能冒一絲風險的。」

「是啊，侯爺，崔軍師定會尋出良方，弟兄們會得救的。請侯爺為全軍弟兄保重！」寶子謀道，其餘長風衛也都紛紛勸道：「請侯爺保重！」

山風拂面，裴琰腦中漸轉清醒。他遙望山腳下的莊園，默然良久，終狠下心，勒轉馬頭往軍營馳去。

崔亮與凌軍醫、陳大夫等人由莊內出來，除下頭罩，俱面色沉重。凌軍醫回頭看了看大門，歎道：「雩草預防有效，可治療不起作用，白費了我們幾日時間。」崔亮沉吟片刻，道：「看來得另尋藥方。」凌軍醫等人點頭，又都走向莊園旁眾大夫集中居住的小屋。

崔亮想起江慈病重的樣子，心中難過，恨不得即時覓出對症良方。他努力想著醫書上記載的藥方，在莊前來回踱步，一抬頭，察見一道白色身影立於莊前的柳樹下，心中一動，走上前道：「衛大人怎麼來了？這裡危險得很。」

衛昭手負背後，看向莊內，淡淡言道：「河西疫症流行，我身負察聽之職，過來問詢情況，好向朝廷稟報。」

「那是自然。」崔亮道：「大人放心，疫情已得控制，只是莊內患病者尚未有治療良方。我和諸位大夫定會竭盡全力，尋出對症之藥。」

衛昭負在背後的雙手微微顫抖，面上卻仍淡然，「有勞子明了。我定會上報朝廷，爲子明請功。」

「這是崔亮分內之事。」崔亮忙道，見衛昭欲轉身，他想了想，喚道：「衛大人。」

衛昭停住腳步，並不回頭。崔亮走近，從袖中取出一只瓷瓶，直視著衛昭道：「衛大人，這莊園百步之內本是不能靠近的，大人既已來了，便請服下此物。」

「這是……」衛昭皺眉道。

「這是我和大夫們所服用預防疫症的藥丸，我們因需每日直接與病人接觸，故便臨時用珍貴藥材製了這瓶藥丸。雖不能保證絕對免疫，但好過雩草。大人身分尊貴且職責重大，爲防萬一，請服下此藥丸。還請大人莫再來這裡，以防染症。」

衛昭盯著崔亮看了片刻，嘴角輕勾，「多謝子明。」說著取過瓷瓶，從中倒出一粒藥丸，送入口中。

入夜後的莊園，死一般的沉寂，縱是住著這麼多人，亦同荒城死域般毫無生氣。莊園之中，只能偶聞重症病人痛苦呻吟之聲。

一道白影由莊園後的小山坡躍下，避過守莊士兵，翻牆而入。他在莊園一角默立片刻，如孤鴻掠影在莊內疾走一圈，停在了西北角的一處廂房門前。廂房內一片黑暗，江慈躺於床上，呼吸沉重。白影輕輕推開房門，慢慢走至床前，又慢慢在床邊坐下。

這夜月光如水，由窗外灑進來，映出江慈凹陷的雙眸。她的肌膚雪白，雙眸緊閉，再不復桃園中的嬌嫩。衛昭坐於床邊，久久凝視著她。

江慈動彈了一下，又是一陣劇烈的咳嗽。衛昭忙將她扶起，輕輕拍上她的背，江慈嘴角吐出些許白沫，並未睜眼，又昏迷了過去。她的軍帽早已掉在地上，秀髮散亂。

衛昭將江慈放下，「嚓」聲輕響，點燃一豆燭火。他大步出房，尋到水井，打來涼水擰濕布巾，將江慈抱在懷中，替她擦淨嘴角的白沫。他將布巾丟回銅盆中，乍看見枕邊的小木梳，不由愣了一下。他緩緩取過木梳，替懷中的江慈一下下梳理著散亂的長髮。

——雪野間，她取下髮簪，替他將烏髮簪定；索橋上，她冒險示警，木簪掉落，他負著她趕往落鳳灘，她的長髮拂過他的面頰；桃園中，落英繽紛，他的手，輕輕替她將秀髮攏好；軍營裡，她梳著濕髮，巧笑嫣然地道：「三爺，你得賠我一樣東西。」

屋內靜謐如水，只聽見她每一次艱難的呼吸聲，這呼吸聲似驚濤駭浪，拍打著他即將潰堤的心岸。

江慈忽低低呻吟了一聲，衛昭倏然驚覺，低頭見她雙眸緊閉，腰卻微微弓起，似是極為痛楚。他急切下將她攬緊，喚道：「小慈！」從未有過的呼喚，如同一道巨浪，將心靈的堤岸擊得粉碎……

衛昭怔怔地抱著江慈，不敢相信剛才的那個名字是從自己口中叫出的。可是，可是這個名字，不是已經叫過無數次了麼，在心底、在夢裡……可為什麼眞的叫出來的時候，竟是這般驚心動魄……

昏暗燭火下，衛昭將全身顫慄的江慈攬在胸前，右手緊握住她的右腕，運起全部真氣，順著手三陰經輸入她體內。江慈慢慢平靜下來，呼吸漸轉平穩。衛昭一直將她抱在懷中，待燭火熄滅，也始終沒鬆開她的手腕。

窗外的天空，由黑暗轉為朦朧的魚白色。

衛昭終於鬆開江慈手腕，將她平放於床上，凝視她片刻後閃身出屋。莊前已隱隱傳來人聲，他足尖一點，躍出高牆，奔到莊園後樹林中，解下馬韁打馬回轉軍營。

軍營中，晨訓的號角嘹亮響起。宗晟見衛昭過來，甫要上前行禮，衛昭袍袖勁拂，逼得宗晟退後幾步。衛昭入帳，冷峻的聲音傳出：「我這幾日，不見任何人。」

那廂崔亮翻了一夜的醫書，又惦記著江慈，天未亮便進莊園，走至迴廊，聽到江慈在屋內低低咳嗽，似還有輕輕的腳步聲，心中一喜，喚道：「小慈。」

江慈忙道：「崔大哥，你最好別進來。」她剛剛醒轉，發覺今日精神好些，竟能下床慢慢走動，正感訝異。崔亮在門前停住腳步，微笑道：「崔大哥想了個藥方，可是苦得要吐，可能還會令小腹絞痛，你願不願意幫這個忙？」江慈正看著床邊的水盆發呆，聽言忙道：「我就愛吃苦的，崔大哥儘管試吧。」

儘管做好了準備，偏喝下湯藥後，江慈仍被腹內絞痛折磨得死去活來。崔亮聽到她的痛哼聲，踢門而入，急施銀針。江慈撐著將服藥後的感覺敘述，便吐出一口黑血，暈了過去。

崔亮看著江慈面色慘白地倒於床上，十分沮喪。凌軍醫過來道：「看來得換個方子，這藥太猛了，且不一定對症。」

崔亮大步走出莊門，掀開頭上布罩，仰望碧空白雲，只覺雙足發軟，竟是出玄天閣後從未有過的無力感。

城內的瘟疫得到控制，但莊園內依然有病人痛苦死去。裴琰考慮再三，決定仍不解除對河西府的封鎖。

青茅谷軍營軍糧告急，所幸河西府及黛眉嶺附近鄉村的村民一片愛國熱忱，自發省下口糧，捐了批糧食過來，方解了燃眉之急。

寧劍瑜送來的幾個桓軍俘虜頗爲嘴緊，酷刑下，仍不肯招供桓軍實情。裴琰巡營時得知，也不多話，直接截斷了其中一人的內八脈。看著同伴在地上哀嚎抽搐著死去，死後鮮血流盡，全身肌肉萎縮，如同乾人，另外三人嚇得面如土色，悉數招供。

獲悉桓軍同樣陷入糧草危機，東萊民變中燒了桓軍留在涓水河的部分戰船，宇文景倫恐腹背受敵而又抽了部分兵力回鎮東萊，雁返關這邊則下了「嚴防死守」的軍令，一時不會南攻，裴琰心情稍得抒解。

在河西等地新徵士兵尚需訓練，朝廷糧草亦未到位，雁返關桓軍又守得嚴，裴琰只得命寧劍瑜切勿貿然攻關，仍保持圍關之勢。這幾日，他也曾數次打馬南奔，在山路遙望莊園，卻最終黯然回轉軍營。

而江慈時昏時醒，早上起床時精神不錯，有時能下地走動，然到了午後便全身乏力，只能躺在床上，夜晚更是陷入昏迷之中。

精神好時，她不斷喝下崔亮開出的湯藥。崔亮數次變換藥方，仍令她小腹絞痛，但江慈吐出的血不再烏黑，漸轉殷紅色。崔亮與凌軍醫等人大喜，知有了一線希望，遂稍減其中幾味猛藥的分量，試著給莊內其他病人服下，終於初見成效，死亡人數逐漸減少。

江慈卻覺有些怪異，早上起來，自己總是面容清爽，衣物齊整，頭髮也沒有前一夜睡時散亂。她努力回想夜間情形，可總只有一點依稀的感覺，彷彿幼時躺在師父懷中那般安穩而舒適。

再服兩日湯藥，崔亮又早晚替她施針，江慈精神漸入佳境，能自行洗漱，到了黃昏時分亦仍有力氣在屋內慢慢走動。

這日入夜，用過些米粥，江慈無意間看到床邊的銅盆，心中一動，將銅盆輕輕踢至床柱邊。她努力強撐著不睡過去，但不多久，晚間服的藥藥性發作，仍陷入沉睡之中。夢中，依稀有一隻手撫上她的額頭，她彷彿被人抱在懷中，也依稀能聞到那人身上如流雲般的氣息，能聽到那人壓抑著的偶爾低喚。

翌日早上醒來，窗外下著大雨，雨點打在芭蕉葉上，「啪啪」震響。江慈睜開雙眼又闔上，終慢慢坐起，望向床邊。銅盆，果然已不在原處，而被放在了稍稍偏左的地方。

江慈溫柔地看著銅盆，微笑溢上嘴角，接著又略略擔憂起來。

崔亮推門入屋，看了看江慈的面色。江慈忙伸出右腕，崔亮切上脈搏，片刻後喜道：「看來眞是用對藥了。」他興奮不已，奔了出去。江慈也覺心情舒暢，走出屋外，望著濃綠的芭蕉，慢慢伸出雙手。雨水，滴落在手心，清涼沁膚，江慈用舌頭舔了舔雨水，忍不住綻開笑臉。

桓國天景三年五月，桓國三皇叔寧平王和四皇叔毅平王各率五萬大軍，南下馳援宇文景倫。五萬「寧平軍」先行，甫入成郡，便在麒麟谷遭到不明身分人員暗襲，暗襲者人數不多，然個個身手高強，爲首青衣人尤將久經沙場的寧平王刺傷後逃逸。

寧平王遇刺，傷勢雖不太重，亦需休養幾日，其所率「寧平軍」遂在距麒麟關南二十餘里處的石板鎭紮營休整。是夜，石板鎭卻忽起大火，又有不知數量的黑衣蒙面人闖入寧平軍軍營，他們個個身手高強，燒了上百架糧車，殺死殺傷上千名桓軍，又趁亂逃逸。

寧平王接報大怒，吐出一口鮮血，再度臥床，直至三日後方才有所好轉。他生性暴躁，本想著率五萬大軍南下馳援皇姪，定能聯手擊潰長風騎，直取華朝京師，讓寧平軍鐵騎踏遍中原富庶之地，不料甫過成郡便遭此暗襲，不但自己受傷，還大損了面子。

盛怒之下，寧平王將怒火撒在了沿途村鎭。主子一聲令下，寧平軍一路燒殺擄掠，過州掠縣造下無數殺孽，驚起遍地血光。宣王宇文景倫留守各地的駐軍也不敢出言干預。

寧平軍暴行激起了華朝各地百姓的沖天怒火，他們在某些神祕人物的帶領下，分成無數「暗襲團」。寧平軍行到哪裡，暗襲團便跟到哪裡，或燒糧草、或殺散勇、或給桓軍食用水源下毒，寧平軍又要分出部分兵力助宣王軍留守州府、鎮壓當地百姓，每日還有士兵死於暗襲事件，兵力漸弱，過涓水河時復被暗襲者鑿翻了一艘戰船，溺水者眾。待寧平軍到達東萊時，僅存三萬餘人。

桓國毅平王隨後率五萬「毅平軍」一路南下，遭到了同樣的抵抗和暗襲。毅平王乃出了名的凶悍之人，怒火沖天，血洗了數處村莊，無一活口。

黃塵蔽天，鐵騎踏血，毅平軍負下一路血債、擊退無數次暗襲後抵達東萊。

雁返關，濃雲蔽日，宇文景倫的面色卻比頭頂的烏雲還要陰沉。

滕瑞和易寒少見他這般神情，俱各心中微沉。宇文景倫長歎一聲，將手中密報遞給滕瑞。滕瑞低頭細看，眉頭緊擰，良久無言。

宇文景倫語調沉重，「真沒料到，竟會是這般情況！」

滕瑞忽想起鎮波橋上崔亮說過的話，心中閃過一絲不忍，歎道：「得想個辦法才行。這樣下去，王爺何談以仁義治國，何談消弭華夷、統一天下？」

「話雖如此，可眼下咱們南征不利，尚得依仗兩位皇叔，若鬧得太僵，只會對戰事不利。」

滕瑞思忖良久，道：「不能拖得太久，兩位皇叔大軍一到，咱們便得強攻，否則糧草跟不上，後方會更添亂。只有擊敗裴琰進而直取京城，王爺掌控大局，才能收服二位皇叔，收拾亂局以穩定民心。」

宇文景倫點頭，「只能這樣了，當務之急還是攻打長風騎，滕先生可先擬著文告，屆時好挽回民心。」

「是。」

四十八　情定月湖

裴琰將信箋慢慢摺起，清俊的眉眼似被什麼照亮了一般，出聲喚人。安潞入帳，裴琰微笑道：「傳令下去，解除河西府的封鎖。」

安潞大喜，城中還有許多長風騎的將士，疫情得解，河西解封，實是讓人高興。他朗聲答應，奔出帳外，不久便聽到長風衛如雷般的歡呼聲。

馬蹄聲遠去，裴琰走出帳外，仰望萬里晴空，笑得無比舒暢。

河西解封，疫症得消，裴琰率中軍重返河西府，百姓們死裡逃生，連日來陰霾密布的臉上終於再度露出了笑容。

莊園中的疫症病人也逐步康復，江慈身子一日好過一日，裴琰派了周密數次過來接她，她卻仍留在莊園內，待所有疫症病人康復離去，方隨崔亮回城。

甫入城門，見大量運糧車運向城西的糧倉，崔亮上前相詢，知朝廷徵集和京城富商自發捐獻的糧草正源源不斷地運來，心中大安。他與江慈相視一笑，說笑著走進郡守府。

江慈一進府門，便往東首行去，走出幾步，正見衛昭由東院過來，他白衫冷肅，眼神平靜而清銳，但嘴角微彎，隱約有一絲欣喜。

剎那間，江慈彷似聽不見周遭任何聲音，看不清院中亭臺樓閣，眼中有的，唯只他的眉眼，及灑在他身上的斜陽餘暉。他漸行漸近，她也終於聞到了夢中那熟悉的流雲般氣息。

「衛大人。」崔亮走近行禮。江慈恍然驚醒，向衛昭眨了眨眼睛，又開心笑了笑。

衛昭眼中似有光芒，如蜻蜓點水般一閃而過，他微笑著向崔亮道：「子明辛苦了。」頓了頓又道：「少君去了糧倉，道子明若是歸來，他夜晚擺宴，爲子明慶功。」
江慈「啊」了聲，崔亮轉向她道：「看來去不成了。」
江慈撇了撇嘴，「我還想去買簪子的，好不容易等到西街夜市重開，崔大哥又不能去。」
崔亮望了望天色，笑道：「反正將近入夜時分了，咱們先去逛逛，再趕回來。糧草剛入城，少君估計也得忙到很晚才歸。」
江慈大喜，卻不動，只拿眼瞅著衛昭。衛昭神色靜如冷玉，不發一語。崔亮走出兩步，回頭探看，微笑道：「衛大人可願和我們同去？恰可體察民情。」
衛昭修眉微微挑起，報以淺笑，「也好，少君不在，橫豎無事，我就陪子明走上一遭。」
尚未入夜，西街上已是人頭攢動。河西府好久不曾這般熱鬧過，眼下趕跑桓軍、瘟疫得解，朝廷復送來了糧食，百姓傾城而出，似要藉這夜市重開來慶賀河西恢復盎然生機。
衛昭與崔亮負手而行，江慈跟在旁邊，被如潮水般擁擠的人群撞得略顯狼狽。衛昭身形雋拔，面容絕美，不多時便讓滿街的人群發出一聲又一聲驚歎，許多人看得移不開目光，三人身邊越發壅堵。
眼見衛昭面上閃過一絲怒意，崔亮心呼不妙，正猶豫是否回轉郡守府，江慈笑著過來。她手中舉著三個憨娃面具，「這個好看，乃『河西張』親手製作。崔大哥，衛大人，要不要戴著玩一玩？」
「久聞『河西張』之名，果眞精美。」崔亮接過面具，在手上把玩一下，戴在面上。衛昭望著江慈，笑容淡若浮痕，一顯便隱，同戴上了面具。
三人在西街走了一遭，崔亮隨處問了幾樣貨物的價格，天色便完全黑了下來。街舖相繼點起燈火，還有數處放起了煙火，映得河西天空亮如白晝。經歷戰爭、瘟疫之後的城市，勃發出一股頑強生機。
江慈惦著買簪子的事，遙見有家首飾舖，順手拉了拉崔亮的袖子，三人擠了過去。夥計見三人進來，雖都戴著憨娃面具，除一人身著士卒軍服，其餘二人服飾相當精緻，想是富家子弟來遊夜市，問清江慈要買髮簪，便極熱情地將各式髮簪悉數擺於櫃檯上。

江慈挑了又挑，頗拿不定主意，崔亮在旁笑道：「你領軍餉了？又買面具又買簪子。」

江慈微薄的軍餉在買面具時已用盡，聞崔亮此言，臉不由有些發燙。崔亮亦是無心之言，轉頭又去看旁邊的首飾。江慈悄悄回頭，向負手立於店舖門口的衛昭使了個眼色，又把右手負在背後。衛昭慢悠悠走近，悄無聲息地塞了張銀票在她手心。

江慈得意一笑，暗中收起銀票，又拿起一根掐金絲花蝶簪和一根碧玉髮簪，向崔亮笑道：「哪件好些？」眼角餘光卻瞄著一邊的衛昭。

崔亮瞧了瞧，左右猶豫。衛昭不置可否，只是看上那根碧玉髮簪時，目光停留了一下。

江慈收起那根碧玉髮簪，將銀票往櫃檯上一拍，向夥計笑道：「就是這件了。」

夥計看了看銀票，咋舌道：「客官，您這銀票太大，小店可找不開。」

江慈「啊」了聲，低頭一看，才見是張三千兩的銀票。見崔亮取下面具，略帶驚訝地望著自己，她強撐著向夥計道：「瞧你這店舖挺大的，怎麼連三千兩銀票都找不開？」

夥計苦笑，「客官，您去問問，這西街上的店舖，只怕哪家都找不開三千兩銀票。再說，小店要找回您二千九百九十七兩銀子，這麼重，您也搬不回去，是不？」

江慈還待再說，衛昭從袖中取出幾點碎銀丟在櫃檯上，轉身出店。江慈暗暗一笑，崔亮忍不住拍了一下她的頭，二人跟了出去。

三人再在街上走了一陣，見一處店舖的屋簷下掛著數十盞宮燈，裡外圍滿了人。江慈一時好奇，可人群圍得太密，擠不進去。她回頭看了看衛昭，衛昭手攏袖中，暗自運力，帶著江慈和崔亮擠了進去。

這處卻是店舖掌櫃的在舉辦猜燈謎，猜中者，由店裡獎勵一套文房四寶，猜錯者則須捐出一吊銅錢，由掌櫃的統一捐給長風騎以作軍餉。圍觀群眾猜中亦喜，猜錯同不沮喪，掏銅錢時照樣笑容滿面。

江慈自幼便愛和師姐及柔姨玩猜謎，又見即使猜錯，輸出的銅錢乃是做爲軍餉，饒有興趣地去看宮燈上的謎面。崔亮看過數盞宮燈，但笑不語，江慈知他本事，擺了擺手道：「崔大哥，你別說，讓我來猜。」

左首起第一盞宮燈上的謎面是「踏花歸來蝶繞膝」，打一藥名。江慈想了一陣便知答案，但見掌櫃的文房四寶甚是精美，他又是用自己店舖的貨物爲注，引眾人捐餉，一時竟不忍心贏了他的。她眼珠一轉，取下宮燈，笑道：「這個我猜著了，是香草。」

店舖掌櫃大笑，「香字對了，卻不是草。」他揭開謎底，卻是「香附」。圍觀之人哄笑，「小哥快捐銅錢吧，反正是捐到軍中，小哥來月就可領餉，領了餉，可得多殺幾個桓賊。」

江慈笑了笑，欲待伸手入懷，這才想起自己身上除開一張衛昭給的三千兩銀票，再無分文，一時愣住。她回頭看了看，崔亮忍俊不禁，以拳掩鼻，衛昭面具後的眼眸也露出一絲笑意。江慈眨了眨眼，衛昭微不可察地點了一下頭。

江慈大喜，取下面具，掏出銀票，向掌櫃的道：「我身上沒銅錢，就這張銀票。這樣吧，你讓我把所有燈謎都猜一遍，不管猜中多少，這銀票都算、算我們捐的！」

糧草入城，裴琰鬆了口氣，叔父隨糧草而來的密信尤讓他心情大好，在糧倉忙了多時，這才想起崔亮今日帶江慈返城。他再調了些重兵過來守住糧倉，帶著長風衛策馬奔向郡守府。

剛行出兩條大街，便見前方人潮如織。裴琰問了問，才知今日西街夜市重開，正自猶豫，道旁百姓已紛紛歡呼「劍鼎侯」、「侯爺萬安」。裴琰索性下馬，帶著數十名長風衛，滿面笑容地在西街體察民情。一路走來，見河西府漸漸恢復元氣，他面上笑容更顯溫雅俊秀。燈光溢彩，俊面生輝，閒逛夜市而一睹「劍鼎侯」風采的年輕姑娘們，於這一夜後，度過了無數不眠之夜。

裴琰帶著長風衛微笑而行，不時壓手，百姓們知他平易近人，遂不再圍觀歡呼，各自逛街尋樂，只是看向這一行人的目光皆充滿了崇敬之意。

見街旁有一處賣胭脂盒的，做工甚是精美，裴琰心中微動，拿起胭脂盒細看，卻於漫天喧鬧中聽到一個無比熟悉、嬌嫩清脆的聲音：「我身上沒銅錢，就這張銀票。這樣吧，你讓我把所有燈謎都猜一遍，不管猜中多少，這銀票都算、算我們捐的！」裴琰猛然抬頭，街對面，宮燈流彩，她嬌俏的身影立於店舖前的石階上，笑靨如花，翦瞳似水，和著華美的燈光，閃亮了他的雙眸。

裴琰緩緩放下胭脂盒，正待走過去，只聽那掌櫃的發出一聲驚呼，將銀票展開示眾，圍觀人群大嘩，又紛紛鼓掌叫好。江慈眉如新月，笑眼彎彎，她的面容比患病前瘦削了許多，雙眸卻如從前一般清澈明亮。裴琰慢慢走近，又在街心的牌坊下停住腳步。

燈光下，衛昭與崔亮踏上石階，衛昭戴著面具，修臂舒展，一一取下宮燈。崔亮接過，含笑托於江慈面前。江慈或垂眸沉思，或開心而呼，十個燈謎倒有七八個被她猜中。圍觀人群見這位小兵哥才思敏捷，紛紛叫好，縱是猜錯幾個，江慈面上赧然，人們仍報以熱烈的掌聲。不多時，又有人認出從疫魔手中拯救了全城百姓的崔軍師，歡呼聲更是一陣高過一陣。

裴琰默立於牌坊下，長風衛過來，他擺了擺手，靜靜看著江慈巧笑嫣然，看著她與衛昭和崔亮或笑望、或歡呼、或擊掌。

江慈猜中最後一道燈謎，得意地向圍觀鼓掌的群眾拱了拱手。崔亮過來敲了一下她的頭頂，「玩夠了，走吧。」三人踏下石階，擠出人群，說笑間衛昭腳步頓住，淡淡道：「少君也來了。」

裴琰從牌坊下的陰影中走出，微笑道：「過來看一看，倒是巧，和你們撞上了。」

江慈猶現興奮，面頰兩側還泛著酡紅。裴琰凝目注視她，「小慈玩得很開心麼？」

江慈一笑，「玩得差不多了，咱們回去吧，我可有些肚餓了。」說著當先往郡守府方向走去。裴琰與衛昭、崔亮並肩而行，間或說上幾句，目光卻始終望著前方那個靈動的身影。

江慈大病初癒，又興奮了這麼久，漸感體力不支，回到郡守府草草扒拉了幾口飯，便到房中睡下。

翌日晴空如碧，江慈早早醒轉，想起離開多日的義診堂，趕忙下床。看了看沙漏，見時辰還早，她便打來井水入內室，美美地洗了個澡，換過乾淨衣裳，想了想，又將昨日買的碧玉髮簪小心地收入懷內。甫戴上軍帽，敲門聲響起。江慈拉開房門，見外面站著兩名十五六歲、丫鬟裝扮的少女，不由一愣。二人齊齊向她行禮，「江小姐。」

江慈「啊」了一聲，兩名丫鬟捧著幾件衣裙和幾樣首飾走進房中，一人過來行禮道：「江小姐，奴婢伺候您梳妝。」

江慈知定是裴琰的命令，急忙擺手，「不用不用，我還有事。」說完一溜煙往門外跑去。剛一轉過迴廊，裴琰一襲藍衫從月洞門過來，正擋在她的面前。江慈急忙收步，在距裴琰極近處停住身形，裴琰本是笑意濃濃看著她撞過來，見她竟收住腳步，面上笑容微微一僵。

「相爺早。」江慈行禮，又提步欲從裴琰身邊走過。

「站住。」裴琰眉頭微微皺了一下。

「相爺，不早了，我得去義診堂。」

「你隨我來。」裴琰負手往屋內走去，聽到江慈並未跟上，回過頭，面容沉肅，「這是軍令。」

江慈無奈，只得隨他回到屋內，兩名丫鬟行禮退出，輕輕帶上了房門。

裴琰負手於屋內踱了一圈，在桌邊坐下，過了片刻，用手拍了拍桌面。江慈猶豫了一下，仍站在門邊，道：「相爺，我離開了這麼些日子，義診堂……」

「你先坐下。」裴琰輕聲道，竟似含藏柔情意味。江慈只得走近，將木凳稍稍移開些，坐了下來。

裴琰盯著她看了片刻，將桌上衣物和首飾慢慢推至她面前。江慈靜靜回望他，不出言相詢。裴琰微笑道：「朝中聽聞河西疫症流行，從太醫院派了幾名大夫過來，人手已夠，你又本是女子之身，就別再做軍醫了。」

江慈一驚，急道：「不行！」

裴琰聽她說得斬釘截鐵，微有不悅，但仍耐心道：「我當初允你留下做軍醫，是一時權宜之舉，哪有女子長期留在軍中的道理。」

江慈不服，道：「爲何不行？我華朝不比桓國，開朝時的聖武德敏皇后，就曾親自帶領娘子軍上戰場殺敵。我做軍醫爲何不行？相爺當初答應我的時候就說過，長風騎不介意多一名女軍醫的，難道相爺是言而無信之人麼？」

她情急下，一長串的話說得極爲順暢，裴琰望著她的紅唇，淡卻的記憶破空而來——相府之中，她唇點胭紅，嘟著嘴道：「你走你的陽關道，我過我的江湖遊俠生活。從此你我，宦海江湖，天涯海角，上天入地，黃泉碧落，青山隱隱，流水迢迢，生生世世，兩兩相忘……」

江慈說完，見裴琰並無反應，只靜靜地看著自己，目光略略縹緲，她心中隱有所感，緩緩站起，後退了兩步，輕聲道：「相爺……」移動間，她沐浴後的清香帶著一股特有的氣息在室內流動，讓裴琰呼吸爲之一窒。他望向她秀麗的面容，低沉道：「小慈，別做軍醫了，戰場凶險，疫症難防，太危險了。你就留在這郡守府，我……」

江慈「啊」了一聲，似是想起何事，急道：「哎呀，我忘了，崔大哥還交代我將藥丸派給百姓。相爺，我先走了。」不待裴琰回話，她打開房門，疾奔出去。

裴琰下意識伸了伸手，又停住，望著她的身影消失迴廊盡頭，忽覺掌心空空。一陣輕風，自門外吹進來，他手指微微而動，彷欲努力抓住這清新柔軟的風，但風，已悄然拂過指間……

那廂江慈直跑到前院，方才安心。她重回義診堂，與小天忙到戌時，見天色全黑，堂內再無病人，收拾妥當後走向郡守府東院的正房。宋俊正在屋外値守，笑著向她點了點頭，跨出院門。

江慈輕輕敲門，良久，衛昭清冷的聲音傳出：「進來吧。」江慈推開房門，探頭笑道：「三爺。」

衛昭正坐在桌前，低頭寫著什麼。江慈推開房門捲進來的風吹得燭火搖了搖，他不由抬頭看了她片刻，復低頭繼續寫著密信，口中淡淡道：「什麼事？」

江慈一笑，輕步走近，凝望著衛昭的眉眼，輕聲道：「多謝三爺。」

衛昭手中毛筆一滑，「奏」字最後一筆拉得稍長了些，他再急急寫下幾字，並不抬頭，道：「謝我做甚，早就答應過要賠給你。」

「不是謝這個。」

衛昭不再發話，將密信寫完摺好放入袖中，才抬頭看向江慈，「你身子剛好，多歇著。」

江慈安靜地看著他，柔聲道：「你這些天也沒睡好，也要多休息。」

衛昭急忙站起，走向屋外，「我還有要事。」

「三爺。」江慈急喚。

衛昭在門口頓住腳步。江慈望著他修挺的背影，輕聲道：「是你麼？」她慢慢走近，卻不敢走到他面前，只在他背後一步處停住。衛昭冷冷道：「我還有公務。」即邁過門檻，往外急速走去。

「是你。」江慈略顯激動，「我認得你身上的氣息。」

衛昭身軀僵住，短暫的一陣靜默後，他低聲道：「你回去歇著吧。」

「是你。」江慈慢慢走到他背後，鼓起滿腹勇氣顫聲道：「肯定是你。三爺，你冒著危險夜夜來照顧我，便是……」

衛昭胸口氣血上湧，不敢再聽下去，他提身輕縱，瞬間出了院門。夜風襲得院中修竹沙沙作響，江慈絕望地後退幾步，倚上那幾杆修竹緩緩坐落，掩面而泣。

過得一陣，她泣聲漸止又低咳數聲，似是腹內疼痛，倚著修竹蜷縮成一團，再過片刻，一動不動。

衛昭悄然閃入院落，緩步走近，默默看著江慈，終俯身將她抱起。懷中的她輕盈得就像一朵桃花，他心頭一痛，將她抱入屋內。

他在床邊坐下，讓她斜靠自己胸前，握上她的手腕，真氣順著手三陰經而入，片刻後，江慈睜開雙眼。

「怎麼會這樣？不是都好了麼？」衛昭語氣略急。

「崔大哥說，最初給我試藥的藥方下得太猛，故而傷了我的內臟，只怕這病灶要伴隨我終生了。」

「有沒有藥可治？」

江慈猶豫了一下，道：「無藥可治。」

衛昭抱著她的右手一緊，江慈已伸出右手，握住了他的左手，「三爺，我想求你一件事。」

衛昭沉默，只微微點頭。江慈開口道：「我聽人說，城外有處『小月湖』，風景秀麗，聽來有些像我的家鄉。你帶我去看看，好不好？」她絕病之身、央求之色俱讓他不忍拒絕，沉默片刻，終攬上她腰間出了房門，攀上屋頂。

夜色下，衛昭攬著江慈，避開值守士兵，踏著屋脊躍出郡守府，又沿著城中密集的民房，飛簷走壁。微涼夜風中，兩人悄悄出了河西府。

一道清流蜿蜒，流入秀麗的小月湖。湖邊竹柳輕搖，淡淡夜霧繚繞湖面。

江慈精神好轉許多，腹中亦不再絞痛，在竹林小道上悠然走著。衛昭離她數步，腳步放得極慢。江慈忽然轉身，邊倒退著行走，邊望著衛昭笑道：「這兒倒真與我們鄧家寨差不多，今晚算是來對了。」

衛昭淡聲說道：「天下山村，幾乎一個樣。」

「那可不全是一樣。」江慈邊退邊道：「京城的紅楓山，勝在名勝古跡；文州的山呢，以清泉出名；牛鼻山，憑一個『險』字；鄧家寨和這裡的山水，都只能用『秀麗』二字來形容。還有你們月落……」

「月落的山怎樣？」衛昭望著她，目光灼灼。這般月色，這般竹林，這般恬淡之感，讓他浮湧一種說不出的輕鬆，但前方的人兒，卻又讓他想遠遠逃開。

江慈笑道：「月落的山水麼，就像一幅潑墨畫，只能感覺它的風韻，卻形容不出它到底是何模樣。」

衛昭停住腳步，幽幽青竹下，她笑靨如花，輕靈若水，他恍若又回到了桃園之中……

「三爺，在你心中，定覺得月落才是最美……」江慈邊退邊說，腳下忽磕上一粒石子，蹬蹬兩步，仰面而倒。衛昭急速撲過來，右臂一伸，攬上她的腰間將她倏然抱起。他情急下這一抱之力大了些，江慈直撲上他的胸前。他腦中一陣迷糊，心中又是一酸，卻捨不得鬆開攬住她腰間的手。

江慈紅著臉，仰望他如黑曜石般的眼眸，輕聲道：「三爺，我有句話，非要對你說。」

不待衛昭回答，她柔聲道：「我想告訴三爺，不管過去、將來如何，我江慈，都願與你生死與共，苦樂同擔。還請、請三爺別丟下我。」她鼓起勇氣說出這句話，聲音微顫。

話一說完，她忽覺得自己好像癡了、傻了，怎麼竟會說出這般大膽的話來？但這話，不是早就在心頭縈繞多日了麼？不是自那日山間牽手後，便一直想對他說的麼？如今終於說出來了。她輕輕吁了一口氣，有種如釋重負的感覺，索性紅著臉，直視著他。

滿山寂然，唯有清泉叮咚流過山石注入平湖的聲音。衛昭整個人如同石化了一般，他從未想過，污垢滿身、罪孽深重的自己竟還能擁有純淨如蓮的愛戀，自己一直不敢接近而只能遠看著的這份純眞，竟不知何時，已悄然來到面前。如若他不是衛昭，而是蕭無瑕，怕早已與她攜手而行了吧？可如若他不是衛昭，他又怎能遇到她？難道，當初在樹上遇到她，其後糾結交纏，這一切，都是上天注定的麼？

他突地痛恨上天，爲何要讓她出現於自己面前？爲何在已習慣長久的黑暗之後，又給了他一絲光明希望？湖風吹過，江慈似是發冷，瑟瑟地縮了縮。衛昭下意識將她抱緊，喚道：「小慈。」

江慈微微一笑，「三爺叫我什麼？我沒聽清。」

「小……慈。」衛昭猶豫了一下，還是喚了出來，像每夜去照顧她時那樣喚了出來。

江慈滿足地歎了口氣，忽攬上衛昭脖頸，在他耳邊輕聲道：「是你，對不對？」她雙唇散發著令人迷亂的氣息，衛昭慌亂下一偏頭，江慈溫潤的雙唇自他面上掠過，二人俱不知所措地「啊」了一聲。

束縛已久的靈魂似就要破體而出，衛昭猛然將江慈推開，疾退後幾步，面色瞬間變得蒼白如玉。江慈心中一慌，又奔了過來，直撲入他的懷中，展開雙臂將他緊緊抱住，似是生怕他乘風而去。衛昭發出一聲如孤獸般的呻吟：「放手……」

江慈覺得肝腸似被這兩個字揉碎，眼見他還要說什麼，她忽然間不顧一切，踮起腳，用自己的唇，重重地堵住了他的唇……

衛昭天旋地轉，竭力想抬起頭來。

「別丟下我，求你。」輾轉的吻，夾雜著她令人心碎的哀求。衛昭再也無法抗拒，慢慢將她抱住，慢慢低下頭來……只是，唇齒輾轉間，他的眼眶漸漸濕潤。

他本只想，遠遠地看著她笑，遠遠地聽著她唱歌就好；他只想在她疼痛的時候，抱著她、溫暖她就好。可事實上，一直都是她在給自己溫暖吧。她是暗夜裡閃動的一點火光，那樣微弱而又頑強，讓他不由自主地想要走向她，靠近她，憐惜她……

小月湖畔，皓月生輝，萬籟俱寂。

他身上逸著淡淡清香，氣息溫暖中帶著蠱惑，唇齒漸深，江慈不由輕顫，氣息不穩，低吟一聲，整個人軟軟倚在了衛昭身上。衛昭悚然清醒，喘著氣將她推開，猛然走開幾步，竟微微站立不穩。

「三爺。」江慈呆了片刻，慢慢走來。

衛昭低低喘息著，喉嚨發出嘶啞之聲：「小慈，我不配，我不是好人。」

「我不聽。」江慈搖著頭走近。

「我，以前……我……」衛昭還待再說，江慈忽然從後面大力抱住了他，低低道：「我不管，你當初將我從樹上打下來，害我現下有家歸不得，你得養我一輩子。」

衛昭想掰開她的雙手，卻使不出半分力氣。江慈略顯虛弱的聲音傳來：「再說，如果不是遇見你，我怎會得這場病？我若是一輩子都好不了，你得陪在我身邊。」

衛昭的心狠縮了一下，想起她這無藥可醫的病症，終緩慢轉身將她抱在懷中。江慈仰頭看著他，聲音帶了幾分祈求：「你得答應我。」衛昭掙扎良久，終望上天際明月，低聲道：「好，我答應你……」

江慈心滿意足地歎了口氣，將頭藏在他胸前，忍不住偷偷地笑了起來。

見夜色已深，怕她的身子撐不住，衛昭低頭道：「你身子不適，咱們早些回去吧。」

江慈面頰如染桃紅，又是高興又有些不安，她緊攥住衛昭的手，不肯放開。衛昭只得牽著她在湖邊坐下，眞氣送入她的體內察探一圈，知暫無大礙，方放下心。

「小慈。」他的呼喚聲小心翼翼。

「嗯。」

「我……」

江慈生怕他又說出別的來，猛然將帽子掀掉，解開束帶讓長髮落於肩頭。她接著又從衣內掏出小木梳和碧玉髮簪，望向衛昭，輕聲道：「我要你，親手替我插上這簪子。」

衛昭不言，江慈舉起碧玉髮簪，緊盯著他，「髮簪是你送的，若不是由你親手插上，我戴也沒什麼意思，索性摔斷更好。」

衛昭強撐著道：「這簪子太差，摔斷也好，你以後會有更好的簪子。」

江慈眼前一片模糊，歎了口氣，「可我偏只喜歡此件，怎麼辦？若是摔斷了，我這一輩子，也不想再戴別的髮簪了。」

遠處，有一隻夜鳥唱了起來。江慈聽著鳥鳴聲，幽幽道：「你聽，牠在找牠的同伴呢。夜這麼黑，牠隻身無依，可怎麼過？」

衛昭無法，拿過她手中木梳，輕柔地替她梳理著長髮。江慈滿心歡喜，縱是他的手稍嫌笨拙，扯得她頭皮生疼，亦忍住不呼出聲。

「我小時候，師父替我梳頭，師父過世後換師姐替我梳，而今師姐也不在我身邊了，還好有三爺替我梳。」

「我的手笨。」衛昭放下木梳，望著面前如雲青絲，略略不知所措。江慈回頭探看他的神情，抿嘴一笑，握住青絲繞了幾圈，盤成芙蓉髻，用束帶結好，將碧玉髮簪遞於衛昭面前。

見她握著髮簪的手微微發顫，衛昭遲疑一陣，終接過髮簪，左手托住她有些發燙的面頰，右手輕輕地，將髮簪插入她的髮髻之中。雲鬢嬌顏碧玉簪，小月湖畔結相於……

江慈心滿意足地微笑，跑到湖邊照了照，又跑回來坐下，「好看極了。」

衛昭點頭，「是，很好看。」

江慈嗔道：「你淨說瞎話，我哄你呢，晚上怎麼照得見？」

「是很好看。」衛昭話語隱透固執。

「真的？」她望入他閃亮的眼眸。

「真的。」他望回她漆黑的雙眸。

夜風漸盛，帶著幾分霧氣，衛昭見江慈盈不勝衣，恐她身子撐不住，在她耳畔低聲道：「先回去吧，明天請子明幫你開點藥，不管有無效用，總得試一試。」

江慈點了點頭，衛昭蹲下身來，江慈一笑，伏在他背上。他的背這般溫熱，她安心地闔上了眼。白衫舞動，勁風過耳，不多時，衛昭避過沿路哨守，輕輕落於郡守府東院。他將江慈放下，轉過身來。江慈忽覺害羞，面上發燙，只說了句：「三爺早些歇著。」急急跑出院外。

衛昭看著她的背影消失在門口，腳步虛浮，走到院中青石凳上坐下。露水，漸漸爬上他的雙足，夜，一分一分過去，他卻未挪動分毫。

蟲聲啾啾，夜風細細。江慈覺全身都透著歡喜和滿足，不停拍打著滾燙的面頰，往自己居住的西院偏房走去。剛轉過月洞門，她險些撞上一個身影。

裴琰凝目注視著江慈，見她面頰紅得似有火焰在燃燒，身上穿著軍裝，頭髮卻梳成了女子髮髻。他心中如被針扎了一下，十指緊捏起，冷聲道：「去哪兒了？」

江慈退開兩步，輕聲道：「睡不著，出去走走。相爺還沒睡啊，您早些歇著。」說完便往屋內走去。

她關上房門，在床邊坐下，右手輕撫著胸口，感受著那一下一下的跳躍，回想著之前那悲欣交集的感覺，竟突有股想落淚的衝動。

第十二章 我心已許

江慈仰起頭來，嬌媚地笑著，陽光透過樹冠灑在她額頭上，光影流連，宛若清蓮盛開，她的聲音柔如流雲：「我也做隻貓好了，一隻貓太寂寞，兩隻貓還可以互相靠著取取暖、打打架。我在家時就養了兩隻貓，一隻黑、一隻白……」她的神態那般明媚嬌柔，縱是與她朝夕相處，言笑不禁的時候，裴琰也從未見過她對自己露出這般神情。

四十九　衣白桃紅

裴琰回到正堂，在紫檀木太師椅中坐下，右手輕轉著天青色薄胎細瓷茶盅，眉間如有寒霜。

不多久，長風衛徐炎過來低聲稟道：「衛大人回來了。」

裴琰俊眉一蹙，手中運力，「喀」聲輕響，天青色薄胎細瓷茶盅被捏得粉碎。瓷末四散濺開，徐炎見裴琰虎口隱有血跡，心中一驚，抬頭見他面色，不敢多言即退了出去。

良久，裴琰方低頭看著流血的右手和四散的碎瓷片，心中低吟：「什麼時候，她的身影越走越遠？什麼時候，她已不在自己的掌握之中？」這親手捏碎的瓷盅，卻是再也不能修復了……

晨光隱現，簫音輕悠，少了幾分往日的孤寂，多了一些掩飾不住的欣喜，卻猶有著幾分惴然與不安。

腳步聲響，衛昭放下玉簫。宗晟過來稟道：「相爺派人請大人過去，說是一塊兒用早飯，有要事相商。」

衛昭拂了拂衣襟，走向正堂，剛邁過洞門，一絲寒氣悄無聲息地襲來。衛昭一笑，衣帛破空，在空中翻騰縱躍，避過裴琰如流水般的劍勢。

「三郎，來，咱們切磋切磋。」裴琰俊面含笑，接連幾縱，再度攻上。

「少君有此雅興，自當奉陪。」衛昭騰挪間取下院中兵器架上的一把長劍，身法奇詭，鋒芒四耀，「叮叮」連聲，二人片刻間過了數十招。

陽光漸盛，照在二人劍刃上，隨著人影翻動，如兩朵金蓮在院中盛開。裴琰越打越是性起，劍法大開大合如晴空烈日，衛昭則劍走偏鋒似寒潭碧月。再鬥上百招，二人眞氣激蕩，衣袂飄飄，院中樹木無不颯颯輕搖。

裴琰朗笑一聲，飄移間右足蹬上院中樹幹，劍隨身撲，急速攻向衛昭。衛昭見裴琰這一招極爲凌厲老辣，不敢強接，雙足似釘在地上一般，身軀急速後仰，裴琰劍鋒貼著他的白袍擦過，青影翻騰。

裴琰落地，大笑道：「過癮！真是過癮！」

衛昭腰一擰，如一朵白蓮在空中數個翻騰，靜然綻放。他落地後拂了拂衣襟，微微一笑，「少君劍術越發精進，衛昭佩服。」

「昨夜就有些手癢，欲找三郎比試比試，偏偏三郎不在。」

「哦，我睡不著，出去走了走。」

「是麼？怎不來找我對弈？」

二人說笑著往屋內走去，這時長風衛才敢進院，幫二人收起長劍。

僕人將飯菜擺上八仙桌，崔亮與江慈一起進來。江慈看見衛昭，面頰微紅。衛昭眼神與她一觸即分，接過僕人遞上的熱茶，藉低首飲茶斂去嘴角一絲笑意。

裴琰眸色暗了暗，向崔亮笑道：「子明昨晚是否也睡不著？」

崔亮微愣，轉而微笑道：「我昨晚睡得早。」

「那就好，我還以為這郡守府風水不好，讓大家都睡不著。」

衛昭眼中光芒一閃即逝，裴琰不再說下去，四人靜靜用罷早飯。

未久安潞進來，手中捧著一隻信鴿，他取下信鴿腳上綁著的小竹筒奉給裴琰。裴琰展開細看，冷笑一聲：「毅平王和寧平王的大軍快過涓水河了。」

衛昭聽到「寧平王」三字，眼皮抽搐了一下，一抹強烈的恨意自面上閃過，握住茶杯的手青筋隱現。江慈正要退出屋外，看得清楚，便放在了心上。

崔亮接過密信看了看，歎道：「唉，還是無辜百姓遭殃啊。沒想到，這兩位凶殘成性，造下如此多的殺孽。」又將密信遞給衛昭。衛昭放下茶杯，低頭讀著密信。

——「夫人當年入了寧平王府，行刺失手，被寧平王祕密處死。聽說，遺體被扔在亂葬……」平叔的話猶在耳邊。衛昭內力如狂浪般奔騰，五指倏然收緊，信紙化爲齏粉。他緩緩抬頭，見裴琰和崔亮正看著自己，修眉微挑，冷冷一笑，「這等羅剎，咱們正好替老天爺收了他們！」

裴琰點頭，「桓軍的主力來得差不多了，隴州無憂，可從童敏那邊調兩萬人過來。」

崔亮算了算，道：「咱們兵力依是不占優勢，然倘計策妥當，亦有勝算。」

「一切還得依仗子明。」

衛昭體內真氣越來越亂，強撐著站起，冷聲道：「少君，子明，你們先議著，我還有事。」說著不再看二人，拂袖出門。

江慈遙見衛昭回返東院，便即跟過來。宋俊卻在院門外攔住了她，「大人說不見任何人。」

江慈隱約聽到院內有劍氣之聲，更是擔憂，面上卻笑道：「我昨天忘了樣東西在大人屋裡，現下相爺那邊等著急用，可怎麼辦？」

宋俊曾保護過她多日，知她與衛昭關係極好，雖不明平素飛揚跋扈、乖戾無常的大人爲何對這小丫頭另眼相看，卻也知其中必有緣由，正生爲難，江慈已從他身邊鑽了過去。宋俊攔阻不及，想了想後，急忙走開。

江慈奔入院中，但見碎枝遍地，竹葉紛飛。衛昭持劍而立，額頭隱有汗珠，他俊美面容上寫滿了深切的恨意和天風海雨般的暴怒。見江慈進來，他呼出一口粗氣，轉身入屋，「啪」地將門閂上。

江慈也不敲門，在門檻邊抱膝坐下，一言不發。良久，衛昭打開房門，江慈笑著站起，跟入屋內。衛昭也不看她，端坐於椅中，沉默不言。江慈拉過一把椅子在他身邊坐下，右手撐著面頰，靜靜凝望著他。

長久的沉默之後，衛昭看著碧茜色紗窗，緩緩開口：「我母親，在我一歲的時候便離開了我。」

江慈輕聲道：「我是師父在路邊撿到的，當時還未滿月，我從來沒見過我的母親。」

衛昭看了看她，眼神柔和了些，低聲道：「那你想不想她？」

「有時會想，主要想她長什麼模樣，很好奇。」

「我倒知道母親是何模樣。」衛昭呼吸略急促，停了片刻方道：「聽師父說，我姐姐，和母親長得一模一樣。」

江慈曾於墓前聽他說過，他的姐姐死在他師父劍下，雖不明其中緣由，卻也知此對他而言，定是一段慘痛難當的往事，此時聽他這麼說，心中一痛，悄悄地握住了他的左手。

「小慈。」衛昭似是喃喃自語：「我一定要殺了他，要親手殺了他！」

「誰？」

「寧・平・王！」衛昭一字一句咬牙說道，他俊美的五官扭曲起來，「當年率桓軍攻打我月落，殺我父親的是他，後來殺了我母親的也是他，我非殺了他！」

江慈覺他的手漸轉冰涼，悄無聲息地歎了口氣，再握緊些，仰頭看著他，輕聲道：「仇該報，你自己的身子也得保重。」

衛昭轉過頭來盯看她片刻，右手慢慢伸出，撫上了她的面頰。江慈靜靜閉上雙眸，溫熱的氣息緩慢靠近，不見昨夜的掙扎與生疏，溫柔地流連她唇上，彷似孤獨已久的人在尋求一份慰藉與依靠。

江慈感受著這份溫柔，輕輕地呼吸著。衛昭氣息漸重，眼角餘光卻無意間掠過長案前供著的蟠龍寶劍，如有一盆涼水當頭澆下，他猛然將江慈一推，站了起來。

江慈跌坐在地上，抬頭喚道：「三爺。」衛昭不敢看她，大力拉開房門，走到廊下。江慈跟了出來，她的眼神讓衛昭如有冰凌鑽心，顫抖著道：「你走開！」

江慈靜默地看著他，目光在他腰間停了一下，轉身出了院門。

見她離去，衛昭吁出一口長氣，到井中打了盆涼水，將頭埋入水中。她便如這純淨甘甜的泉水，他既不忍心讓滿身的污垢玷污了這份純淨，可又捨不得離開這甘甜的源泉。他埋頭在水中，無聲地低歎。

輕碎的腳步聲再度響起，衛昭倏然抬頭。

江慈手中握著針線，微笑道：「三爺，你的袍子壞了，我幫你補一補。」不待衛昭回答，她又笑道：「可得收工錢的，我已經身無分文，三爺就行行好，讓我賺幾個銅錢吧。」

見衛昭還是愣著，她將他拉到院中的青石凳上坐下，將線穿好，又仔細看了看衛昭腰間那一道衣縫，「這是上好的晶州冰絲，眼下找不到這種絲線，會留下補印，怎麼辦？」

衛昭低頭望向腰間，這才發覺竟是先前裴琰長劍掠過自己身軀時，劍氣割破了白袍，他心頭一凜，目光漸轉森寒。

江慈想了想，笑道：「有辦法了。」她從布包裡再取出一團緋色絲線穿上，蹲在衛昭身前，針舞輕盈，柔聲道：「可惜不便繡玉迦花，我就繡一枝桃花吧。」

「算了。」衛昭低頭看著她，「再換過一件便是。」

「不行，這件袍子可抵得上普通百姓半年的用度。」江慈話語放得極輕，「可惜『月繡』不能在民間買賣，不然，月落光是靠這項，就可以養活好多人。」

衛昭愣了一下，若有所思。江慈卻又似想起什麼，笑了出來。

「笑什麼？」衛昭微露好奇。江慈抬頭仰望著他，笑道：「我笑三爺太好吃，我那天總共才蒸了那麼點桃花糕，自己還沒吃，全被你吃光了。」

衛昭撫上她的左肩，話中帶著幾分愧意和憐惜，「疼麼？」

江慈搖搖頭，向他微微一笑，又低頭繼續縫補著，俄頃後低聲道：「三爺，我想去求崔大哥，讓他幫你看看。」

「不行。」衛昭急促道。

「爲什麼？崔大哥是好人，他……」江慈頓了頓道：「他有醫者仁心，定會想辦法治好你的病。」

「不用了。」衛昭淡淡道：「我這病是以往練功留下的後遺症，只要我功力再深些，便會不藥自癒。」

「眞的！」江慈大喜抬頭。

「眞的。」

「騙我是小狗。」江慈緊盯著他。

衛昭嘴角淡噙著笑意，目光溫柔，「我不做小狗，要做，也做一隻沒臉貓。」

話說裴琰與崔亮算了算日子，知十餘日後桓國援軍開到雁返關，將迎來一場血戰。裴琰向隴州童敏發出緊急軍令，又與崔亮商議了一番，心中又想著另一件盤算已久的大事，便往衛昭所居東院走來。

遙見門外無人値守，裴琰以爲衛昭不在，便欲轉身，忽聽到院中隱約傳出江慈的笑聲。他心中一動，運起眞氣收斂住腳步聲，徐徐靠近院門，從院門縫隙間往裡看去。

晨陽下，衛昭坐在院中大樹下的青石凳上，江慈蹲在他身前，正替他縫補著身上的白袍。她手指拈著針線輕舞起落，衛昭低頭靜靜凝望著她。她不時抬頭向衛昭溫柔地笑著，偶爾說起什麼，笑容十分燦爛。

裴琰知衛昭內力與自己相差無幾，他屛住呼吸，凝神聽著院中二人的對話。

「我可不做老鼠。」她微露嬌嗔。

「我是沒臉貓，你當然就是老鼠。」

「太醜，還老是被你欺負。」

「那你想做甚？」衛昭的聲音，竟是裴琰從未聞聽過的溫柔。

她仰起頭來，嬌媚地笑著，陽光透過樹冠灑在她額頭上，光影流連，宛若清蓮盛開，她的聲音柔如流雲：「我也做隻貓好了，一隻貓太寂寞，兩隻貓還可以互相靠著取取暖、打打架。我在家時就養了兩隻貓，一隻黑、一隻白……」

她的神態那般明媚嬌柔，縱是與她朝夕相處，言笑不禁的時候，裴琰也從未見過她對自己露出這般神情。她繼續開心地講著，衛昭也極有耐心地聽著。裴琰忽覺這樣的衛昭十分陌生，再不復見他在京城時的飛揚跋扈，看不見他殺人時的凌厲狠辣，更窺不出他在宮中慣有的妖魅。

裴琰默看著這二人，聽著江慈銀鈴般的笑聲，只覺得胸口陣陣發悶。忽見江慈咬斷絲線，他回過神來，見衛昭似要站起，忙悄然退開，緩步回轉正堂。

僕從奉上香茶，裴琰望著桌上的貢窯冰紋白玉茶盞，默然不語。

崔亮快速奔來，腳步聲打斷了裴琰的沉思。崔亮笑道：「相爺，『四方車』成了！」

裴琰大喜，急忙站起，「去看看！」

二人匆匆奔至郡守府後某處大院落，院中擺著一架八輪大車，大車頂部是十餘根巨木，掩住下方的鐵籠，大鐵籠外罩著厚厚幾層藥製牛皮，大車的車輪亦十分堅固。裴琰與崔亮鑽入車內，看著鐵籠正中一處彈石機，裴琰用腳踩了踩，高興地說：「想不到，世間還有這等攻城利器！」

崔亮微笑，「這彈石機雖可將人送上城牆，但也得是輕功出眾之人才行。軍中只怕……」

裴琰道：「子明放心，我聽過你對這四方車的描述，早調了一批人過來，他們快到了。」

崔亮一聽便明，「武林中人？」

「是。雁返關十分險要，關牆又這麼高，即使借助這四方車之力，要躍上城牆且抵抗住如易寒之類的高手，還要打開關門，非得大批武林高手不可。我早已傳信給盟主柳風，太子亦下詔令，柳風召集了武林中人，正往前線趕來。」

崔亮低下頭，不再多說。裴琰復在車內仔細看過一陣，問崔亮數個問題後鑽出大車，道：「這幾日可再造出多少？」

「已命他們去造了，估計七日內可造出二十輛來。」

「差不多了，雖無十足勝算，但定能打桓軍一個措手不及。」

「得趕在寧平王和毅平王大軍開到之前下手。」

「嗯，那邊玉德帶人毀路毀橋，能阻延他們幾天。他每天都有情況稟來，等寧、毅二王快到達，宇文景倫最為放鬆之時，咱們便強攻。」

六月的京城，驕陽似火。

這日是華朝開朝聖武帝的陰誕，太子率眾臣在太廟舉行了隆重祭典。祭樂聲中，太子雙眼通紅地行祭祖大典，哽咽著向聖武帝靈位細稟「河西大捷」、瘟疫得解等喜訊，又跪求聖武帝皇靈保佑父皇早日康復，護佑前線將士能將桓軍趕走、收復失土。

由大學士談鋐起草的這一份祭詞，文辭簡練卻感人至深。太子聞聽，數次涕淚俱下不能成聲，眾臣為他仁孝所感，都不禁低泣起來。

按慣例，以往大祭後回到皇宮即設有大宴，但今年薄賊謀逆、桓軍入侵，成帝又病重臥床，太子仁孝，便下詔取消了大宴，命百官退去，只請董大學士和震北侯裴子放留下。

董學士和裴子放細商了一陣調糧和徵兵事宜，太子並不插話，默默聽著。二人有時恭請太子的意見，他也只是呵呵笑著，裴子放問得緊了，他便是一句：「本宮年輕識淺，一切皆由二位卿家作主。」

正商議間，內宮總管吳內侍匆匆進殿，聲音顫抖，「稟太子，貴妃娘娘薨了！」

太子大驚之下，急忙站起，董學士與裴子放互望一眼，俱各在心中轉過無數念頭，同時上前，一左一右地與太子並肩出殿。董學士在太子耳邊輕聲說了一句：「讓高成隻身進京，其餘河西軍不得越過錦石口京畿大營。」太子一凜，點了點頭，裴子放自去起草詔令。

高貴妃病重薨逝，莊王哭得死去活來，靈前數次暈厥。數個月來，高成戰敗、河西軍遭受重創、河西失守、舅父殉國、母妃薨逝，這一連串沉重打擊讓這位平素老成穩重的王爺憔悴不堪，若不是想起衛昭命人緊急傳來的密信，陶行德又苦心勸慰，他便要徹底崩潰。

連著數日，莊王跪於母妃靈前，水米難進，終支撐不住，被太子下旨強送回王府，派了太醫延治。

高貴妃的姪子高成，正率由小鏡河撤回的兩萬河西軍殘部駐紮於京城以北二百餘里地的朝陽莊，聽聞噩耗後，欲帶領部屬進京奔喪。收到右相陶行德的密信，他方改變了主意，奉太子詔令孤身進京。

高貴妃薨逝，即由靜王生母文貴妃主持後宮一切守靈居喪事宜。

既要助太醫爲皇帝治病，又要忙著徵兵和運送糧草，還需不時去瀟水河看望肅海侯的水軍，高貴妃薨逝之後，尙要嚴防高成帶兵入京，裴子放這段時日忙得腳不沾地。

待高貴妃葬於皇陵，高成離京，莊王隱於王府守孝養病，裴子放才放下心來，趁這日事情不多，回了侯府。他由幽州返京不久，府內僕人侍女泰半是皇帝先前賜下的，但他素喜清靜，居住的荷香苑除兩位從幽州帶回的老僕外，不准任何人進入。

裴子放沿迴廊而行，入了荷香苑，見院內荷塘邊的銅鶴鶴嘴朝向東邊，笑了笑，進了荷香苑東面的書閣。

他拾木梯而上，踏上二樓，順手取了本書坐於回欄處細看，再過一陣，似是疲倦而打了個呵欠，將書閣二樓軒窗關上，走至高達閣頂的書架後。

裴夫人容玉蝶微微垂眸，斜躺在書架後的軟榻上。她如雲烏絲散散瀉在身前，因是夏季，僅著一襲淡碧色絹裙，越顯身形纖嫋。裴子放不欲驚醒她，腳步聲放得極輕，在榻邊坐下，望著面前如雪肌膚、婉轉娥眉的清麗面容，一時移不開目光。

半世紅塵，江湖朝堂，在這一刻彷似都離他很遙遠，留在他心中的，只有眼前這個牽掛了二十餘年的女子，還有，遠在河西的那人……

裴夫人睫羽微微一動，眼未睜開，先抿嘴而笑。裴子放心中一蕩，俯身將她扶起，柔聲道：「守了幾天的靈，是不是累著了？」

「你也一樣，累不累？」裴夫人就著他的手坐起，柔荑溫潤。裴子放知她由祕道親來必有要事，壓下心頭渴望，只閒閒地擁著她，低聲道：「可見著文貴妃？」

「說了一會兒話，不過宮中人來人往的，沒有多說。只是我瞧，她母子現下反倒對我們挺提防的。」裴夫人掠了掠鬢邊烏髮，輕聲道。

「靜王手上並無多少直系人馬，倒是不怕，至於高成那兩萬人琰兒早有謀畫，要作大用，現下主要得收服肅海侯。」

裴夫人點點頭，又微微搖了搖頭。裴子放一笑，「我早說過肅海侯是端方之人，刀槍不入的種，你偏不信，碰釘子了吧。」

「不是這個。」裴夫人黛眉清遠，柔靜垂眸，「肅海侯固要收服，但還有個人，咱們不能忽視。」

「誰？」

「小慶德王。」

裴子放心中一凜，手略鬆開，思忖片刻後道：「這個紈袴王爺，莫非不像表面上那麼簡單？」

「那倒不是。只是他太重要，各方都要爭奪他，反倒易有變數。」

裴子放點頭道：「確是，依著咱們的計畫，在琰兒擊敗桓軍之前，這南方絕不能亂。」

「我派的人，小慶德王也看上了，封為鄭妃，但他新近專寵程盈盈，程盈盈已懷了身孕。衛三郎現下雖和琰兒聯手，唯將來難保不出岔子。」裴夫人輕言淡語，又撫了撫胸前青絲。她似是頗為煩心，道：「不說這個了，我再想法子收了肅海侯兩兄弟，對了，那人怎麼樣？真沒希望了？」

裴子放臉微微一沉，淡淡道：「你來，原是問這個的。」

裴夫人滿不在乎地看著他，淺笑一聲，語帶譏誚，「我只想問問我的殺夫仇人今日如何了，是不是能等到我兒子凱旋回京，也好給琰兒一個准信。」

「不用了，我已傳信給琰兒。謝澈這幾日病情稍穩，但醒轉希望不大。」裴子放雙手慢慢收緊，在裴夫人耳邊輕聲道：「知道你記掛著他，我雖助太醫打通他經脈，讓他服下湯藥，可也在他體內做了些手腳，免得你不‧放‧心！」

裴夫人幽幽一歎，面頰上卻開始浮現了紅暈，嗔道：「我有甚不放心的，不過替琰兒操心罷了，總不能為謝家人作嫁衣裳！」

「那我來問你，以謝澈那傢伙的手段，怎麼會對琰兒恩寵有加，即使琰兒觸了他的心頭大忌，他仍未下毒手？」裴子放閒閒問道。

裴夫人眉梢眼角帶出嫵媚之笑，嗔道：「我不也是為了琰兒好，迫於無奈麼？」她笑容漸濃，眼中閃過俏皮光芒，一如二十多年前的少女玉蝶，「其實我倒沒說什麼，他自己要誤會琰兒是他的血脈，那也與我無關。」

二十多年過去，她的笑容仍是清新如晨露，裴子放看得目不轉瞬，裴夫人勾上他的脖子，面頰紅了紅，輕聲道：「正好琰兒早產了一個月，由不得他不信。」

陽光照上書閣的鏡窗，透出一種暗紅色的光芒，光影點點，投在裴夫人淡碧色紗裙上，越發襯得她清麗不可方物。裴子放看得有些癡了，深歎了口氣，身軀慢慢壓下，在她耳畔低聲道：「玉蝶。」

「子放。」裴夫人幽幽應著。

「我只恨，那一年在雪嶺第一個找到你的，爲什麼不是我，而是大哥……」

月掛樹梢，輝光如水。江慈坐於井邊，仰望頭頂朗月，愜意地舒了口氣。

衛昭命宗晟回去歇著，無須値守，走進院中。江慈回頭向他招了招手，衛昭在她身邊坐下，眉間閃過一絲訝意。江慈笑道：「這處涼快吧？水井邊的青石，最是消暑。」

衛昭暗中聽了聽，知院外無人，握上江慈的右手，眞氣在她體內察探了一圈，「今日好些，還疼麼？」

「好多了，看來崔大哥開的藥挺有效的。」江慈溫柔地看著他。

「那也不能坐這麼涼的地方，你本就積了寒氣在體內。」衛昭將她大力拉起，道：「早些歇息，明日趕早還得去雁返關。」

「要開戰了麼？」江慈忙問。

衛昭想伸出手將她抱住，強自抑制，只是低頭凝望著她，「這一戰十分凶險，你留在這裡吧。」

江慈不答，搖了搖頭。衛昭知她性情，不再多勸，牽著她的手走到院門處，又十分不捨，終將她輕輕抱在懷中，聞著她髮間清香，說不出半句話來。

江慈倚在他胸前，輕輕說道：「三爺，你的衣裳我都洗乾淨了，放在房中。明日一去雁返關，三爺要忙著戰事，醫帳同樣會很忙，我沒辦法再天天爲你洗衣裳了。」

衛昭呼吸凝滯，江慈聞著他身上淡淡雅香，喃喃道：「仇要報，但你答應過要陪我一輩子的，我不許你言而無信。」

衛昭沉默，低頭見她眉間眼底，無盡溫柔中兼有萬分憐惜，如同天上明月，將前方黑暗的路照亮，不禁又把她擁緊了幾分。她抬起頭向他微笑，他看著她，從來孤身入狼窟，隻影對霜刃，今日心底卻多了一雙牽掛的眼睛，幸，抑或不幸？

夜半時分，裴琰與衛昭率留守河西府的一萬長風騎出發，在城外與剛從牛鼻山緊急行軍趕來的童敏及二萬長風騎會合，車輪滾滾，浩浩蕩蕩，天未亮時便趕到了雁返關前。

寧劍瑜和何振文出營相迎，崔亮帶人將二十輛四方車推到林間隱藏，見一切妥當，方進了中軍大帳。裴琰正與衛昭等人說話，見崔亮進來，道：「子明，來，快見過柳盟主。」

武林盟主——蒼山派掌門柳風站起，向崔亮拱拱手，「崔軍師。」

柳風自在裴琰的扶持下當上武林盟主，卻受議事堂牽制，十件事倒有八九件議不成，他這位武林盟主漸漸失去了號令群雄的威嚴。正感窩囊之時，裴琰密信傳到，接著太子詔令頒下，柳風暗喜，知這是蒼山派出人頭地的大好良機，遂配合裴琰指令，發出「盟主令」，請武林同道同救國難，共赴戰場殺敵。

武林各派接到「盟主令」後，大部分人知戰場凶險，本不欲前來軍中，可是太子詔令貼滿全國各地，柳風又大張旗鼓，以「精忠報國、共救蒼生」八字扣住了群雄的面子。各門派無奈，只得派出門下高手，在柳風的帶領下，前來長風騎軍中。

崔亮自帶柳風前去看四方車，裴琰再與衛昭、寧劍瑜等人細議一番，寧劍瑜和何振文自將一切部署下去。

六月二十日，裴琰以四方車之力送數百武林高手上雁返關關塞。易寒率桓國「一品堂」死士力阻，仍讓部分人突到關門處。

滕瑞急智，命桓軍死士抱著剛調來的「黑油」，衝向這數百名華朝武林高手。武林高手們自不將這些普通桓軍放在眼中，一一將其斬殺，但桓軍死前將「黑油」盡數淋於武林高手身上，滕瑞再下令射出火箭，意圖打開關門的數百華朝武林人士死傷慘重，僅餘百多名高手拚死力戰，退返關牆上，逃回軍營。

宇文景倫指揮妥當，擊退長風騎如潮水般的攻關戰，終穩守住了雁返關。裴琰在桓軍援軍趕來之前發起的總攻，以失敗告終。

是役，桓國一品堂高手死傷殆盡，華朝武林勢力也遭受了沉重的打擊，加上之前北面半壁江山淪陷，多場戰役敗北，華朝從此不復武林勢力暗中操控軍政事宜的局面。

鐵蹄震天，桓國「毅平軍」和「寧平軍」終在擊退一次次的暗襲後，於這一日黃昏時分抵達雁返關。

宇文景倫正和易寒討論先前長風騎攻關所用的「四方車」，聽報便親迎二位皇叔入帳，一番寒暄過後，毅平王呷了口茶，笑道：「景倫，不是爲叔的說你，咱們桓軍以騎兵見長，你和裴琰在這小關塞裡耗，怎麼行！明日咱們便攻出去，我就不信拿不下他長風騎！」

宇文景倫面容沉肅，道：「二位皇叔遠道而來馳援小姪，小姪實是感激。咱們勢得攻出去，但絕非今日，眼下還有一件最要緊的事情要辦。」

「何事？」寧平王見他說得極爲鄭重，與毅平王互望一眼。

滕瑞進帳，宇文景倫便不再言，只暗中向易寒使了個眼色。易寒會意，待眾人退去後悄悄回轉中軍大帳。

宇文景倫沉默良久，微笑道：「易先生，今日關牆上一戰，我看您那個女婿頗爲英武，武功也不差，我想收了他做親隨。」

易寒一喜，忙單膝跪下，代明飛謝宇文景倫重用之恩。宇文景倫上前將他扶起，易寒心有所悟，道：「王爺但有吩咐，易寒拚卻這條性命不要，亦定要辦到。」宇文景倫點了點頭，沉聲道：「我想請先生再幫我辦一件事，只是須得瞞著滕先生。」

此次攻關戰之後，戰事出乎意料的平靜，桓軍仍舊守關不出，裴琰感到了一絲異樣。他拿不准宇文景倫的心思，只得傳令下去，全體將士厲兵秣馬，暫作休整，準備更激烈的戰鬥。

蒼山掌門柳風仗著武功高強，與百餘名高手逃回軍營，個個身負有傷，且想起門下弟子死傷慘重，都悲痛不已。裴琰數次前往安慰，眾人心情方稍稍平復。

得知滕瑞也用上了「黑油」，崔亮頗感棘手，這日亥時，仍坐於燈下苦想。江慈急奔了進來，「崔大哥，快來看看。」

二人急匆匆趕到醫帳，凌軍醫正替一名負傷的蒼山弟子處理傷口，但這人是被一品堂高手的碎齒刀砍中並橫絞，傷口處早已爛成一個血洞，慘呼連連，若不是柳風點住其穴道，他便要震斷心脈以求速死。

崔亮看了看，面上閃過不忍之色，搖了搖頭。凌軍醫也知徒勞無功，沮喪道：「天氣太熱了。」

柳風聞之黯然，這名弟子十分得他寵愛，他本想著能在攻關戰中立下大功，進而逼裴琰兌現承諾，讓更多蒼山弟子在軍中任職，將自己的人提為蒼州郡守，不料攻關戰失敗，倒還賠上了這麼多弟子的性命。雖說裴琰仍承諾給蒼山派諸多好處，但總是得不償失。眼見這弟子仍在慘呼，他長歎一聲，上前截斷了弟子的心脈，那弟子抽搐幾下，終停止了哀號。

江慈這幾個月來縱是見慣了戰場的血腥與殘酷，此時仍感心頭難受，見崔亮面帶悲戚走出醫帳，她默默跟在了後面。

三伏天的夜晚，沉悶燥熱。崔亮面色沉重，在一塊石頭上坐落，稍稍拉開衣襟領口。江慈自識崔亮以來，從未見他這樣，她想了想，跑到營地邊的山路上扳下幾片大蒲葉，又跑回崔亮身邊坐下，輕輕搧動蒲葉。

崔亮轉頭看向江慈，拍了拍她頭頂。江慈勸道：「崔大哥，這戰場風雲變幻，有時非人力所能控制。再說，你的對手是你師叔。」

「就是因爲他是我師叔，所以我才更痛心。」崔亮感受著江慈搧出的風，稍覺清涼，歎道：「師父臨終前再三叮囑，要我尋回師叔。唉，他也未能料到，現如今，我竟要與師叔戰場對決，都要染上這滿手血腥。」

江慈想了想道：「崔大哥，什麼江山社稷、大仁大義的我不明白……我只知道，若沒有你，咱們華朝要死更多的老百姓。」

崔亮忽覺身心俱疲，慢慢閉上眼睛，道：「小慈。」

「嗯。」

「你最想過什麼樣的日子？」

江慈一邊搧著大蒲葉，一邊輕聲道：「我只想和最親的人在一塊兒，住在一個風景秀麗的小山村，那裡有山有水，還有幾畝良田、幾間木屋，最好還有一塊茶園和果園，我們春天採茶、夏天收糧、秋天摘果，冬天呢，就烤烤火，上山打打獵。」

崔亮忍不住微笑，「你想得倒挺美的。」

江慈頗覺洩氣，「也不知什麼時候能過上這種日子。」她很快又振奮起來，笑道：「那崔大哥你呢？你想過什麼樣的日子？」

「我？」崔亮瞇著眼道：「我只想走遍天下，泛舟江湖。有銀子呢，就悠哉遊哉，沒銀子了呢，就幫人看看病做一名江湖郎中，騙幾個錢花花。」

江慈笑了起來，「你若是騙錢的江湖郎中，這天下就沒有名醫了。」

「我不是神醫，這世上有很多病都是崔大哥無力醫治的，就像剛才……」

江慈忙將話題岔了開去，「崔大哥，我好多了，現下差不多只戌時會稍生疼痛。」

崔亮三指搭上她的右腕，探了探脈，點頭道：「是好了許多，再過半個月便可停藥。只是切記以後不能多食寒性食物，像大閘蟹之類的更不能沾了。」

江慈想起自己把病情誇大將衛昭騙過，逼他許下承諾，就不禁面頰微紅，又忍不住笑出聲來。

崔亮凝目看著她嬌羞模樣，低聲道：「小慈。」

「嗯。」

「你眞是心甘情願的麼？眞的決定好了？」

江慈有些慌亂，一時不知該如何回答。

崔亮輕歎口氣，道：「小慈，蕭教主眞眞不是你的良配，前路艱難啊。」

江慈未料他已猜到，垂下頭，半晌方道：「我知道。」

「你還是離開吧。」

「不。」江慈搖了搖頭，嘴唇微微抿起，俄頃後道：「崔大哥，這條路是我自己選擇的，我從不後悔。」

崔亮一時無言，江慈又望向軍營，低低道：「再說，我走了，他怎麼辦？」

「他自有他的事情要做，可那些事情到底與你無關。」

「他的事便是我的事。」江慈話語帶上了幾分倔強，「崔大哥，月落的人太可憐了，爲什麼華、桓兩國的人都要欺負他們？憑什麼他們就不能過安定的日子？他們可從來沒有想過要欺負別人。」

崔亮歎道：「若是這兩國的帝王將相都像你這麼想，天下間，也就再無紛爭了。」他知曉再勸無用，站了起來，「回去吧，你身子未完全康復，得早些歇著。」

崔亮與江慈在醫帳前分手，又往中軍大帳走去，裴琰卻不在帳內。長風衛告知他裴琰去了宣遠侯何振文處，似是何振文遭人偷襲，偷襲者還殺了數人，裴琰過去慰問宣遠侯。

崔亮只得回轉自己的營帳，剛到帳門，便見江慈又往這邊過來，不由笑道：「不是讓你早些歇著麼？」

江慈將手中的棕葉扇遞給崔亮，「剛編的，崔大哥將就搧一搧，晚上太熱。」

崔亮含笑接過，「你自己有沒有？」

「有。」江慈笑道：「崔大哥早些歇著，我走了。」

她剛轉身，眼前似有道閃電劃過，劍刃撕破夜風，從她面前直刺向崔亮，江慈被這股勁氣逼得連退數步。

「叮」聲一響，長劍刺上崔亮胸前，卻未能刺入，劍刃陡然彎起，崔亮噴出一口鮮血，「蹬蹬」退後幾步，跌坐於地。

黑衣蒙面人輕「咦」了聲，似是不明爲何以自己的功力，居然刺不入崔亮身體。他長劍一揮，劍氣割破崔亮胸前衣襟，恍然大悟，冷笑道：「原來穿了『金縷甲』！」他不再多話，挺劍往崔亮咽喉處刺下。崔亮雖著了金縷甲擋過胸前一劍，卻也被這人的凌厲眞氣擊傷了肺腑，全身無力，眼見就要死於劍下。

黑衣蒙面人話語一出，江慈當即認出他是易寒，心呼不妙，直撲了過來，在易寒長劍挺出的一瞬，撲在崔亮身上。易寒微微一愣，想起女兒燕霜喬，想起她臨去上京時的殷殷請求，這一劍便怎麼也刺不下去。不過易寒轉瞬間恢復清醒，探手一抓，將江慈拎起丟於一旁，再度挺劍向崔亮咽喉刺下。

五十　情似流水

龍吟之聲震破夜空，伴著裴琰的怒喝聲，易寒縱是萬分想取崔亮性命，也不得不騰身而起，避過裴琰自十餘丈外拚盡全力擲來的一劍。

易寒落下，此時裴琰尚在五六丈外。易寒急速挺劍，再度朝崔亮咽喉刺去，裴琰手中已無兵刃，眼見搶救不及，江慈卻再急撲到崔亮身上。易寒劍勢微微一滯，這一劍便刺中了江慈的右臂，江慈痛呼一聲暈了過去。

裴琰狂喝著撲來，瞬間到了易寒背後。易寒知今夜行刺已告失敗，一道光芒耀目，他將空手撲上的裴琰逼退一步，再是數招，擋開隨之而來那群長風衛的圍攻，身形騰起，消失茫茫夜色之中。

裴琰急速返身，將江慈抱起，崔亮也強撐著撲過來，「小慈！」

江慈右臂血流如注，裴琰「嘶」的一聲將她衣袖扯下，點住傷口旁的穴道，運起輕功往醫帳跑去。崔亮在長風衛的護衛下急急跟上。

待凌軍醫等人圍過來替江慈處理傷口，裴琰方鬆了口氣，再想起之前的情況，實是險而又險。見崔亮進帳，面如白紙，裴琰忙探了探他的脈搏，知他被易寒內力震傷，須得將養一段時日，不由怒哼一聲：「這個易寒！遲早要除掉他，為子明出這一口惡氣！」

崔亮壓下胸中翻騰的氣血，走到病床邊。凌軍醫見他面色，忙道：「還是我來吧。」

崔亮不言，拿過藥酒。凌軍醫無奈，只得由他，而後過來向裴琰道：「小江這一劍傷了骨頭，得養上一段日子。」裴琰點點頭，走至病床邊，看著崔亮替江慈處理傷口，看著江慈昏迷的蒼白面容，面上怒色緩緩斂去，眼神漸轉柔和，還帶上了幾分讚賞之意。

乍然一道白影閃入帳中，裴琰抬頭，衛昭與他眼神相觸，又望向病床上的江慈，胸口一記猛痛，強自抑制。

衛昭快步走近，道：「子明沒事吧？」崔亮抬頭看了看他，道：「我沒事，幸得小慈相救。易寒這一劍運了真氣，她傷了骨頭，不過易寒最後應是收了幾分內力，否則她這條右臂可保不住。」

裴琰與衛昭沉默不語，兩人負手立於病床邊，一左一右地看著崔亮替江慈處理傷口。崔亮紮好紗布，已是面無人色，額頭汗珠涔涔而下，裴琰將他扶到一邊躺下，爲他輸入眞氣。崔亮自行調息一陣，才稍稍好些。

裴琰回過頭，卻見衛昭仍靜靜地看著病床上的江慈，他走過去，腳步放重。衛昭抬頭，冷聲道：「少君，易寒刺殺子明失敗，桓軍馬上就會強攻。」

裴琰知事態嚴重，向凌軍醫道：「小慈一醒，你便來稟我。」頓了頓道：「給她用最好的藥，軍中若缺，速派人回河西府取。」他終覺不放心，又道：「醫帳人雜，將她送到我大帳休息，派個老成之人守著。」

崔亮亦知大戰在即，強撐著站起，長風衛過來將他扶住，一行人急匆匆出了醫帳。

衛昭走出醫帳，回頭看了看病床上那個瘦弱的身影，心血翻騰，強迫自己閉上雙眼，轉身而去。

果然，易寒逃回關塞後不到三個時辰，天方亮，桓軍便擊響戰鼓，三軍齊出湧迫而來，攻向長風騎。長風騎訓練多日，將崔亮傳下的陣法練得如流水般圓潤無礙，陣列有序，隅落相連。崔亮強抑胸口疼痛，負傷登上最高「樓車」，號角聲配合其他旗令，指揮長風騎與桓軍在雁返關前展開了殊死搏鬥。

衛昭策馬於裴琰身側，冷覷著戰況，忽然間目光一凜，死死地盯住桓軍一桿迎風飄揚的大旗，旗上正是張牙舞爪的「寧平」二字。旗下，寧平王威猛如虎，左衝右突，手中寶刀不多時便飲了數十名長風騎將士的鮮血，他殺得性起，面目越顯猙獰，在黎明曙色中宛如閻殿修羅。

這把刀，是否飲了父親的鮮血？這把刀，是否割破了母親的咽喉？——衛昭忽然仰天而笑，勁喝一聲，策動身下駿馬，白影如流星，裴琰不及攔阻，他已直衝向寧平王。

衛昭衝出時已拉弓搭箭，一路衝來，十餘枝長箭如流星般射出，無一虛發，轉瞬將寧平王身邊十餘名將士斃於箭下。快衝到寧平王身前時，他右手擎過馬側長劍，氣貫劍尖，狂風暴雨般射向寧平王。

寧平王久經沙場，並不慌亂，雙手托刀上舉，身形在馬背上後仰，擋過衛昭這傾注了十成眞力的一劍，但亦被這一劍之力逼得翻身落馬。衛昭自馬鞍上騰身飛下，招式凌厲狠辣，逼得寧平王狼狽不堪。再過幾招，寧平王眞氣換轉時稍慢一拍，衛昭長劍割破他的鎧甲，寧平王暴喝下運起護體眞氣，衛昭這一劍方未深入肋下，但仍令他左肋滲出血來。

衛昭驀然急旋，化出一股內含劇漩的力道，再度刺向寧平王，眼見寧平王躲閃不及，卻聽「砰」的一聲巨響，竟是易寒由遠處大力擲來一塊石頭，擋住了衛昭的必殺一劍。

裴琰遙見易寒率著數百人將寧平王護住，將衛昭圍在中間，心呼不妙，此時樓車上的崔亮隨之發現異樣，旗令數揮，長風騎陣形變換，逐步向陣中的衛昭移動。崔亮再揮旗令，號角響起，令衛昭退回，衛昭卻似聾了般的毫無反應，招招見血，劍劍奪魂，仍向被易寒等人護住的寧平王攻去。

崔亮無奈，再變旗令，長風騎虎翼變鳳尾，上千人擁上前將衛昭圍住。衛昭眞如瘋了似地欲衝破長風騎的圍擁，直至劍下傷了數名長風騎將士，他才稍稍清醒。寧劍瑜持槍趕到，大喝一聲，衛昭面無表情，騰身躍到寧劍瑜背後。兩人一騎，回轉帥旗下。

裴琰眉頭微皺看著衛昭，衛昭目光冰冷中尙餘幾絲猩紅，不發一語地躍下駿馬，滿身血跡，拂袖而去。

雙方拚殺無果，各自鳴金收兵，雁返關前徒留遍地屍首，滿眼血跡。

裴琰等人回轉中軍大帳，見崔亮面如土色，裴琰忙替他運氣療傷，又給他服下宮中的九元丹，崔亮才稍見血色。裴琰正待說話，躺於帳內一角的江慈輕哼了一聲，裴琰與崔亮同時站起。

崔亮急走到榻前，喚道：「小慈！」

江慈睜開雙眼，半晌方憶起先前之事，看著崔亮好端端站在自己面前，開心地笑了笑。

崔亮眼眶不由地濕潤，只望著她微笑，說不出話來。

江慈坐起，裴琰上前將她扶住，語帶柔和：「起來做甚？躺著吧。」

江慈目光在帳內掃視一圈，不見那道身影，面上閃過失望之色。崔亮看得清楚，道：「你本有寒氣在身，未曾康復，而今骨頭又傷了，我得給你換過一套蟒針進行治療，到我帳中去吧。」

裴琰忙道：「就在這兒施針好了。」

崔亮看了看旁邊的寧劍瑜、田策等人，微笑道：「相爺，你們在這中軍大帳商議軍機要事，我又怎能靜心替小慈施針。」復轉向江慈道：「能不能走動？」

江慈一面下榻，一面笑道：「只是手傷，當然能走。」

已近傍晚，陽光仍略火辣辣的，衛昭負手而行，慢悠悠走向營帳。將近帳前，崔亮於十餘名長風衛的護擁下，自東首而來，在他面前站定。

崔亮望著衛昭，微笑道：「崔亮斗膽，往後戰場之上，還請大人聽令行事。」

衛昭靜默須臾，道：「是我一時魯莽，子明莫怪。」

「多謝大人。」崔亮一笑，「大人今日違反軍令，本應以軍規處置，但大人是監軍，代表天子尊嚴，刑責可免，卻須受小小懲罰。」

衛昭盯著崔亮看了片刻，淡淡道：「子明請講。」

崔亮神色恬和，道：「我要去大帳與相爺商議軍情，卻忘了帶畫好的車圖。崔亮斗膽，請大人去我帳中拿取送來大帳，大人若不送來，我和相爺便會一直在大帳等著。」

衛昭也是心竅剔透之人，嘴角輕勾，「子明此項懲罰倒是新鮮，衛昭甘願受罰。」

二人相視一笑，互相微微欠身，擦肩而過。

那廂江慈得崔亮囑咐，在他帳中安坐運氣，右臂仍是疼痛難當。她聽了崔亮所言今日戰場之事，滿心記掛著那人，剛站起欲出帳門，微風拂動，一人從外進來，將她抱回席上躺下。此時天色漸黑，帳內略顯昏暗，江慈仍可看見衛昭身上白袍血跡斑斑，她眼眶一紅，卻說不出什麼，只下意識攥緊了他的手。

衛昭探了探她的內息，放下心來，卻也心頭微酸，良久方是一句：「你膽子倒是不小。」

「三爺今日才知我膽大？」江慈嗔道，淚水不自主溢了出來。衛昭伸手替她拭去淚水，炎熱夏季，他的手猶如寒冰，江慈更是難受，祈求地望著他，「三爺，咱們回去吧。」

「咱們？回去？」

「是。」江慈凝望著他，「我想跟三爺回、回家。」

衛昭茫然，家在何方？回家之路又該往哪裡去？江慈再攥緊些，衛昭卻輕輕搖頭，「我的仇人在這裡。」江慈黯然望著衛昭，也不再勸，過得一陣，微微一笑，輕聲道：「那好，三爺在哪裡，我便在哪裡。」

衛昭慢慢反握住她的左手，凝視著她，低語道：「今後，別叫我三爺，叫我無瑕。」江慈望向他的雙眸，含著淚微笑，柔聲喚道：「無瑕。」

衛昭百感交集，片刻後方低沉地應了聲，江慈偏頭一笑，淚水仍是落了下來。

這一日，二人同在生死關口走了一遭，又都同時為對方懸了一整日的心，此時相見，反覺並無太多話說，只是靜靜地坐著，互相握著對方的手，便覺心靜心安。

他冰涼的手，在她的小手心裡，慢慢變得溫熱。

江慈低咳了兩聲，衛昭摸了摸她的額頭，眉頭蹙起，「有些發燒。」

「不礙事，崔大哥說會有兩天低燒，熬過這兩天就沒事了。」她將他放在額頭的手輕輕扳下，緊緊攥住，猶豫半晌，終於說道：「無瑕，崔大哥是好人。」

衛昭心下瞭然，淡淡一笑，「你放心，你拚著性命也要救他性命，我又怎會傷他？更何況，他確是仁義之人。」

江慈放下心事，依於他懷中，聞著他白袍上淡淡的血腥氣，安靜無語，慢慢入睡。待她睡熟，衛昭再撫了撫她的額頭，方將她放下，悄然出帳。

爲防桓軍夜間突襲，軍營燈火通明，巡夜將士比以往多了數倍。衛昭一路走來，卻恍覺眼前只有天上那一輪明月、數點寒星，像她的明眸、像她的笑顏，無時陪伴著自己……

崔亮這夜爲裴琰和寧劍瑜等人講解《天玄兵法》中的天極陣法，他口才本就甚佳，變化繁複的陣法經他一講，變得極爲清晰明瞭，滿帳人聽得渾不知時間。待帳外隱約傳來換防的更鼓聲，崔亮停住話語，眾人才驚覺竟已是子時。裴琰站起笑道：「子明辛苦了，今夜眞是令我等大開眼界。」

寧劍瑜心癢難熬，過來拍了拍崔亮的左肩，「子明，不如今夜咱們抵足夜談吧，我尙有幾處不明，欲請子明指教。」

許雋過來應和：「乾脆咱們一塊兒，我也有不明白的地方。」寧劍瑜作勢踢他，道：「你就愛湊熱鬧，一邊去！子明今晚是我的。」

崔亮忙道：「改日吧，小慈還在我帳中，我得去照顧她。昨夜若非她捨命相救，我便要死於易寒之手。」

許雋「嘖嘖」搖了搖頭，「看不出這小丫頭倒有一股子英雄氣概，不錯，比那些扭扭捏捏的世家小姐們強多了，不愧是咱們長風騎出來的！」

裴琰微笑道：「我送送子明。」

二人快到崔亮軍帳，崔亮立住腳步，笑道：「相爺早些歇著吧。」裴琰看了看，道：「小慈似是睡了，不如子明去我帳中吧。」崔亮回道：「這兩晚我得守著她，她患疫症時以身試藥傷了臟腑，未曾康復，眼下又受劍傷，如果這兩日高燒不退，極爲危險。」

裴琰面色微變，急行兩步，撩簾入帳。崔亮點燃燭火，裴琰蹲下，摸了摸昏睡的江慈額頭，喃喃道：「燒得厲害。」他忽覺心頭竟有微痛。

崔亮擰來濕巾覆於江慈額頭，裴琰突地端坐，握住江慈左腕，運起至純內力沿著她手三陰經而入，在她體內數個周天流轉不息。

崔亮忙取出蟒針，扎入江慈相關穴位，江慈昏睡中輕「嗯」了一聲，卻未睜眼，依然沉睡。待覺她內息穩些，裴琰方放開她的左腕，再看了她片刻，道：「現下想起來，昨夜眞是萬般驚險。」

「是啊，若非有小慈，我此刻已在閻王殿了。」崔亮苦笑一聲，望著江慈的目光充滿憐惜，「有時我覺得，她比許多大丈夫還要勇敢。相爺有所不知，那時爲找出治療疫症的藥方，我換了許多方子，小慈試藥後疼痛的樣子，凌軍醫他們都看不下去，她竟反過來安慰我們。」

裴琰聞言怔然不語，良久方道：「她變了很多。」

「是麼？」崔亮輕輕搖了搖頭，「我倒覺得，她天性純良，從沒改變。相爺太不瞭解她了。」

裴琰取下江慈額頭的濕巾，再度浸入涼水之中。崔亮忙道：「還是我來吧。」

裴琰不語，擰乾濕巾，輕輕地覆在江慈額頭。江慈微微動了一下，口中似是說了句什麼，聲音極輕極含糊。崔亮未聽清，喚道：「小慈。」江慈依然沉睡。崔亮抬頭，見裴琰面色有異，竟似有著一絲他從未見過的傷感，卻又好似還有幾分忿懣與不甘。

裴琰猛然站起，掀簾出帳，滿營燈火皆似遠不可及，唯有這句話不停在他耳際迴響——「無瑕，咱們回去吧……」

翌日桓軍守關不出，裴琰便於午時命長風衛傳令，召集諸將領齊聚大帳。

寧劍瑜等人走入大帳，都微微一愣。只見裴琰端坐於長案後，甲冑鮮明，神情嚴肅，案上還擺著紫玉帥印。裴琰平素親易平和，與眾人商議軍情亦總是談笑間決定，此時這般情形令眾人暗凜，忙按軍職高低依次肅容站立。待眾人到齊，裴琰向安澄道：「去請衛大人。」

衛昭須臾後進帳，看清帳內情形，於帳門口停立片刻。裴琰抬頭，眼睛慢慢瞇起，聲音淡然，「監軍大人，請坐。」

一名長風衛搬過椅子，衛昭向裴琰微微欠身，一撩袍襟，端然坐下。裴琰正待說話，眼角餘光掃過衛昭腰間，那處繡著的一枝桃花灼痛了他的眼睛。短暫靜默讓帳內之人心頭惴惴，裴琰終緩緩開口：「從今日起，全軍熟練『天極陣法』。」他又轉向崔亮，微笑道：「有勞子明了。」

崔亮將連夜抄錄畫好的陣法圖及注解發給眾將領。

裴琰道：「此陣法用來對桓軍進行重要一戰，需操練多日。眾將領一概聽從子明號令，帶好自己兵馬，熟練陣法。」他頓了頓道：「此事僅限帳內之人知曉，如有洩露，斬無赦！」

眾將領躬腰應諾，聲音齊整，帳內便如起了一聲悶雷。衛昭面上神情平靜，坐於椅中，不發一言。

裴琰再沉默片刻，轉向崔亮道：「軍師。」

「在。」

「請問軍師，如有陣前違反軍令、不聽從軍師號令指揮者，按軍規該如何處置？」

崔亮心中明白，略感為難，卻只能答道：「陣前最忌違反軍令、不聽從指揮，凡有犯者，斬無赦。」

「你們都聽清楚了？」裴琰聲音帶上了幾分嚴厲。

一眾將領懾服於他的嚴威，甲冑擦響，齊齊單膝跪地，「屬下謹記！」

衛昭嘴角慢慢湧上一抹冷笑，他拂袖起身，負手而立，淡淡道：「衛昭昨日有違軍令，且誤傷了幾名長風騎弟兄，現自請侯爺軍法處置。」

「不敢。」裴琰神色淡靜，道：「衛大人乃監軍，代表天子尊嚴，裴琰此話並無針對大人之意。」

衛昭目光徐徐掃過帳內諸人，再深深地看了裴琰一眼，大步出帳。

眾人都覺裴琰與衛昭今日有些異樣，見衛昭出帳，均暗中輕吁了一口氣，但不到片刻，衛昭又返回大帳。眾將領轉頭，見衛昭雙手托著蟠龍寶劍，忙又齊齊下跪。裴琰眉頭微皺，無奈下從案後起身，正要下跪。衛昭卻將蟠龍寶劍放於紫玉帥印旁，再向長案單膝下跪，冷聲道：「衛昭有違軍令，現暫交出天子寶劍，並請主帥軍法處置。」

衛昭此言一出，帳內之人除三人外，俱大感震驚。衛昭飛揚跋扈、恃寵而驕之名傳遍天下，傳言中他見了太子亦從不下跪行禮。這數月來，眾人對他或避而遠之、或見他與侯爺相處融洽而敬他幾分。大家雖也在背後暗讚他武功出眾，但總存著幾分鄙夷輕視之心，此時見他竟是如此行事，心中便都有了另一層看法。

裴琰低頭不語，徐徐坐回長案後，盯著衛昭看了一陣，面上浮出一絲淺笑，叫了一聲：「衛大人。」

「在。」

「衛大人陣前違反軍令，本該以軍規處置。但大人乃監軍，代表天子尊嚴，身分貴重，且大人非我長風騎之人，未曾入伍不識軍規，故情有可原。然大懲可免，小戒難逃。」

「衛昭甘願受罰。」衛昭的聲音漠然而平靜。裴琰沉吟片刻，道：「既是如此，本帥就罰衛大人在帳內禁閉三日，不得出帳一步。」衛昭不答話，倏然起身向裴琰微微躬腰，再雙手托起蟠龍寶劍，出帳而去。

崔亮微笑道：「諸位對陣法有什麼不明白的，儘管來問我。」眾人回過神來，見裴琰神色如常，便又齊齊圍住了崔亮。

江慈這日燒得迷糊，睡了一整日，無力起身。帳外漸黑，仍未盼到那人身影。她躺於席上，一時在心底輕喚著他的名字，一時又擔憂他在戰場上激憤行事，一顆心時上時下，紛亂如麻。

正胡思亂想間，一人掀簾進來，帳內未燃燭火，江慈又燒得迷糊，張口喚道：「無……」瞬間發現不對，將後面的字嚥了回去。裴琰面上笑容微僵，轉而走近，點燃燭火，和聲道：「可好些？」

江慈淡淡答道：「好些了。」

裴琰伸手探了探她的額頭，皺眉道：「怎麼比昨日還燒得厲害？」

「無甚大礙，崔大哥說，會有兩日發燒。」江慈輕聲道：「相爺軍務繁忙，親來探望，江慈心中有愧，還請相爺早些回去歇著。」

裴琰卻微微一笑，「你救下我的軍師便如同救了長風騎，我來看望是應該的。」說著擰來濕巾，覆於江慈額頭。他又柔聲問道：「吃過東西沒有？」

江慈盼著他早些離去，忙道：「吃過了。」

「吃的什麼？」

江慈噎了一下，道：「小天給我送了些粥過來。」

「白粥？」

「嗯。」

裴琰一笑，「那怎麼行？得吃點補氣養血的。我命人熬了雞粥，等一下會送過來。」

江慈無力抬手，忙搖頭道：「不用了，啊……」她這一搖頭，額頭上的濕巾便往下滑，蓋住了她的眼睛。

裴琰忙將濕巾拿起，但江慈睫毛上已沾了些水，頗感不適，拚命地眨了幾下眼睛。高燒讓她的臉分外酡紅，她拚命眨眼的神情，一如當日在相府西園被蘗油抹入眼後的神態。裴琰被逗得想笑，卻又笑不出來，只將濕巾用力擰乾，輕輕地替她擦去睫毛上的水珠。

江慈卻滿心惦記著那人，怕他此時前來與裴琰撞上，便望著裴琰輕聲道：「相爺，我要睡了。」

「你睡吧。」裴琰從背後拿出一本書冊，微笑道：「子明現下在我帳中為他們講解兵法，吵得很，我在此看看書，清靜一陣，不會吵著你。」

江慈愣了一瞬，轉而微笑道：「可是相爺，我這人有個毛病，稍見一點燭火便睡不著。」

「是麼？」裴琰右掌一揚，熄滅燭火，黑暗中他微微而笑，「也好，我正要運氣練功，咱們互不干擾。」

江慈無奈，索性豁了出去，道：「相爺，還是得麻煩您出去，我、我要小解。」

大半年前在清河鎮的往事驀地湧上裴琰心頭，他沉默片刻，淡淡道：「蕭教主今夜不會來。」江慈一驚，裴琰輕笑，笑聲中帶著半分苦澀。笑罷，他站起道：「你可別又像以前一樣，騙我說蕭教主要暗殺你。」說著快步掀簾出帳。

翌日，江慈燒退了些，也有力走動，好不容易熬到天黑，便出了崔亮軍帳，悄悄往衛昭軍帳走去。

衛昭正坐於燈下看書，見她進來，身形急閃，將她抱到內帳的竹榻上躺下。他摸了摸她的額頭，修眉微蹙，語帶責備，「燒沒退，到處亂走做甚？」

江慈頓覺些許委屈，抿著嘴望著他，眼中波光微閃。衛昭一笑，低聲道：「我這三日不能出帳。」

江慈卻是一喜，道：「那就不用上戰場了？」衛昭一時無言，握住她的左腕輸入真氣。江慈安下心來，輕聲道：「無瑕。」

「嗯。」

「君子報仇，十年不晚。」

衛昭望上她的眼眸，秋水清瞳，黑若點漆，滿含著溫柔與期盼。他心中一暖，低聲道：「你放心。」轉而嘴角輕勾，「我若再衝動，少君罰我一輩子不能出帳，可怎麼辦？」

江慈這才知前因後果，忍不住笑出來，「那我也去違反軍令，讓他罰我和你同關禁閉，關上一輩子。」

「那如果他將我們分開關上一輩子，怎麼辦？」

江慈想了想，笑道：「那咱們挖條地道，每天偷偷見面……」她眼中閃著俏皮的光芒，衛昭忍不住大笑。

談笑間，衛昭面色微變，放下江慈的手，迅速閃到外帳，坐回椅中。

帳外傳來了裴琰平靜的聲音：「三郎。」

「侯爺請進。」衛昭翻過一頁書，從容道。

裴琰含笑進帳，微微搖頭道：「三郎還生我的氣？」

「不敢。」衛昭斜睨了來者一眼，依舊靠於椅中看著書，口中閒閒道：「我還得感謝侯爺，饒我一命。」

裴琰大笑，在椅中坐下，道：「我亦要多謝三郎配合我演這場戲，要知這『天極陣法』是作最重要一戰之用，不讓這群猴崽子們知道點厲害……」

衛昭淡淡打斷裴琰的話，「少君不必解釋，我正喜清靜，倒還望少君多關我幾日禁閉。」

「是麼？看來三郎這監軍營帳比我那中軍大帳還要舒服。」裴琰笑著站起，負手往內帳走去。衛昭身形一閃，擋在了他面前。

二人眼神相交，互不相讓，裴琰唇邊笑意未斂，衛昭眸色冰冷地直視著他。片刻後，二人同時聽到內帳裡江慈憋了半天沒憋住的一聲低咳。

衛昭知曉以裴琰耳力，一進來即已聽出江慈在內帳的呼吸聲，他索性向裴琰一笑，走入內帳。他見江慈要下榻，過去將她按住，道：「躺著吧，別跑來跑去的。」江慈向他溫柔地笑著，應道：「我還是回自己的營帳，你和相爺有事要商量，我回去就睡，會好得快點。」

衛昭應聲「好」，俯身將她扶起。江慈走過裴琰身邊，也未看他，只微微欠身行禮。待她遠去，衛昭轉過身向裴琰笑道：「少君請坐。」

裴琰勉力維持面上笑容，道：「不打擾三郎休息，告辭。」

「少君慢走。」

往左是去她的帳篷，往右是回中軍大帳。營地燈火下，她纖細身影逐漸遠去，裴琰默立片刻，轉身向右。

中軍大帳內，崔亮仍在為眾將領講解天極陣法，聲音清澈：「諸位定都見過流水裡的漩渦。這『天極陣法』取流水生生不息之意，各分陣便如同一圈圈水紋，將敵軍截斷，而在這一圈圈水紋之中呢，便是這個如漩渦般的陣眼。」

裴琰負手立於帳門口，薄唇輕抿，默默地聽著。

「漩渦之力一旦形成，將把一切吞噬，這股因旋轉而產生的巨力，無法抵擋……」

夏去秋來，山間的風一日涼過一日，軍營邊一棵桂花樹亦漸釋放出濃香，默看著玄甲金戈、殺戮征戰，在這雁返關前進行了兩個多月。

華、桓兩國大軍於雁返關前對峙數月，激戰數十場，雙方奇招頻出，卻是誰也無法取勝：桓軍固無法南下，長風騎同樣沒能再收復失土，兩國戰事陷入長久的膠著。

八月十二。斜暉脈脈，不再像兩個月前一般炎熱，帶上了幾絲秋意。馬蹄聲落如急雨，拍打在山路上，不多時便疾馳進軍營。

江慈和小天由馬上躍下，從醫帳出來的長風騎們紛紛笑著和她打招呼：「江軍醫回來了！」「江軍醫可從河西帶了什麼好吃的回來？」

江慈笑著從馬鞍上解下大袋藥草，與小天抬入醫帳，瞅見凌軍醫不注意，偷偷將用油紙包著的一包芝麻餅塞給了一名不過十七八歲的傷兵。那傷兵斷了條胳膊，接過芝麻餅，眉花眼笑地奔了出去。凌軍醫轉身，江慈與小天眨了眨眼睛，笑著走開。

待天色全黑，小天洗淨手出了醫帳，回頭向江慈使了個眼色。江慈過得一陣，也跟了出去。

二人悄悄拿出醫帳後的麻袋，偷偷往營地附近山上溜去。不多時，便轉到一處灌木叢後，藥童小青與小沖正等得著急，一見二人過來，搶過麻袋，拎出裡頭的山雞，笑道：「怎這麼慢？」

小天笑道：「不是怕凌老頭子發現麼？這可是我和小江好不容易才捉住的。」

「要是你們天天去河西府拿藥就好了，咱們便天天有烤雞吃。」

江慈忍不住敲了一下小青的頭，「你當次次能撞上山雞啊，我和小天可是捉了老半天才捉到。再說，如果不用去河西拿藥，就證明咱們長風騎再無傷兵，那才是好事。」

小青嘿嘿而笑，掏出匕首將山雞開膛破肚。江慈來了興致，「別烤，我弄個叫化雞給你們吃。」三人早對江慈廚藝有所耳聞，自是大喜，遞上偷來的油鹽之物。江慈熟練炮製，三人看得目不轉睛，不停嚥著口水。

將泥雞埋入火堆下，江慈拍去手中泥土，笑道：「好了，等小半個時辰再挖出來，就可以吃了。」

四人在醫帳共事數月，結出了深厚的情誼，此時說說笑笑，又幹著偷食烤雞的「大事」，自是暢心。再說一陣，江慈興起，索性為三人哼上了幾段戲曲。

秋風送來陣陣桂香，江慈在心中數算日子，恍然愣住。待叫化雞出土，她悄悄用大蘿葉包了一塊藏放在背後。

四人吃得極為過癮，又偷偷溜向軍營，江慈忽感肚痛，往一旁小樹林跑去，小天等人自回營帳。剛走到軍營，正撞上裴琰帶著長風衛巡營。裴琰盯著小天瞧了一陣，小青壯起膽子看了看，發現小天嘴角還沾著一絲雞肉，三人只得老實招供。

裴琰聽到「叫化雞」三字，眼神一閃，淡淡道：「江軍醫呢？」小天只得往小樹林指了指。

穿過小樹林，再往營地西面走上約一里半路，有處小山坡。江慈乘著夜色溜至山坡上，在一棵松樹下停住腳步，「喵喵」叫了兩聲，過了一會兒，樹上傳來極不情願的貓叫聲。

江慈笑著攀到最大的樹杈處，衛昭靠著樹幹，轉著手中的玉簫，鳳眸微斜，「約我來，你自己又遲到。」

江慈一笑，「我認罰，所以帶了樣東西給你。」說著從懷中取出用大蘿葉包住的叫化雞，遞給衛昭。

「哪來的？」

「和小天在路上捉到的。」

衛昭撕了一塊雞肉送入口中，眼中有著微微的沉醉。待他吃完，江慈慢慢靠上他肩頭，遙望夜空明月，輕聲道：「無瑕。」

「嗯。」

「記不記得今天是什麼日子？」

衛昭算了算，同是滿心感慨，良久方道：「當初誰讓你去爬樹的，吃了這麼多苦，合是活該。」

江慈柔聲道：「我不後悔。」又仰頭看著他，嗔道：「不過，我要你向我賠罪。」

「怎麼個賠法？」衛昭微笑。

江慈想了想，璀然一笑，「你給我吹首曲子吧。」

「這麼簡單？」衛昭又覺好笑，又微生心疼，終伸手將她抱住。江慈小小的身子蜷在他懷中，就像隻溫順的小貓，他一時情動，忍不住低頭吻上了她的唇。

二人這兩個月來各自忙碌，見面極少，有時在軍營碰到，只是相視一笑，偶爾相約見面，也只是找到這處隱密所在，說上幾句話便匆匆歸去。

此刻夜涼如水，秋風送香，唇齒一點點深入，江慈不禁攬上了他的脖頸。他的吻如春風一般溫暖，她氣息漸急，覺自己就要融化爲一波秋水，忍不住低吟了一聲。

衛昭也覺呼吸不暢，抱住她的雙手欲做些什麼，卻又不知該往何處去。她唇齒吐香，讓他渾身恍若要爆裂開來，聽到她這聲低吟尤是腦中一轟，猛然用力將她抱緊，唇舌交纏間，呼吸漸急。

江慈天旋地轉，早已不知身在何方，只是腰間似要被他箍斷了一般，痛哼出聲。衛昭悚然清醒，喘著氣將她放開。月色下，她面頰如染桃紅，他心中一蕩，暗咬了一下舌尖，才有力氣向旁挪開。

江慈待心跳不再如擂鼓一般，才坐了過來，輕輕地握住了他的右手，仰望著他。他的黑髮垂在耳側，襯得肌膚如玉，面容秀美無雙，月光透過樹梢灑落他身上，一如一年之前在樹上初見時那般清俊出塵，江慈不由看得癡了。

衛昭平靜一下心神，低歎一聲，輕聲道：「我吹首曲子給你聽。」

「好。」江慈微頓，道：「以後，你得天天吹給我聽。」

玉簫在唇邊頓了頓，以後，誰知道以後會如何？衛昭緩緩閉眼，簫音宛轉，歡悅中又帶著點淡淡惆悵，於樹林中輕盈地迴繞。江慈依於他懷中，默默地聽著，唯願此刻延續至天荒地老。

將近中秋的月是這般明亮，將裴琰的身影拉得很長很長。他負手站於小山坡下的灌木叢後，遙望著她奔上小山坡，遙聽著這細細簫聲響起，風中猶隱約傳來一絲她的笑聲。

簫聲散去，那道修韌身影牽著她的手自山坡而下，她口裡哼著宛轉的歌曲。直到二人悠然遠去，裴琰始終沒有挪動腳步。一年時光似流水，一切俱已隨流水逝去，唯有流水下的岩石苔色更深。

眼見快到軍營，江慈停住腳步，望向衛昭。衛昭只覺月色下，她渾身上下無一不釋溫柔之意，不由握住她的手，「想說什麼？」

江慈依上他胸前，輕聲道：「再過三日，就是中秋夜了。」

衛昭明白她的意思，心尖處疼了一下，忽然仰頭而笑，「好，今年，咱們這兩個沒有……」卻再也說不下去。江慈心中一酸，接著他的話道：「以後，咱們便是親人，每年都在一塊兒過節。」

衛昭望向天上明月，以後，眞能得她相伴，度過一個又一個月圓之夜麼？

五十一　花朝月夜

衛昭一進帳，看清帳內之人，冷聲道：「出什麼事了？不是讓你看著宮中麼？」

易五滿身塵土，趨近細稟：「莊王爺讓小的來傳個要緊的信息，說一定要小的親口和主子說，不能以密信方式傳。」

「說！」

易五將聲音壓到最低，「王爺說，高氏有筆寶藏，本是藏在河西府的隱祕所在，但於河西府失守後不翼而飛了。王爺詳細查過，當初國舅爺殉國之時沒來得及將寶藏運出去。王爺懷疑是落在裴琰手中了。」

衛昭想了想，冷笑一聲：「他猜得倒是沒錯，可已經晚了，裴琰早拿來做了順水人情，收買民心。」

「是，王爺同是這麼認爲，但王爺要小的來，主要不是爲這個。」

「說吧。」

易五聲音壓得更低，「主子上次傳信給王爺說的事，王爺說考慮得差不多了，可河西軍如今僅餘兩萬來人，王爺是想盡法子才沒讓太子將這批人再派上前線送死，穩在了朝陽莊。眼下軍糧雖不致缺，但派發的兵器卻是最差的。」

衛昭淡淡道：「我也無辦法給他變出一批。」

「王爺說他有法子變出來，但得主子設法替他運回去。」

「哦！」

「王爺說，高氏寶庫是『庫．下．有．庫』。」易五緩緩道。

衛昭面上漸湧笑意，「這倒有趣。」

「是，高氏寶庫分為上下兩層，上面藏的是高氏上百年來留下的金銀珠寶，而下面一層十分隱祕，開啓的方法，除開國舅爺和貴妃娘娘以外再無人知曉，藏的正是可以裝備數萬人的甲、刀、劍、戟、槍、弓矢等精利兵器。貴妃娘娘薨逝前，將這個祕密告訴了王爺。」

衛昭眼睛漸亮，沉吟道：「原來高氏一族早有反意。」

「兵器庫極為隱祕，王爺估計裴琰的人只找到了上層寶藏，肯定未料到下層還有大量兵器。現下河西府都是裴琰的人，王爺想請主子設法將這批兵器啓出，祕密運回朝陽莊河西軍中交給高成。」

衛昭眉頭微皺，「這麼多兵器，如何運？」

「王爺派了些人來，都祕密進了城，打算花一段時日分批將武器運走，但車隊何能躲過搜查以安全出城，王爺說唯獨主子才有辦法。王爺請主子於近幾日內定要想法子將兵器運回去，裴子放和董學士有要向高成下手的跡象。」

衛昭心情暢快，笑道：「法子我倒是有，可又得讓某個人撿便宜了。」

那廂裴琰默默回轉大帳，寧劍瑜正與崔亮對弈，已被逼至死局，見裴琰進來如獲大赦，笑著站起身。

裴琰察觀棋局，道：「子明功力見長。」寧劍瑜笑道：「我老疑他藏私，想跟他借棋譜看看，偏生小器。」

裴琰來了興致，往棋盤前一坐，「子明，你也別藏著掖著，正式和我下一局。」

「好啊，有什麼彩頭？」崔亮將棋子拈回盒內。

「子明但有要求，無不應允。」

兩人這一局廝殺得極爲激烈，崔亮邊下邊道：「這樣下去不是辦法。」

裴琰微笑道：「其實宇文景倫比我們更難熬，我給他加了把火，估計快把他燒著了。」

「哦！」

見二人目光炯炯地望著自己，裴琰一笑，「也沒做甚，只是請人教桓國皇太子說了幾句話而已。估計這話，也快要傳到宇文景倫耳裡了。」

衛昭挑簾，立於帳門口微笑道：「少君。」崔亮和寧劍瑜見此情狀，都退了出去。衛昭含笑入帳，裴琰給他斟了杯茶，道：「三郎今日心情怎麼這麼好？」

衛昭一笑，「沒什麼，想起佳節將至，想送少君一份大禮。」

「哦？三郎請說。」

「禮是什麼我暫且不說，但我得先向少君討塊令牌。」

裴琰從案後取出令牌，擲給衛昭。衛昭隻手接住，「少君倒是爽快。」

「若這點誠意都無，三郎怎會與我聯手？」裴琰笑道，又生好奇，「三郎別賣關子，究是何項大禮？」

衛昭輕聲述罷，裴琰眼神漸亮，二人相視大笑。裴琰道：「看來，得勞煩三郎走一趟河西府，我是主帥，走不開。」

另一陣營，宇文景倫這日卻是少有的煩悶。

滕瑞亦覺頗爲棘手，太子在桓皇面前進了讒言，桓皇這道暗旨，表面乃詢問軍情，實則隱含斥責與猜疑。

毅平王和寧平王為了爭功爭糧草，兩個月來同是爭吵不休，偏後方麻煩不斷，不斷有士兵死於暗襲，糧倉也被燒了多處，如若國內再出亂子，糧草跟不上，這十餘萬大軍便要飲恨雁返關。

寧平王氣哼哼入帳，大剌剌坐下，道：「景倫，你看著辦吧。」

宇文景倫知毅、寧二軍又為糧草一事起了爭執，與滕瑞相視苦笑，只得又將自己軍中糧草撥了一部分給寧平軍，寧平王方順了些氣，告辭離去。

滕瑞道：「王爺，這樣下去不行，咱們得另想辦法。」

宇文景倫思忖良久，在帳中所掛地形圖前停住腳步，道：「先生，您過來看看。」

順著他目光看去，滕瑞思忖片刻，微微點了點頭，「倒不失為良策。」

「父皇總惦著桐楓河的水源，若能趕在今冬前拿下，開渠引水至涼賀十二州，趕上明年春耕，父皇就不會對我力主南下征戰有意見了。」

「是，皇上是見咱們久勞無功，雖占下了華朝多處州府，卻得不償失。若能將月落收了，必能堵太子之口、朝中之聲。」

宇文景倫一向持重，這時也微顯興奮，「最要著，倘能攻下長樂、征服月落，咱們可由月落山脈直插濟北、河西，夾擊裴琰！」

滕瑞卻頗有顧慮，「只怕月落並不好打，雖說現下月落族長年幼，但輔佐他的那個星月教主不太好對付。當初他派人暗中與我們聯絡，告知薄雲山會謀反，我便覺此人絕不簡單。」

宇文景倫微微一笑，「三皇叔曾率兵打過月落，對那裡相當熟悉，定有勝算。」

滕瑞一聽即明，眼下戰事膠著，橫豎是啃不下長風騎，毅、寧二王又紛爭不斷，不如將寧平王調開，讓他去攻打月落。若是得勝，自是上佳，若是不成功，亦可暗中削弱寧平王的勢力，畢竟寧平王在諸位皇子之中，向來偏向於皇太子。

「只是……」滕瑞想了想，道：「寧平軍今時兵力不足，只怕拿不下月落。」

「那就將東萊、鄆州等地的駐軍調一部分給他，咱們此處兵力猶是占優，拖住裴琰不成問題，再視那邊的戰況，決定是否調兵。只要他能順利拿下月落，插到濟北，不愁裴琰陣腳不亂。」

「倒也妥當，就不知寧平王願不願意？」

宇文景倫笑道：「這個你放心，三皇叔對月落垂涎已久，當年未能拿下月落一事於他而言乃生平大憾，在這裡他又憋悶得很。現下將他往西邊這麼一放，他是求之不得。」

滕瑞心中卻有另一層擔憂，礙於目前形勢，終壓了下去。他只想著亂局儘早平定，日後再做挽救也未嘗不可，畢竟走到了這一步，已無回頭路。

他滿懷心事，出了大帳，登上關塞遙望南方。天際浮雲悠悠，天色碧藍，他只能發出一聲歎息。

轉眼便是中秋，嵐山明月，照映著連營燈火，山間的桂花香尤更濃了幾分。

桓軍這幾日頗為平靜，長風騎則內緊外鬆，雙方未再起戰事。因是中秋佳節，裴琰吩咐下去，伙夫給將士們加了些菜，還給醫帳內的傷兵送來了難得的雞湯。

長風騎許多將士都是南安府、香州一帶人士，值此月圓之夜，自是思念親人，有的更感傷於許多弟兄埋骨異鄉，唱上了家鄉的民謠。

江慈這日無需值夜，見明月東懸，遂溜進了先鋒營的伙夫營帳。伙夫慶胖子曾在戰役中被大石砸傷左腳，江慈每日替他敷藥換藥，兩人關係頗佳。

見她進來，慶胖子笑著努了努嘴，江慈一笑，揭開蒸籠往裡面加水，又從袋中取出些東西。慶胖子過來看了看，道：「你倒是心細，還去摘了桂花。」

江慈一邊和他說笑，一邊手腳利索地將桂花糕蒸好，遞了一塊給慶胖子，其餘的用油紙包好，揣在懷中。剛出鍋的桂花糕燙得她胸前火熱，她悄悄溜到衛昭營帳前，遙見帳內漆黑，微微一愣。走近見帳邊擺著幾顆石頭，呈菱角形，竟是兩人約定好的暗號，暗喻他有要事而不能前去小山坡，江慈不禁大失所望。

八月十五的月華，瑰麗奪目，山間桂花、野菊、秋葵爭相盛開，馥郁清香濃得化不開來，直入人的心底。

江慈仍往小山坡轉了一圈，未見他的身影，悵然若失。懷中的桂花糕仍頗溫熱，她在山野間慢慢地走著，夜風吹來，忽聽到一陣隱隱約約的笛聲，她心中一動，向右首山峰走去。

沿著山間小路走了半里路，笛聲更顯清晰，江慈由山路向右而拐，遙見前方空地處有兩道人影，忙閃身到一棵松樹後，凝目細看，其中一人的身形竟似裴琰。

她忙悄悄往後退出幾步，裴琰卻已發覺，轉頭喝道：「誰？」旁邊安潞也放下手中竹笛，疾撲過來。

江慈忙道：「是我！」

安潞身形停住。裴琰走近，眼神明亮，透著一絲驚喜，望著江慈笑道：「你怎麼到這裡來了？」

「啊，睡不著，出來走走。」

裴琰揮了揮手，安潞會意，大步下山。江慈見安潞離去，此間僅餘自己與裴琰，裴琰的眼神又頗爲灼人，心中惴惴而仍笑道：「我不打擾相爺賞月了。」轉身便走。

「小慈。」裴琰的聲音略顯低沉，見江慈停住腳步，他頓了頓後道：「三郎今夜趕不回來。」

江慈忙轉身問道：「他去了哪裡？」裴琰微笑道：「此是絕密軍情，不能外洩的。」江慈轉身便走，裴琰身形一閃，攔在她的面前，輕聲道：「你陪我賞月，說說話，我就告訴你三郎去了哪裡。」

江慈想了想道：「相爺說話作數？」

裴琰微微一笑，應道：「騙你做甚？」他在一棵古松下的大石上坐下，江慈默立於他身側。山間月夜這般寧靜，二人似都不願打破這份寧靜，皆靜靜望著山巒上緩緩升起的一輪明月，久久沉默不語。

秋風忽盛，裴琰省覺，轉頭道：「坐下吧，老這麼站著做甚？」

江慈在他身邊坐下，裴琰忽然一笑。江慈瞬間明白他笑什麼，想起當日相府壽宴，他、無瑕與自己各懷心思，今日卻又是另一番景象，世事無常總難預料，不由也笑了笑。

「小慈。」

「嗯。」

「你以前，中秋夜是怎麼過的？」

江慈被他此句話帶起了無限回憶，她仰頭望著天際明月，輕聲道：「很小的時候呢，和師父、師叔、柔姨、師姐一塊兒賞月，看師父和師叔下棋，聽柔姨唱曲子，那時人最齊；後來柔姨死了，師叔經常在外雲遊，只有我和師父、師姐三個人過節；再後來，師父也不在了，就我和師姐兩個人。而今，連師姐也……」

裴琰心中略有歉疚，轉頭望著她道：「你除開你師姐，便再無親人了麼？」

「還有師叔。」

「哦，對，好像聽你說過，叫化雞也是他教你做的。」

「嗯，不過我也不知道他如今人在哪裡，都怪我不該離家出走，讓他和師姐出來找我，到現下仍杳無音信。」江慈心中湧上愧意，話語便隱帶傷感。

裴琰歎道：「你回鄧家寨，他遲早有一天會回去的。」

江慈低下頭不再言語，過得片刻，轉頭道：「相爺，您呢？以往中秋是怎麼過的？您家大業大，親人也多，肯定過得很熱鬧。」

裴琰愣住，良久後苦澀道：「是，每年都過得很熱鬧。」他剛祭奠過安澄，又聆聽了軍中士兵所唱的南安府民謠，這時再想起安澄及死去的長風衛弟兄，面上便帶出思念與惆悵。

江慈正側頭望著他，看得分明。她從未見過這樣的裴琰，月光照落他身上，少了平日的意氣風發、咄咄逼人，清俊的眉眼添了惆悵。江慈歎了聲，輕聲道：「相爺，有些事情……過去了就不要再想了，安大哥看到您這樣子，他也會不開心的。」

裴琰未料她竟猜中自己心事，下意識偏過頭去。江慈也不再看他，望著月色下的山峰，悠悠道：「相爺，我記得某年中秋，師父告訴過我一句話。他說，月兒呢，圓了後會缺，但缺了後又會圓。就像人，有相聚就會有分離，相聚的時候要懂得珍惜，一旦分離了也要放得下。生老病死，帶來的總是相聚和分離，就是至親親人也不可能陪您一輩子的。」

「親人？」裴琰思緒略有飄搖，望著圓月輕聲道：「小慈，到底什麼是親人？」

親人？江慈想起衛昭，情不自禁地微笑起來，話語也帶上了幾分甜蜜，「我也說不好，依我看，親人就是在你孤單的時候，和你說說話；你冷的時候，給你暖暖手的人。你痛苦的時候呢，他恨不得和你一樣痛苦；你歡喜的時候，他比你更歡喜；你有危難的時候，他絕不會丟下你。」

裴琰從未聽過這樣的話，半晌方低聲道：「原來這才是親人，我一直以爲，有血緣關係之人才是親人……」

江慈笑了笑，道：「這世間，多少有血緣關係之人嫌貧愛富、見死不救、忘恩負義，甚至有爲了權勢富貴謀害親人的，他們之間，又何談親情？說句大膽的話，貧賤之家反倒比那些達官貴人更有人情味。」

裴琰默然不語，江慈乍覺自己說過了頭，忙道：「相爺，我覺得，您和寧將軍他們情同手足，倒眞如親人一般。」裴琰被她這話說得心頭舒暢，笑道：「不錯，他們個個都是我的手足。這般生死之交便同我的親人，如此說來，我倒是這世上親人最多的人。」
江慈側頭望著他俊朗的笑容，輕聲道：「所以啊，相爺，您應該高興才對。您現下不但有這麼多弟兄，還有許多老百姓眞心愛戴相爺。這河西府的百姓，可家家戶戶都供著相爺和長風騎將士的長生牌位呢。」
她娓娓勸來，聲音清澈如泉水，眼神明亮若秋波，裴琰一時聽得癡了。這樣的月色，這樣的解語之花，讓他心旌搖盪，他懷著最後一絲希望，柔聲喚道：「小慈。」
「相爺。」
裴琰猶豫了一下，問道：「你那時，恨不恨我？」
江慈想了想，道：「說實話，當時恨是恨他多一些。相爺雖也逼我服下毒藥，將我軟禁，但對我倒還算不錯。」
「那你爲何……」
江慈垂眸不語，良久方道：「相爺，您站得太高了。」
裴琰愣了一下，道：「站得太高？」
「是啊。」江慈微笑道：「相爺站得太高，高得您說的每句話我都聽不清楚，您所做的每件事情，我都看不明白。我總覺得，您離我很遠很遠。」
裴琰慢慢咀嚼著她這番話，悵然若失。
——「誰啊？是挺可憐的。」
——「相爺是在這西園吃飯，還是回您的慎園？」
——「我服侍你可以，你不得欺負我，也不得把我當奴才般指使。」
——「相爺愛欺負人，爲何不去欺負那個何家妹子，或是那個楊家小姐？偏在她們面前一本正經，人模狗樣的。」

花朝月夜，如指間沙漏去，這樣的聲音竟是再也聽不見了……

江慈卻惦記著衛昭，見裴琰神色恍惚，便輕聲問道：「相爺，他……」

裴琰站起來，道：「他去辦點事，該回來的時候，自然就會回來。」

江慈見他又騙了自己，不由有些惱怒，但她馬上又想開來，微微一笑，「也是，他向來說話算話，自然會回來的。」此話引得裴琰大笑，笑聲中他身形遠去，消失在夜色之中。

月上中天，時光如沙漏，逝去無聲。

馬蹄聲疾如暴雨，衛昭白衫輕鼓，抽打著身下駿馬，疾馳向雁返關。

兵器運得極爲順利，竟比預料的要早了半天，也許眞可以趕在這月圓之夜，過一個眞正的中秋吧？

駿馬奔到小山坡下，「唏律律」一聲長嘶，止住奔蹄。山坡上，大松樹下，一個人影靜靜而立，看著他躍下駿馬，看著他急奔上山坡。

她撲入他的懷中，他張開雙臂，緊緊地抱住了她。她聞著他身上淡雅的氣息，聽著他劇烈的心跳，說不出一句話。他聞著她髮間清香，感受著她身上的溫暖，也說不出隻言片語。

月過中天，一分分向西飄移，江慈終想起懷中的桂花糕，「啊」了一聲。她猛將衛昭推開，取出一看，桂花糕早已壓得扁了，不由嗔道：「又冷又硬又碎了，看你怎麼吃？」

衛昭笑著接過，攬上她腰間，躍上大樹後讓她倚在自己懷中，仰望天上明月，將桂花糕送入口中，笑道：「我就愛吃又冷又硬又碎的。」江慈閉上雙眸，輕聲道：「明年，我給你蒸最好的桂花糕。」

秋雨下了數日才停住，月落山的楓林在秋雨洗映下，紅得更是熱鬧。

族長木風長高了不少，透出些英武的氣質，一套劍法也使得像模像樣。站於一旁的蕭離和蘇俊互望一眼，都從對方眼中看到欣慰之意。蕭離想起遠在河西的衛昭，神情黯然，待木風收劍奔來時方才舒展開來。戴著面紗的程瀟瀟欲掏出絲帕，替木風拭去額頭上的汗珠。蕭離在旁冷冷道：「小聖姑。」

程瀟瀟心中一凜，忙退後兩步，「是。」

「族長是頂天立地的男子漢，何需女子替他擦汗。將來即使是流血，那也只能由他自己吞下去。」蕭離的話語透著威嚴。

木風頗以爲然，也不拭滿頭汗珠，道：「都相言之有理，乾脆，把我院中那幾個婢女同撤了吧。」

淳于離返回月落，便復原名爲蕭離，應「教主」之邀、族長之令，擔任月落的都相一職。數月來，他訓練軍務，執掌內政，月落諸事漸有起色。他手腕高超，城府深沉，連聖教主都對他言聽計從，各都司對他也不得不心悅誠服。

蕭離牢記衛昭所囑，回來後即用藥毒殺了烏雅，又讓蘇俊正式收木風爲徒。木風聰慧，蕭離與蘇俊一文一武悉心栽培，見他進步神速，倒也頗爲欣慰，覺得不負衛昭一片相託之意。

想起那人，蕭離面上便帶了幾分思念之意。木風看得清楚，仰頭笑道：「都相在想什麼人麼？」

蕭離回過神，一笑，「正是。」

幾人往山海院走去，木風邊走邊道：「都相想的是何人？」

「一個讓我尊敬的人。」

「哦？能讓都相尊敬的人，定非常人，都相何不引我相見？」

「他自有與族長相見的一日，他若見到族長文武雙全，定會十分欣喜。」

平無傷急匆匆過來，在山海堂前攔住了眾人，也不及行禮，急道：「事情不妙，桓軍包圍了長樂城。」

蕭離一驚，華、桓開戰之後，長樂續留有萬餘名駐軍以防月落生亂或桓軍入侵，亦爲桓國與月落之間的緩衝，而今桓國大軍開近包圍長樂城，只怕下一個目標就是月落。他與衛昭一直暗有聯繫，衛昭也總叮囑他嚴防桓軍入侵，眼下看來，倒被衛昭不幸言中了。

蕭離與戴著面具的蘇俊互望一眼，轉向木風道：「請族長下令，緊急備戰，守住流霞峰和飛鶴峽！」木風也知事態嚴重，忙取出族長印章。蕭離雙手接過，轉向程瀟瀟道：「備馬，去流霞峰！」

桓軍平靜了相當長的一段時日，長風騎卻不敢放鬆半分，日日厲兵秣馬。當西邊的信息抵達軍營之時，恰逢秋高氣爽的豔陽天。

裴琰摺起密函，吐出簡單的四個字：「長樂被圍。」

崔亮一驚抬頭，「危險！」

「是。」裴琰落下一子，「月落危矣！」

「眼下情形，月落與我們乃是一榮俱榮、一損俱損，若讓桓軍拿下月落則濟北必將淪陷，到時夾擊河西，只怕……」

裴琰靠上椅背，「可咱們鞭長莫及，亦乏兵力再去管月落的事。」

崔亮不言，低頭間眼神微閃，在西北角落下一子。

衛昭入帳，崔亮隨即告辭，衛昭見這局棋還未下完，便在裴琰對面坐了下來。裴琰卻是微笑，「三郎，今日陽光甚好，咱們不如出去走走。」

「少君請。」衛昭將棋子一丟，灑然起身。

二人負手而行，如至交般輕鬆暢談，待到營地西面山峰下，裴琰屏退長風衛，與衛昭登上峰頂。峰頂白雲寂寂、草木浮香，二人微微仰首，俱似沉醉於這滿天秋色之中。

衛昭忽而一笑，「少君有話直說。」

裴琰微笑，「看來三郎猶未收到消息。」他從袖中掏出密函，遞給衛昭。衛昭接過細看，修眉微微蹙起，目光變得深刻冰冷，闔上密函，良久無言。

「三郎，我們數次合作都極爲愉快。只是往昔我多有得罪，今日裴琰誠心向三郎告罪。」裴琰退後兩步，深深一揖。衛昭將他扶起，裴琰轉身遙望關塞，歎道：「以往，我只將三郎視爲生平對手，這半年來，卻與三郎攜手對敵，生死與共，這心中，早將三郎視爲生死之交。」

衛昭沉默須臾，道：「少君倒也會說這等酸話。」

裴琰大笑，道：「卻也是眞心話。」

衛昭心中激流洶湧，面上依仍淡淡，「我明白少君之意，只是事關重大，繫我月落全族安危，我得好好想一想。」

「三郎，裴琰此番請你相助，確是誠心爲你月落一族著想。眼下寧平王率軍包圍長樂，只怕緊接著會向你月落開戰，以其凶殘性情和與月落族的宿怨舊仇，你的族人，只怕要面對一場血腥的大屠殺，此是其一；

「此番寧平王率軍攻打月落，絕非曩昔擄掠人口、搶奪財物那般簡單，此番他是要徹底吞併月落，將月落變爲桓國領土，繼而通過月落南下攻打我華朝，以圖吞併我朝。到時天下盡陷桓族鐵蹄之下，月落再無立藩之望，只怕還有滅族危險，此其二……」

「少君不用多說。」衛昭冷冷道：「等我收到准信了，自會給少君一個答覆。」

「那我便耐心多等幾日。」裴琰面色嚴峻，「我也知要請三郎出兵相助，事關重大。我只是想告訴三郎，月落若想立藩，朝中阻力強大，若無充分之理由，怕是難堵悠悠眾口，日後易有變數。」

衛昭不語，裴琰又道：「現如今，形勢遠遠超出我們當初聯手時的預期，我亦未料到桓軍凶悍若斯。可打到眼下這一步，三郎，只怕我們不傾盡全力拚死一搏，就會有滅族亡國之險！」

「我月落地形險要，若是死守，桓軍不一定能拿下。但若我應少君請求，貿然出兵與你夾擊宇文景倫，那便是公然與桓國撕破臉皮。成則好，若敗，我月落將陷於萬劫不復的境地。」衛昭話語沉靜冰冷。

裴琰嘴角含笑，「只怕三郎想守，寧平王不讓你守！」他話語輕細，卻在說到「寧平王」三字時稍稍加重。

衛昭修眉緊蹙，輕輕拂袖轉身，「少君稍安勿躁，我自會給個答覆。」

「三郎。」裴琰見衛昭停住腳步，淡淡道：「三郎若有要求，儘管提出。」

衛昭一笑，白影輕移，風中送來他的聲音：「少君這般客氣，衛昭可擔當不起。」

夜深風寒，長風騎伙夫慶胖子將一切收拾妥當，又看了看西角那一溜大灶，打了個呵欠，自去歇息。一抹黑影悄無聲息地掠來，將手伸入左首第一口大灶的灶膛中，灶灰仍殘留餘溫，他從灶灰中掏出一個小鐵盒，身形微閃，迅即不見了蹤影。

江慈正在崔亮帳中，向他請教心疾治療之法，忽聽到帳外傳來熟悉的腳步聲。她心中一動，挑簾出帳，左右看了看，見護衛的長風衛站得較遠，輕聲道：「怎麼到這裡來了？」

衛昭看入她的眼底，微笑道：「我來找子明。」江慈面頰刷地一紅。

崔亮趕緊出來道：「衛大人。」

「今夜月色甚好，我想邀子明一同登高賞月，不知子明可願給衛昭這個面子？」衛昭瞇眼看著崔亮，悠然道。崔亮想了想，含笑頷首應允：「衛大人有邀，自當奉陪。」

江慈正要跟上，卻聞衛昭與崔亮同時轉頭說道：「你早些歇息。」她不由笑了出來，「那好，你們二位就盡情賞月吧。」即轉身離去。

衛昭一笑，「子明，請。」

見長風衛欲待跟上，衛昭轉身冷笑。長風衛知他身手，不虞崔亮遇刺，遂不再相隨。

秋夜清淺，月華如水，山間不時有落葉沙沙聲響。二人靜悠悠地走著，不多時便登上峰頂。站於峰頂遙望關塞南北，燈火連營，崔亮不由歎了口氣。

衛昭看了他一眼，雙目爍爍地問道：「子明因何歎氣？」

崔亮轉頭相視，又望向月色下的蒼茫大地，回言：「當年七國之亂，有一首流傳極廣的民謠，不知衛大人可曾聽過？」

「願聞其詳。」

崔亮吟道：「萬里蒼原，路有餓殍；遍地豺虎，累有白骨；不見親兮，肝腸寸斷，滿目鴉兮，盡食腐肉。愴愴蒺藜，茫茫黃泉，大夫君子兮，可知我憂，大夫君子兮，可見我苦！」

秋夜風高，衛昭默然聽著，忽然一聲冷笑，「可嘆華、桓兩國，滿朝文武找不到一個像子明這樣的君子！」崔亮看著衛昭，見他眸中有著凜冽的寒冷，透著徹骨的恨意，心中暗歎，終平靜道：「蕭教主。」

衛昭退後一步，揖了一禮，「請子明指點。」

崔亮將他扶起，道：「蕭教主定不忍見族人陷戰火之中，可眼下月落要想獨善其身，怕是不太可能。」

「我想請問子明，我月落若出兵相助，這一戰有幾成勝算？」

崔亮悠悠吐出二字：「五成。」

衛昭默然，良久方道：「然我月落若是堅守，倒有七成把握拒敵於流霞峰外。」

崔亮道：「可若是長風騎戰敗，桓軍勝出，中原亂起，你月落想獨存的希望，連一成都無。」

「只要桓軍不能藉月落直插濟北，少君守住雁返關當無問題。」

「月落能堅守於一時，可若是戰爭長達數月，甚至數年之久呢？蕭教主，請恕崔亮說得直，月落多年受兩國盤剝欺壓，物資貧乏，極易被長期的戰爭拖垮。月落眼下需要的是安定的局勢，然後在一名睿智的首領帶領下，先求生存，再求強大。待勢力強大後，再圖後策。挑起大亂，坐山觀虎鬥絕非善策！」崔亮直視衛昭，「要知道，兩虎相鬥，是能毀了整片山林的！」

衛昭靜默一陣，透了口氣，道：「我以往確是魯莽了。」又道：「多謝子明指點。」

二人並肩下山，將近營地時，崔亮停住腳步，衛昭轉身望著他。崔亮說道：「我視小慈如親妹子一般，請你切莫辜負了她。」衛昭的神情微微恍惚，半晌才說了一句：「子明放心。」

歸營後未久，衛昭緩緩將一卷絲帛推至裴琰面前，裴琰含笑看著，慢慢拿起卷帛。看罷，裴琰蹙眉想了一會兒，道：「三郎此番想得倒是頗爲周全，但這其中幾項，可不太好辦。」

衛昭從容笑言：「我用數萬月落子弟兵作賭注，自然要贏大一些。」

裴琰手指在桌上輕敲，「允許月繡在華朝民間買賣，並無太大問題；春撥饑糧種穀，我也勉力能夠辦到。但允月落人參與華朝科舉並允進仕入伍，這一點，只怕非議較大。」

衛昭冷笑，「岳藩許多年來不也是如此？」

「岳藩與月落情形有所殊異，岳藩名爲藩，實則是中原漢族一脈，而月落……」

「少君不是孜孜以求，消弭華夷之別、天下一統麼？若是少君將來執掌朝堂，難道還要把天下人劃爲三六九等，繼續施行華朝歧視異族的惡政？宇文景倫都敢重用異族的滕毅，少君難道比不上他！」衛昭諷道。

裴琰一凜，笑道：「三郎這話說得通徹！」他再看了看帛書上的內容，掏出印章沉沉蓋下。衛昭含笑收起，道：「少君想是已有周密安排，衛昭願聞其詳！」

裴琰取過地形圖，在某處標記之後述道：「三郎請看，桐楓河直入雁鳴山脈以北，再化爲多條支流通過雁嗚山脈併入小鏡河。」

衛昭道：「自這處後，河流變窄，險灘無數，不能再放舟東下。」

「桐楓河兩岸盡是山林，月落奇兵可由桐楓河東下，夜晚放舟，白天則帶著筏子隱藏於山林之中。待抵這處再棄舟上岸，走一條隱蔽的山路，出來後便是『八角寨』。八角寨十分隱密，距雁返關不過百來里路，他們可先在那處歇整，再按我們的計畫，準時直插雁返關宇文景倫的後方！」

衛昭想了想道：「需多少兵力？」

「三萬。」

衛昭皺了皺眉，「得趕製筏子。」

「長樂那邊，三郎可分部分兵力，與長樂守軍一起牽制住寧平王，造成月落兵力全集於流霞峰和長樂的假象。待雁返關這邊得勝，再回過頭夾擊寧平王，不愁他不束手就擒！」

衛昭悠悠道：「少君既都安排好了，我就捨命陪君子，傾全族之力，和少君聯手打這生死一仗！」

裴琰大笑，「好！有三郎這句話，我裴琰就是把這條命交給三郎，亦絕無怨言！」

二人相視而笑，衛昭起身道：「此役事關我族安危，我安排妥當後，得趕往八角寨，親自指揮這一戰！」

山風輕寒，江慈不由打了個哆嗦，衛昭索性將她抱於膝上。他望著深沉夜色，將離別思緒緩壓下去。

江慈蜷在他懷中，漸感溫暖，仰頭笑道：「原來兩隻貓窩在一塊兒靠著，真能暖和些。」

她面上神情嬌憨明媚，衛昭心中一蕩，便吻了下去，唇舌糾纏，江慈「唔」了一聲，瞬間全身無力。

衛昭喘著氣放開她，她也喘息，將頭埋入他的頸彎，低低喚道：「無瑕。」

她脖頸沁出細細汗珠，偏散發出一陣陣清香，衛昭有一瞬不能思考，再度吻下。他的手心灼熱，終於，似是找到了該去的地方，撫入了她的衣內，撫上了她的肌膚。

掌下的肌膚這般柔嫩溫暖，帶給他前所未有的衝擊。她全身都在輕顫，讓他快要燃燒，手掌顫抖著向上攀延，終將那一份渴望已久的柔軟握在手心。他不自禁地低吟了一聲，慾望恍如潮水般將他淹沒，這股陌生的慾望讓他不知所措，想逃離卻更想沉溺。

遠處，忽傳來隱隱約約的號角聲。號角連霜起，征戰幾人回……

他的吻慢慢停住，手也如同被千斤巨力拉著，緩緩離開了她的身軀。

「無瑕。」她的粉臉通紅，迷囈著喚道。

「嗯。」

衛昭輕柔地將她抱著，低聲道：「小慈。」

「答應我一件事。」

江慈仍覺全身發燙，漸生迷糊，隨口應道：「好，什麼事？」

「你以後，如果要做甚重大決定，先去問子明。他若說能做，你便做，他若說不能，你得聽他的。」

江慈稍稍清醒，仰頭看著他，他目光中帶著憐惜，猶含藏些她看不懂的東西。她忽感恐懼，緊緊箍住他的脖頸，顫聲道：「怎麼了？」

衛昭輕吻著她秀麗的耳垂，她又漸生迷糊，耳邊依稀聽到他的聲音：「沒事，子明說把你當親妹子一般，我想起這個，就順便囑咐你。你答應我。」江慈正酥癢難當，衛昭的聲音隱帶固執，「快，答應我。」

江慈笑出聲來，「好，我答應你就是，你……，啊……」

他低歎一聲，將頭埋在她脖頸中，在心底一聲又一聲輕喚著：「小慈，小慈，小慈……」

五十二　寒光鐵衣

京城，秋雨綿綿。

延暉殿內閣，燃了鎮靜心神的岫雲香，燈影疏淺，映著榻上那張昏睡的面容。那張臉，蒼白消瘦，再不見往日的威嚴肅穆。

裴子放與張太醫並肩出殿，正遇上太子從東邊過來，二人忙行大禮。太子將裴子放扶起，道：「裴叔叔辛苦了。」裴子放惶恐道：「這是臣分內之事，太子隆恩，臣萬萬擔當不起。」

太子圓胖的臉上一如既往地憨笑，「裴叔叔多日辛勞，消瘦了不少，本宮看著也心疼，今日就早些回去歇著吧，我來陪著父皇。」

裴子放語帶哽咽，「太子仁孝，還請保重萬金之體。」

望著裴子放遠去，太子呵呵一笑，轉身入殿。陶內侍過來稟道：「皇上今日略有反覆，湯藥也進得困難。」太子揮揮手，陶內侍忙命一等人悉數退出殿外。

太子在龍榻前坐下，凝望著榻上的皇帝，緩慢伸手將皇帝冰冷的手握住，低聲喚道：「父皇！」

董學士從殿外進來，太子忙起身相扶，「岳父！」董學士笑了笑，道：「葉樓主來了。」

太子匆匆出殿，姜遠正陪著一人過來。此時延暉殿附近早無人值守，那人掀去罩住全身的黑色斗篷，淡淡一笑，微微行禮道：「草民拜見太子！」太子忙將他扶住，二人入殿，姜遠親於殿門守候。

攬月樓葉樓主坐於皇帝榻前，把脈良久，又送入內力查探一番，陷入沉思之中。

太子道：「父皇病由倒不蹊蹺，唯張太醫數日前悄悄回稟於我，湯藥雖能灌下，但藥力似是總難到達父皇經脈內腑。岳父覺得不對勁，今日才請葉樓主過來一探究竟。」

葉樓主從袖中取出一只錦盒，從錦盒中拈起一根長針，道：「草民先向太子告罪，須令龍體見點血。」

「但試無妨。」

葉樓主將皇帝衣襟拉開，長針運力，刺入皇帝丹田之中。一炷香後，他抽針細看，面色微變。

承熹五年秋，寒露。

桐楓河兩岸，黑沉如墨。巍峨高山如同一座座巨大的屏風，又如同黑暗中張著血盆大口的怪獸，讓人頻生驚懼之意。

為免被人發覺，月落三萬兵力，帶足乾糧分批出發，平無傷帶著一萬人先行，蘇俊、蘇顏帶一萬人居中，程瀟瀟則帶了一萬人殿後。三批人馬均是夜間放筏，日間隱匿於桐楓河兩岸山林之中，倒也走得順利。

夜色黑沉，見所有人均已到齊，平無傷帶頭往高山深處走去。數日來，他早已將衛昭命人密送來的地形圖記得爛熟，找到那塊標誌性的巨石後，他當先舉步，月落將士相繼跟上。經過半年來的訓練，這批精兵已今非昔比，夜間行軍中未發出一絲雜音。

如此行上數日，終進入了杳無人跡獸蹤的山林，亦終見到了地形圖上標著的那處瀑布。平無傷吁了口氣，看著天上星月，數算日子後道：「總算按時趕到。」

蘇俊負手看了看周圍，道：「那個大岩洞在哪？」平無傷飛身在瀑布四周查探一番，又飛身下來，向蘇俊招了招手。蘇俊會意，閃身飛上瀑布邊的大石，二人穿過颯落如雨的瀑簾，跪於一人背後。

衛昭緩緩轉身，聲音清冷，「平叔辛苦了，蘇俊也做得不錯，都起來吧。」

蘇俊不敢多言，取下面具、除下自己身上衣袍，雙手奉與衛昭。衛昭看了看他，換了衣袍，戴上面具，道：「劍。」蘇俊忙又解下自己的佩劍。

「你等會兒換了衣衫，再和蘇顏會合。」

衛昭舉步往洞外走去，平叔急急跟上，忍不住道：「教主，咱們眞要這麼做？」

「平叔不信我？」衛昭停步轉身，冷聲道。

「不敢。」平叔覺半年不見，這位教主的性情越發清冷，他心情複雜，也不敢再多言。

衛昭走出兩步，又道：「師叔那邊怎麼樣？」

「應當無虞，都相帶人打了寧平王一個措手不及，長樂的守將是廖政，也會依計行事。估計拖住寧平王的人馬半個月不成問題。」

衛昭頷首，正要鑽出瀑簾，瀑雨清涼略帶寒意。一瞬之間，他微有怔忡，「天冷了，她，可有穿夠軍衣？」猛然驚覺此乃大戰當前分心不得，衛昭用力甩甩頭，把雜念拋開，大步穿過瀑布。

話說江慈這兩日亦頗忙碌，凌軍醫命她和小天、小青三人回了一趟河西府，運了大批藥材過來，她細觀軍營情形，似是馬上就要進行一場大戰。待將藥材收歸入帳，已是入夜時分，她悄悄將在河西買回的芝麻糕揣入懷中，往衛昭營帳走去。衛昭帳中空無一人，江慈笑了笑，悄悄將三塊石頭踢成三角形，出了軍營。

山中的秋夜，幽遠寧靜，靜謐中流動著淡淡的清寒。江慈坐於樹上，聆聽著秋風勁起，秋蟲哀鳴，心中湧上莫名的傷感。

直至月上中天，他，還是沒有出現。江慈越等越是心慌，爬下樹來，發足狂奔崔亮營帳。

崔亮甫從裴琰大帳歸來，見江慈氣喘吁吁地掀簾進來，笑道：「什麼事？這麼著急。」

江慈怔怔地望著他，「崔大哥，發生什麼事了？」

崔亮知她終已發覺，衛昭已走了快兩日，臨走時請他將江慈派回河西運藥，衛昭似是還想說點什麼，但最終一言不發，飄然遠去，消失在夜色之中。

崔亮暗歎一聲，和聲道：「小慈，你放心，他去辦點事，馬上就會回來。」見江慈身形微晃了一下，崔亮又道：「小慈，明日將有大戰，你離戰場遠一點，待戰爭結束後，再去搶救傷員。」

「是。」江慈靜默片刻，輕聲道：「我都聽崔大哥的。」說著轉身出帳。

月華清幽，她在軍營中默默地走著，直至明月西沉，她仍在軍營中默默地走著。

如雷戰鼓，三軍齊發。裴琰紫袍銀甲，策騎列於陣前，田策持槍於左，許雋提刀列右，其餘一眾將領相隨，數萬人馬烏壓壓馳至雁返關前。

裴琰身形挺直，俊眸生輝，策動身下烏金駒如一團黑雲馳近，又四蹄同收，戛然立住。關上關下數萬人都忍不住在心中喝了聲彩，馬固是良駒，裴琰這手策馬之術卻也是宇內罕見。

裴琰含笑抬頭，運起內力，聲音清朗，數萬人全都聽得清清楚楚：「宣王殿下，能與殿下沙場對決，人生快事。不知殿下可願與裴琰切磋幾招，亦好在這雁返關前留下千古美名？」

關塞上，宇文景倫未料裴琰竟當著兩軍將士之面，公然向自己發出挑戰，自己若是應戰，不一定打得過他，可若是不應戰，這十餘萬人齊盯著，只怕會讓全天下人恥笑。滕瑞不由也微皺了一下眉頭。

只聞裴琰又朗聲道：「當日鎮波橋前，宣王殿下行偷襲之實，裴琰多月來對殿下的身手念念不忘，尤引以為遺憾，未能與殿下正式一決高低。殿下今日可願再行賜教？裴琰願同時領教殿下與易堂主的高招。」

他這幾句話說得真氣十足，於雁返關前遠遠傳開，兩軍將士聽得清清楚楚。當日鎮波橋前，宇文景倫與易寒聯鬥狂亂中的裴琰，確曾暗自偷襲。此時兩軍對壘，裴琰此番話一出，可謂大大損傷宇文景倫的面子，而桓軍素來尚武、崇拜英雄，聽了裴琰這話都感到下不了臺。

那邊華朝軍中，號鼓齊作，喧囂震天：「宇文景倫，龜兒子，是不是怕了咱家侯爺啊！」「就是，有種背後偷襲，沒種和咱們侯爺當面對決啊！」「孬種，趁早滾回去吧！」
宇文景倫頗覺爲難，易寒道：「王爺，要不我上前與裴琰一鬥。」
「不妥。」宇文景倫搖頭，「裴琰此舉定有深意，不可輕舉妄動。」
旁邊的毅平王略感不耐，「管他的，咱們數萬人衝出去，他想單挑也挑不成。」
滕瑞卻只遙望長風騎陣中某處，宇文景倫見他似有所發現，便擺了擺手示意關上眾人噤口，唯聽見關下長風騎罵陣之聲。
「難道是『天極陣法』？」滕瑞彷似自言自語。宇文景倫喚道：「先生！」
「啊。」滕瑞驚醒抬頭，忙道：「王爺，裴琰那方擺的是『天極陣』，此陣法講究以餌誘敵深入，所以裴琰才親自挑戰。咱們可應戰，他們列在陣前的只能是少數人馬，小眾人馬擔負著誘敵深入的重任，這反倒是我們的一個機會。」
宇文景倫有所領會，「先生是指，我方人馬只消從容對付這前頭包括裴琰在內的小眾人馬，只要不貪功、不冒進即可？」
「並非如此，王爺請看。」滕瑞指向長風騎軍中，「寧劍瑜那處是陣眼。」
宇文景倫頷首道：「不錯，他今天這個『寧』字將旗掛得也太大太高了些。」
「正是。等會兒裴琰與王爺或易堂主過招，定會詐敗，將王爺引入陣中。此陣一旦發動，當如流水生生不息，像一波又一波水紋將我軍截斷分割開來。但他們此陣陣眼卻在寧劍瑜處，王爺只要帶兵突到他那處，將他拿下，就像截斷水源一樣，此陣便會大亂。到時毅王爺再率大軍衝出，此陣當破。」
宇文景倫猶有一絲疑慮，「令師姪擺出這『天極陣』，難道就不怕先生看出？該不是裴琰在玩甚花樣？」
滕瑞歎道：「『天極陣法』記於《天玄兵法》之上，只有掌門才能看到。我師姪自是以爲我不曾習得此陣法，他卻不曉，當年師父某日酒酣性起，曾給我講過此陣法。」
易寒道：「王爺，大可一試。咱們只要不被引入山谷，便不怕裴琰玩花樣！」
關塞下，裴琰仍勒馬而立，面上含笑，從容不迫地望著關塞上方。
宇文景倫呵呵一笑，「如此，易先生，咱們便出去會會裴琰！」
易寒笑道：「王爺，我替您掠陣。」
滕瑞叮囑道：「王爺，只待他們陣法發動，您和易先生就莫再追擊裴琰，直接攻打寧劍瑜。寧劍瑜一倒，『天極陣』必現一刻的慌亂，我再讓毅王爺率主力衝擊，此仗方有勝算。」
「先生放心。」宇文景倫大笑，豪興飛發，朗喝道：「拿刀來！」
明飛身著盔甲，踏前一步，雙手奉上白鹿刀。
三聲炮響，戰鼓齊敲，裴琰看著雁返關吊橋放下，宇文景倫與易寒率大隊人馬策騎而出，不禁面露微笑。
秋風浩蕩，自關前湧過，捲起裴琰的紫色戰袍如一朵紫雲飄浮。他暗運內力，凝神靜氣看著宇文景倫和易寒策騎而來，微笑道：「宣王殿下，易堂主，裴琰等候多時了！」
關塞上桓軍戰鼓鼓聲驟急，這一剎那如同風雲色變，戰意橫空，桓軍氣勢爲之一振。
宇文景倫緩緩舉起右手，鼓聲乍止，倒像是他這一舉之勢壓下了漫天風雲。霎時間，戰場上只聞戰旗被秋風吹得颯颯而響，還有戰馬偶爾的嘶鳴。
宇文景倫與裴琰對視片刻，俱各在心中暗讚一聲。二人此前雖曾有過對決，卻均是在紛亂的戰場上，未如此刻一般陣前相見。裴琰見宇文景倫端坐「踏雪白雲駒」上，身形如淵渟嶽峙，他身材高大、眉目開闊、懸鼻薄唇、膚色如蜜，形貌和中原漢人迥異，但容顏俊美，嘴角隱有龍紋，正是相書上所述「天子之相」，不由心中暗凜，轉而微笑道：「多謝宣王殿下，願屈尊與裴琰切磋。」

宇文景倫哈哈一笑，眉目間更顯豪興飛揚，「裴侯爺相邀，本王自當奉陪！這天下少了侯爺做對手，豈不太寂寞！」

裴琰在馬上微微欠身，「王爺客氣。裴琰只是想到華、桓兩國交戰，你我身為主帥，若無一場陣前對決，未免遺憾。今日能得王爺應戰，裴琰死而無憾。」

「那就請裴侯爺賜教。」宇文景倫不再多話，緩緩擎起馬側白鹿刀，刀刃森寒，映著秋日陽光，激起狂瀾轟向裴琰。

裴琰見宇文景倫策馬衝來，刀勢如狂風驟雨，立時側身一避，右手長劍注足真氣，電光石火間在宇文景倫刀刃上一點，「鏗」聲巨響後濺起一團火花。二人一觸即分，戰馬各自馳開，又在主人的驅策下對馳而來。再鬥數十招，裴琰力夾馬肚，大喝一聲，長劍在身側閃過一道寒芒，衝向對馳而來的宇文景倫。宇文景倫見其長劍意欲橫削，手腕一沉一翻，白鹿刀由後往前斜撩，欲將裴琰長劍挑開。眼見裴琰就要馳到近前，他眼前一花，忽不見了裴琰身影。在後掠陣的易寒心呼不妙，如閃電般騰身而起，掠向陣中。

裴琰快到宇文景倫馬前，忽然身形向左一翻，如同紫蝶在馬肚下翩然飛過，又自馬肚右方飛出，長劍也由削勢轉為直刺，恰恰在宇文景倫一愣之際刺上了對方的白鹿刀。他這一刺貫注了十成真力，宇文景倫急運內力方未使兵刃脫手，卻被震得坐立不穩，身形向後翻仰。裴琰已端坐回馬鞍上，長劍炫起耀目光芒，向宇文景倫胸前刺去。

眼見這一劍不可避開，易寒激射而來，「叮」聲響起，恰好劍橫宇文景倫胸前，及時擋住了裴琰這必殺的一劍。宇文景倫死裡逃生，也不慌亂，身形就勢仰平，戰馬前衝，帶著他自二人長劍下倏然而過，待他再勒轉馬頭，裴琰已與易寒激戰在了一起。

宇文景倫知易寒一上，裴琰定會詐敗，索性舞起寶刀從後合攻上去，反正裴琰先前出言挑戰願以一敵二，他倒也不算做卑鄙小人。

長風騎見狀大噪，桓軍卻擂起戰鼓，將長風騎咒罵之聲壓制下去。裴琰以一敵二漸感吃力，終於不堪易寒劍力，暴喝一聲，長劍同時擋住一刀一劍，身形倒仰，烏金駒似亦知主人危險，猛然拔蹄往長風騎陣中馳返。

宇文景倫見裴琰果然敗逃，心中大安，與易寒互望一眼，將手一壓即帶著出關人馬追趕上去。

裴琰聽得背後震天馬蹄之聲，微微一笑，再馳十餘丈，長風騎過來將他擁住。裴琰回頭大笑，「殿下，咱們下次再玩吧。」

宇文景倫疾馳間笑道：「本王還未過癮，侯爺怎麼就不玩了？」說話間，長風騎號角大作，陣形變幻，將宇文景倫和易寒及他們所率人馬層層圍割開來。

宇文景倫牢記滕瑞所囑，眼見裴琰步步後退，卻不再追擊，與易寒直衝向陣中較遠處的「寧」字將旗。

裴琰面色一變，朗喝道：「攔住他們！」

易寒十分得意，砍殺疾衝間放聲長嘯，如鬼魅般從馬鞍上閃起，厲厲嘯聲挾著雄渾劍氣，無窮無盡的劍影震得長風騎紛紛向外跌去，他所向披靡，宇文景倫隨後跟上，二人不多時便率人馬突到了寧劍瑜馬前。

寧劍瑜槍舞銀龍欲左右撥開這二人刀劍合擊，但易寒劍上生出一股氣漩，讓其槍勢稍有黏滯，宇文景倫的刀便橫砍入他右肋戰甲。寧劍瑜縱是戰甲內著了金縷甲，仍感這一刀勢大力沉，氣血翻騰，往後便倒。易寒再是一劍，將「寧」字將旗的旗杆從中斬斷。

「寧」字將旗一倒，長風旗陣形便是一陣慌亂，裴琰也似目眥欲裂，從遠處狂奔而來。

關塞上，滕瑞看得清楚，知機不可失，令旗壓下，號鼓響起，等了多時的毅平王一聲狂喝，帶著人馬衝將上去。激戰，混戰，血戰，在雁返關南徐徐拉開。

崔亮立於最高的樓車上，抬頭遙望關塞上方那道身影，暗歎一聲：「師叔，師祖當日給你講解『天極陣法』，卻忽略一點沒告訴過你：『陣眼，其實就是用來迷惑敵軍的……』其實，我用這個天極陣法，也只是想將你的人馬引出關來而已。陣形如流水，流水生生不息，願能將這一切血腥和殺戮沖去。」他斷然舉起右手，隨著他這一舉，絢麗煙火布滿了秋日晴空。

關塞上，滕瑞抬頭望著滿天煙火，心頭逐漸不安，唯這不安來自何處卻又想不明白。正思忖間，忽聽得背後關塞北面的軍營裡傳來震天殺聲，也有將領急速奔上城樓喊道：「先生，不好了，有數萬人從北面襲擊我軍軍營！」

滕瑞大驚，「數萬人！雁返關以北，何來數萬人配合裴琰進行夾擊！」他急急奔下關牆，放目遠看，但見己方軍營中火光沖天，濃煙四起。他不及反應，遠處可見一名覆銀色面具的白衣人，帶著大隊人馬如颶風狂捲，直衝向關門。

那白衣人面目隱於面具之後，手中長劍上下翻飛，招招奪人性命。其帶著人馬狂捲而來，所過之處桓軍人仰馬翻，遍地死傷。

滕瑞看清來襲人馬身上的服飾竟是月落一族，心中一驚，復又哀歎：「大勢已去！」他當機立斷，重奔上關牆，揮出旗令。

宇文景倫與易寒正覺不對勁，忽聽得己方號角之聲，竟是有敵從後突襲、形勢緊急、速請撤退，不由大驚。桓軍也是訓練有素之師，號角一起便不再戀戰，井然有序地後撤。卻聽得殺聲捲來，不知從何而來的人馬不斷從己方陣營攻來，還是數萬之眾。

桓軍後有長風騎追擊，前有這數萬人攔截，陣形大亂，互相踐踏之下釀成死傷無數。死者屍首將關門附近堵塞，令桓軍更無法迅速撤回關塞北面。

滕瑞急中生智，命人吹響號角，毅平王所率之軍聽到號角聲，本能下依號令行事，擋住了南面追來的長風騎。宇文景倫自是一聽便明，率領嫡系將士逐步向關北撤退。

背後，長風騎的殺聲一步步推進，一步步追來，追過雁返關，追向東萊。

華朝承熹五年九月十三日。長風騎與桓軍對決於雁返關前，桓軍中計被引出關塞，主力陷於長風騎陣中。同日，月落三萬奇兵突襲雁返關，與長風騎夾擊桓軍，桓軍大敗，毅平軍全軍覆沒，宇文景倫右軍死亡慘重。宣王宇文景倫率中軍和左軍節節敗退，北逃至東萊，裴琰率長風騎、月落聖教主率兵聯手追擊。桓軍不敵，再向北潰敗，倉皇中北渡涓水河，戰船遭人鑿沉數艘、放火數艘，溺水者眾。

裴琰率長風騎追至涓水河，東萊、鄆州等地漁民紛紛撐船前來支援，又有百姓自發在河床較淺處迅速搭起浮橋，長風騎馳過涓水河，一路向北追擊桓軍。

戰事一起，江慈便與淩軍醫等人忙得不可開交，不斷有傷兵被抬來，前方戰況透過眾人之口一點一點傳來：侯爺親自挑戰，桓軍出關，侯爺與宇文景倫激鬥；月落奇兵出現，與長風騎聯手夾擊桓軍；月落聖教主與侯爺戰場聯手殺敵，將桓國毅平王斬於劍下；桓軍潰敗，長風騎與月落兵正合力追向東萊。

江慈默默地聽著，手中動作不停，眼眶卻漸濕潤。原來，你是做這件事去了，你還是與他聯手了……

滿帳的傷兵，終讓她提不起腳步，走不出這個醫帳。

由雁返關至涓水河，激戰進行了兩日。江慈這兩日隨醫帳移動，搶救傷員，未曾有片刻歇息，疲憊不堪。直至醫帳移至東萊城，城內眾大夫及百姓齊心協力共救傷員，醫帳人手不再緊張，她才略得喘息。

夜色漸深，江慈實在撐不住，倚在藥爐邊瞌睡了一陣。睡夢中，依稀聽到「聖教主」三字，她猛然驚醒。旁邊，幾個傷員正在交談。

「月落人這回為何要幫我們？」

「這可不知。」

「是啊，挺奇怪的。我曾聽人說過，月落被咱們華朝欺壓得厲害，王朗的手下在那裡不知殺了多少人啊，他們怎麼還會來幫我們打桓賊呢？」

「這次要不是他們相助，可真保不准能打敗桓賊。可惜他們來得快，也走得快。」

一人聲音帶上遺憾，歎道：「是啊，前天戰場上，有個身手不差的月落兵幫我擋了一刀，是條漢子。我還想著戰事結束後找他喝上幾杯。」

「還有他們那個聖教主，嘖嘖，武功出神入化，我看，縱比不上咱們侯爺，也差不了多少！」

旁邊人笑應：「那是自然，咱們侯爺武功天下第一，這聖教主只能屈居第二，易寒就只有滾回老家去了。」

眾人大笑，又有一人笑道：「易寒倒也是個厲害角色，他逃得性命，還將衛昭衛大人刺成重傷……」

江慈面上血色褪盡，登時站了起來，發足狂奔。東萊城中四處都是百姓在慶祝長風騎趕跑桓軍，不停有長風騎將士策騎來往，她卻恍似眼前空無一物。

——「易寒倒也是個厲害角色，他逃得性命，還將衛昭衛大人刺成重傷……」

是真的麼？她眼眶漸漸濕潤，奔得氣息漸急，雙足無力，仍停不下來。只是，該往哪裡去尋他！

「小慈！」似是有人在大聲叫她，江慈恍若未聞，仍往城外奔去。許雋策馬趕上，攔在她面前，笑道：「你這麼著急，去哪裡？」

江慈停住腳步，雙唇微顫，卻無法出言相詢，只得急道：「許將軍，相爺在哪裡？」

許雋見她急得面色發白，忙道：「侯爺在涓水河邊，正調集船隻，準備過河追擊桓軍。」話音甫落，江慈上前將他背後一名親兵大力一拉，那親兵未有提防遂被她拉下馬來。江慈閃身上馬，勁叱一聲，馳向涓水河。

涓水河畔，人聲鼎沸，燈火喧天，裴琰見船隻調齊，浮橋也快搭好，向崔亮笑道：「差不多了。」崔亮正待說話，一騎在長風衛的喝聲中疾馳而來。

裴琰看清馬上之人，閃身上前，運力拉住馬韁，江慈坐立不穩，由馬鞍上滾落。裴琰右手一探將她扶住，道：「你怎麼了？」江慈喘著氣，緊緊揪住裴琰手臂，顫聲道：「他，他在哪裡？」

崔亮心中暗歎，卻不便當著裴琰說什麼，只得低下頭去。

裴琰靜默半晌，默然注視江慈。江慈看著他的神情，心中漸轉絕望，身形搖晃，兩行淚水止不住地滑落。

戰馬嘶鳴，裴琰忽然笑了起來，江慈看著他的笑容，微覺異樣，淚水漸止。裴琰牽過一匹戰馬，對江慈道：「你隨我來。」

江慈下意識地望了一下崔亮，崔亮微微頷首，江慈忙跟上裴琰。裴琰擺擺手，長風衛退回原處，他腳步輕悠，帶著江慈沿涓水河向西走出數十步。

河風輕吹，裴琰轉身，將馬韁交到江慈手上，深深地看了她一眼，輕聲道：「他回長樂城殺寧平王去了。」江慈先前極度恐懼、擔憂，此時聽到這句話卻驟然反應不過來，愣愣地「啊」了一聲。

裴琰望著她，一抹惆悵閃過眼眸，但轉瞬即逝，他淡淡說道：「從今天起你不再是長風騎的軍醫，你以後，也不必再回我長風騎軍中。」

火光下，裴琰再看了她一眼，倏然轉身。江慈踏前一步，復又停住，見裴琰快步走遠，她大聲喊道：「多謝相爺！」

裴琰的紫色戰袍在夜風中颯颯輕揚，他抖擻精神，躍上烏金駒，朗聲喝道：「弟兄們，殺過涓水河，奪回失土！」長風衛齊齊應聲呼喝：「殺過涓水河，奪回失土！」

（待續，請繼續閱讀《流水迢迢（卷四）花開並蒂》）

"這是從厚重歷史考據提煉出的劍光凜凜武俠故事，所有登場人物和故事主旋律有千絲萬縷的牽繞，卻絲毫不突兀，這種順暢的鋪陳可見吳蔚用功、用心之深。"

"吳蔚誘惑性的文筆及綿密的佈局，大開大闔，包裹著一串串柔情與詭譎，除非我們馬不停蹄的閱讀吳蔚，否則俠情未了，活罪難逃。"

"吳蔚熟諳唐代制度及文史掌故虛實交錯，非常引人入勝！"

"吳蔚的筆法有如穿梭歷史自如的時空怪客，她總能將歷史人物的舉止點滴真實呈現出來，如此造詣真不容小覷。"

"超精彩的案情，真佩服吳蔚的想像力！老愛改編歷史的導演真該好好讀讀，什麼叫故事！"

《大唐遊俠》

一個四分五裂的帝國，一群胸懷奇志的俠士。他，空空兒必得在背叛藩鎮與效忠朝廷之間抉擇……

定價：399元

吳　蔚

新一代歷史説書人·東方的克莉絲蒂

中　國　歷　史　探　案　小　說　三　部　曲

齊聲讚譽推薦

歷史學者／藝術史學者／武俠小説賞析專家／唐傳奇小説專家／知名作家·小説家

中興大學
歷史系教授
宋德熹

台北市立教育大學
視覺藝術系兼任教授
邱建一

師範大學
國文系教授
林保淳

東海大學
中文系副教授
許建崑

東華大學
中文系助理教授
彭衍綸

華人知名專欄作家
閻驊

《喪禮上的故事》作者
甘耀明

《三國和你想的不一樣》作者
廖彥博

《Q版資治通鑑》作者
韓冬

《魚玄機》

還唐朝豪放女一個清白！她是不拘小節的美女，更是無樂不作的才女。

定價：250元

《韓熙載夜宴》

一場夜宴，一家興衰，一朝更替。從中國傳世十大名畫〈韓熙載夜宴圖〉，發揮想像力而成的原創小說。

定價：280元

《孔雀膽》

阿蓋公主自願當政治籌碼，大理總管段功娶是不娶？孔雀膽毒殺事件案中案，包藏最可怕的人心。

定價：350元

國家圖書館出版品預行編目資料

流水迢迢（卷三）情似流水／簫樓著；── 初版．
── 臺中市：好讀, 2013.3

面：　公分，──（真小說；26）（簫樓作品集；3）

ISBN 978-986-178-268-3（平裝）

857.7　　102001067

好讀出版

真小說 26

流水迢迢（卷三）情似流水

作　　者／簫　樓
總 編 輯／鄧茵茵
文字編輯／簡伊婕、林碧瑩
美術編輯／鄭年亨
行銷企畫／陳昶文
發 行 所／好讀出版有限公司
台中市 407 西屯區何厝里 19 鄰大有街 13 號
TEL:04-23157795　FAX:04-23144188
http://howdo.morningstar.com.tw
（如對本書編輯或內容有意見，請來電或上網告訴我們）
法律顧問／甘龍強律師
承製／知己圖書股份有限公司　TEL:04-23581803

總經銷／知己圖書股份有限公司
http://www.morningstar.com.tw
e-mail:service@morningstar.com.tw
郵政劃撥：15060393 知己圖書股份有限公司
台北公司：106 台北市大安區辛亥路一段 30 號 9 樓
TEL:02-23672044　FAX:02-23635741
台中公司：台中市 407 工業區 30 路 1 號
TEL:04-23595820　FAX:04-23597123

初版／西元 2013 年 3 月 1 日
定價／220 元
如有破損或裝訂錯誤，請寄回知己圖書台中公司更換

Published by How-Do Publishing Co., Ltd.
2013 Printed in Taiwan
All rights reserved.
ISBN 978-986-178-268-3

本書經作者簫樓與晉江文學城授權，透過北京麥士達版權代理有限公司代理，
同意由臺灣好讀出版有限公司出版中文繁體字版本。
非經書面同意，不得以任何形式任意重製轉載。

情感小說 · 專屬讀者回函

書名：流水迢迢（卷三）情似流水

姓名：________ 性別：□男 □女 生日：____年____月____日

教育程度：____________

職業：□學生 □教師 □一般職員 □企業主管

□家庭主婦 □自由業 □醫護 □軍警 □其他________

電子郵件信箱（e-mail）：____________ 電話：________

聯絡地址：□□□ ____________

您怎麼發現這本書的？

□書店 □________ 網路書店 □朋友推薦 □________網站／網友推薦

□其他________

買這本書的原因是

□內容題材深得我心 □價格便宜 □封面與內頁設計很優 □其他________

您閱讀此本小說的原因：□喜愛作者 □喜歡情感小說 □值得收藏 □想收繁體版

□其他________

您喜歡閱讀情感小說的原因

□打發時間 □滿足想像 □欣賞作者文采 □抒解心情 □其他________

您不喜歡哪類情感小說的情節設定

□人人都愛女主角 □女主角萬能 □劇情太俗套 □太狗血 □虐戀 □黑幫

□其他________

最無法忍受的主角人物關係

□父女 □師生 □兄妹 □姊弟戀 □人獸 □ BL □其他________

您最常接觸情感小說的方式

□購買實體書 □租書店 □在實體書店閱讀 □圖書館借閱 □在________

網站瀏覽 □其他________

您喜歡的情感小說種類（可複選）

□宮廷 □武俠 □架空 □歷史 □奇幻 □種田 □校園 □都會 □穿越 □修仙

□台灣言情 □其他________

推薦你喜歡的情感小說作者或作品（多多益善喔）

____

您這對本書還有其他想法嗎？請通通告訴我們：

____

請填妥後對折黏貼，直接投郵即可，無須貼郵票。

廣告回函
台灣中區郵政管理局
登記證第 3877 號
免貼郵票

好讀出版有限公司　編輯部收

407 台中市西屯區何厝里大有街 13 號
電話：04-23157795-6　傳真：04-23144188

沿虛線對折

填 問 卷， 送 好 書

詳填此張讀者回函，並附上 40 元郵票（寄書郵資），即送您好書

中視八點檔大戲｜傾世皇妃原著小說｜林心如主演
《傾世皇妃（上）一寸情思千萬縷》
定價：250 元
數量有限，送完為止